AU FIL DU ROSEAU

BARLINO

AU FIL DU ROSEAU

Ou l'histoire à conter du petit Lino

A mes deux filles, aux amis, aux proches, à ceux et à celles qui m'ont accompagné. (L'auteur)

" L'amour heureux, c'est quand on a travaillé, qu'on est fatigué, exténué, et que votre journée vous a parue accablante, de rentrer chez soi et de voir quelqu'un qui a un tel regard sur vous qu'on a envie de lui raconter sa journée et que justement en lui racontant, elle devient amusante, parce que l'autre **a un reflet de vous** assez romanesque, assez intéressant ou assez brillant pour que cette journée devienne, en la racontant passionnante." Françoise Sagan

"Des mots encore **des mots** toujours des mots..." Dalida

"C'est un **sentiment particulier, un quid proprium** qui constitue l'originalité, l'invention ou le génie de chacun." Claude Bernard

"**Ce qui est important** c'est ce dont on se souvient " Jean Renoir

...Un reflet de vous, des mots, un sentiment particulier, un quid proprium, ce qui est important...

Addendum : Cette œuvre est une fiction, les anecdotes ou faits divers évoqués n'ont qu' une portée romanesque et ne servent qu'à illustrer le propos général de l'ouvrage. Toutes ressemblances avec des personnes existantes ou des personnages connus ne serait naturellement que pure coïncidence.

PREMISSES

Rien ne me prédestinait à être ce que je fus ni mon nom longtemps laissé pour ce qu'il n'était pas, ni mes origines lointaines que l'on m'a un peu cachées pour ne pas dire confisquées, rien à part un petit bout de bestiole qui m'a légué sa force.

L'histoire de ce livre est un peu mon histoire ou plutôt c'est ce que je puis raconter de moi en toute simplicité et librement. Personne ne me l'a demandé, mais j'ai voulu le faire avant que d'autres ne le fassent. Pour ce genre de choses on n'est jamais mieux servi que par soi même, c'est pourquoi je m'y suis décidé avant que l'éternité ne referme sa porte sur ma vie. Mon histoire est celle d'un homme qui a été libre, et ce malgré les vicissitudes, malgré les questions, malgré l'insouciance, malgré les lieux bizarres, un homme de France.

Pour ceux qui aiment cette langue française, comme moi, et ce qu'elle permet de dire de nous, nous, français des vertes prairies, j'ai résolu de dire tout ceci, de dire mon désarroi autant que ma joie, mon bonheur autant que ma souffrance, mon ambition autant que ma désinvolture. Et de le dire en partant de ce lieu modeste qui me vit grandir et marcher, par delà ce pays aux multiples facettes, dans de simples demeures, tout aussi étranges pour moi, que le fait de devoir en changer imperceptiblement, de jour en jour, car tel était mon destin.

J'écris, j'ai toujours écrit, car je suis sûr de refléter quelque chose de positif pour quelqu'un et que raconter me passionne !

J'ai choisi la première personne c'est plus simple, mais il ne faut pas croire pour autant que le « je » signifie « moi ». En vérité, cela se rapporte à tout ce qui m'entoure et point à moi même. L'unicité du monologue implique une sorte d'intériorité confrontée au réel, ce réel que j'appréhende avec la plus grande circonspection d'autant plus qu'il s'agit des miens, de ce qui me touche de plus près. C'est donc bien du réel dont il s'agit, du réel comme l'était cette très belle revue, pleine de jolies photographies, que j'avais eu le loisir d'entrevoir, étant petit, chez des gens qui me recevaient ou plutôt m'hébergeaient, pendant les grèves des écoles, le temps d'une après midi qui n'en finissait pas, car ma mère avait à faire et ne pouvait évidemment pas me garder auprès d'elle. Perspectives et Réalités était une revue chère, trop chère pour intéresser ma famille.

Mon gardien d'un jour était un entrepreneur de maçonnerie qui portait un nom italien. Il possédait une chienne, un chien et avait des manies bizarres. Par exemple, il sortait ses liasses de billets pour payer au café et puis pour dire bonjour, il serrait les mains de toute sa force n'hésitant pas à faire plier la personne à genoux pour que cesse le supplice. Même mon père, qui avait la main solide, devait demander grâce et que ça cesse pour échapper à la douleur ridicule que lui infligeait bêtement ce quidam. De plus sa chienne Linda était des plus agressives, un genre de doberman plus féroce encore que le chien loup qui lui tenait compagnie. Je me demande pourquoi mes parents m'ont laissé, ainsi, chez cette personne, avec la chienne qui ne me quittait pas des yeux, des yeux verts comme ceux d'un fauve, la mire de la télé allumée durant des heures, pendant lesquelles, je ne pouvais que feuilleter cette revue sur papier glacé. Ce jour là n'ayant pas sept ans, je ne me rendais pas compte que l'animal qui m'observait était une arme, que cet animal au moindre signe de son maître ou de sa maîtresse aurait pu me dévorer, où me réduire en pièces. En fait j'étais là, attendant le retour de ma mère dans le séjour de ces gens, avec leur chienne assise devant moi qui me fixait des yeux et se dressait sur ses pattes au moindre geste de ma part. J'étais là et surtout, je n'avais pas peur, je sentais bien confusément que cet animal était dangereux, je le savais même, mais je n'avais pas peur, je m'ennuyais c'est tout. Heureusement, car si j'avais eu peur de cet animal, je ne serais plus là pour le raconter. La chienne Linda était un peu lunatique, il lui est arrivé de s'en prendre à quelques visiteurs leur infligeant quelques graves blessures, mais elle n'avait pas pour habitude de dévorer les enfants et se tenait calme quand sa maîtresse n'était pas trop loin.

Quand on est chef d'entreprise, qu'il s'agisse de construction ou d'autre chose, on aime montrer sa puissance. C'est du moins ce que j'en déduisais concernant cet homme, qui je crois était en amitié avec mes parents. Il me demandait si j'avais regardé le soleil à travers une passoire, ce qui me laissait pantois ! La maîtresse des lieux était une femme étrange, qui avait consacré un temps non négligeable à m'observer, un peu comme sa chienne Linda ! Et puis un jour cet homme, sa femme et ses chiens, je ne les revis plus. C'était il y a cinquante ans et même un peu plus. Cette anecdote me permet de me projeter un demi siècle en arrière, de constater le chemin parcouru et les changements.

Je m'aperçois qu'une notion essentielle a déterminé le cours de mon existence : la ligne. Ligne d'horizon, ligne de partage; ligne d'équilibre ? Je me garderai bien de déflorer le sujet, mais il est clair dors et déjà que la ligne existait et existera in fine. Lorsqu'on échappe à un danger quel qu'il soit on est sur une ligne un peu comme un funambule sur son fil et il faut peu de choses pour basculer d'un côté ou de l'autre ou pas d'ailleurs. Je dirai qui je suis et comment je suis devenu, qui je suis, mais ça restera anecdotique, le vrai sujet est ailleurs.

Tout commence par une lettre d'amour, trouvée récemment dans un tiroir, écrite par ma mère à mon père. Au milieu de mille et une gentillesses, il est question de moi : "Celui là, il est de toi, il sera comme toi et nous le chérirons". Et puis une autre lettre, celle de ma tante maternelle de Nice, que je n'ai pas connue et qui avait été soutien de famille pour maman. Elle lui explique qu'il faut bien faire attention à sa santé surtout maintenant que : "...vous avez le petit Lino".

 Enfant de l'amour, j'étais là et bien là, bien parti dans la vie. Tout pour réussir en somme. Tout sauf peut être la ligne et puis, je me demande bien pourquoi, mais, j'étais un peu sauvage.

1
LES JONQUILLES

Aucun doute là dessus, mon côté sauvage, c'est une partie de moi, c'est moi, c'est ce que je sais de moi. Mon frère disait de moi que j'étais un être sociable. Il voulait dire que je n'étais pas exactement comme lui , lui le révolté , lui qui refusait cette société telle qu'elle était , lui qui refusait ce monde trop cruel , sans doute trop injuste. Moi j'étais sociable, j'acceptais ce monde tel qu'il était ou plutôt, j'acceptais de jouer le jeu, de rentrer dans le moule de la société, de la communication, avec les rites, les croyances et les habitudes de chacun. Oui, sans doute, j'ai accepté tout ceci, du moins c'est ce qu'on a pu croire de moi, mais mon côté sauvage ne m'a jamais quitté. Mon côté sauvage est l'antithèse de moi même, c'est l'explication et non la cause, la force et non le renoncement.

Au fond de quoi s'agit il ? Imaginez un grand pré, un chemin, une fontaine au bord du chemin, pleine de cet humus qui fait la fraîcheur de l'été, avec son eau fraîche et virevoltante. En face une ferme ou plutôt un enclos avec chiens méchants aboyant brusquement, grattant la terre. Un peu plus loin un couvent de bonnes sœurs. Chaque année qui passe elles offrent à Dieu des milliers de fleurs, des parterres toujours plus vifs et plus jolis au moment de l'Ascension. Et puis, un transformateur d'électricité affublé d'une tête de mort borde le chemin, qui s'enfonce ensuite dans la montagne, en sous bois s'ouvrant parfois sur des clairières chatoyantes.

A côté du pré un petit cottage, prononcé à la française, ça ne voulait rien dire mais, c'est bien ainsi que l'on prononçait "cottage", car ni moi ni mes parents n'avions la moindre notion d'anglais et nous ne savions pas que l'inscription qui figurait quelque part comme sur une plaque de rue (Cottage les Jonquilles) signifiait : " petite maison à la campagne" dans la langue de Shakespeare. Les cottages étaient trois; disposés en escalier le plus haut près du chemin était le notre. D'un côté un grand pré, de l'autre un jardinet et le champ du fermier ! Côté jardinet un sapin devant "Les Jonquilles" cache la ferme située dans le lointain.

Dans mon imaginaire d'enfant, les arbres qui bordaient le chemin goudronné me semblaient pourvus d'yeux, de bouches et d'oreilles surtout le soir à la tombée de la nuit. Pourtant, je n'avais jamais vu ni dessins animés ni revues pour enfants , ça n'existait pas à l'époque pas plus que la télé ou d'autres choses du même genre qui aujourd'hui influencent l'esprit malléable des tout petits .

Au dessus de nous, la forêt immense et interminable, quelques ruisseaux ou rivières souterraines qui surgissent dans un petit champ gorgé d'eau avec de l'herbe mouillée qui ondule en suivant le sens tourmenté du courant et puis, cadeau suprême des dieux des boutons d'or en nombre infini qui ravivent les couleurs passées du chemin. Rien d'extraordinaire, bien sûr, mais grandir ici, grandir ici en semi liberté, fils unique d'abord, puis avec ma sœur et mon frère le plus jeune de nous trois ! J'avais quatre ans quand il est né, cela signifie beaucoup pour moi, quatre ans lorsque j'ai commencé à prendre vraiment conscience de ce qui m'entourait, à vivre avec, comme on dit aujourd'hui. Tous ces printemps à courir les papillons, à observer la marche hésitante d'une courtilière, à m'amuser des hannetons qui tombent dans les cheveux des filles et qu'on enlève délicatement pour ne pas y laisser les pattes ! Tous ces étés, à chatouiller le grillon chanteur dans son trou avec une brindille, à le voir apparaître à l'entrée de son logis, puis faire volte face effrontément ! Tous ces automnes, à courir les chemins, à cueillir les noisettes, les casser avec une pierre sous l'arbre pour en savourer la substantifique moelle ! Tous ces hivers à sentir crisser la neige sous mes pieds ! Tous ces instants de grâce près de toi, oh nature sublime aujourd'hui ressuscitée, ont fait de moi ce que je suis, avec un petit côté sauvage ! C'est juste cela que je ressens, hors de la nature domestiquée.

Sauvage ne signifie en rien que je suis resté tel l'enfant sauvage de la forêt, incapable de prononcer un mot ou de construire sa vie. Bien au contraire, plus que tout autre trait de mon caractère c'est celui là qui m'a été le plus précieux dans la vie, le plus utile sans aucun doute bien que le plus méconnu. Quoique ce côté sauvage, cet amour de la nature vraie, je le doive aussi au Saint Esprit, à cette idée de Dieu qui m'a été transmise par mes voisines religieuses. A présent, je peux le dire, car j'ai refait le chemin à l'envers, si je puis dire et c'est ce côté de moi dont j'ai envie de me rappeler. Cela est resté présent en moi depuis toujours.

Je pense souvent à ceux pour qui la vie a toujours été guidée par la cité , les citadins de la première heure, sans doute pas en mesure de me comprendre, mais tout aussi capables que moi d'apprécier les bienfaits de mère nature ressuscitée ! Ce que j'ai retenu de ces moments sublimes, c'est que je possède un sens inné de la vie une sorte d'instinct qui m'a été légué par un vie précoce faite de liberté. Tout ce que j'ai vécu a été empreint de cette force, cette conscience de ce qu'est la nature, de ce que nous sommes partie intégrante de cette immensité et en même temps, autre. Le vrai sens du mot altérité c'est cela, autre que la terre, car je l'observe avec mes yeux, avec mon intelligence et pourtant si pareil à elle, si dépendant de sa substance comme l'est tout être vivant.

Lorsque j'avais sept ans, je ne connaissais comme solution à l'inconnu et aux pressions des adultes que la fuite :

« Dis bonjour à la dame ! »-«Non !»

Et je partais en courant, au fin fond de ce pré immense, mon véritable refuge. Rattrapé par ma tante, je fus rossé un tant soit peu et devais tendre la joue à cette personne qu'il ne fallait point offenser. Ce fut bien la seule fois de ma vie que je pris une fessée, peut-être que la leçon a portée. Je ne connaissais que la politesse des rois, celle qui vous fait rentrer à la nuit tombée, après une journée de chasse et de plaisirs. Bien sûr, on a fini par me l'apprendre la politesse, mais mon côté sauvage ne m'a jamais quitté, surtout dans les moments où il vaut mieux éviter de faire des manières. Ca arrive parfois.

Alors sociable ? Oui mais, pas tout de suite, ou pas toujours du moins ! Cette scène ubuesque illustre bien le côté sauvage. Sait-il ce qu'il fait, celui qui décrit le côté le plus aigu ou le plus secret de sa propre personnalité ? En un mot comme en mille, on ne peut l'occulter, sauf à se mentir à soi même. En fait le côté sauvage n'est ni noir ni sombre, il serait plutôt arc en ciel. Je dis sombre par opposition au blanc qui serait la couleur du chevalier, le symbole du bien, de la société bien pensante. Je n'ignore pas le bien et le mal, mais au fond ai-je toujours bien agi. Se conformer aux règles, aux dictats de la loi et de la morale, était-ce bien ? La vérité, c'est que mon côté sauvage s'est un peu à peu dilué dans ma personnalité et que cela a surtout un sens pour moi. Un peu comme les freins ont un sens pour l'automobile ou le vélo.

Pourquoi me direz vous ? C'est très simple. Je pense encore aujourd'hui que cette personne à qui, enfant, on me commandait de faire bonne figure, de dire bonjour. Je pense que cette personne, ne m'aimait pas ou ne m'appréciait guère ce qui revient au même. Mon instinct, de ce fait, reprenait le dessus bien que je fusse un garçon très sociable aux dires de certains. Il s'agissait de la mère de mon copain de berceau qu'on m'obligeait à appeler Tata, alors qu'elle n'était pas ma tante. Refus catégorique, je ne l'ai jamais fait ! Je connaissais déjà la musique, d'abord on dis ça, puis on se dit tout... Parole d'enfant, ma vraie tante finit un jour par comprendre qu'elle m'avait rossé à tort et moi j'ai fini par dire bonjour à la dame. Je n'ai jamais très bien su pourquoi, mais j'en ai acquis la certitude petit à petit : les enfants qui, comme moi, ont un côté un peu sauvage (et qu'on dit difficiles) ont une conscience accrue de l'état d'esprit d'autrui. Ils savent d'instinct qui les aime et qui ne les aime pas et qui n'est pas « eux ». (Qui n'est pas des leurs) C'est pourquoi ce côté m'a permis au fond de ne pas tricher avec moi même. Je me demande ce qu'aurait pu être ma vie si j'avais aimé ceux qui ne m'aiment pas ! Plus tard, j'ai compris que dire bonjour n'était pas très engageant. L'affront que je fis à cette personne au demeurant, bien innocente, ma tante ne l'a pas oublié, pas plus que le sprint de deux cent cinquante mètres au moins pour me rattraper au fond du pré.

Après ça, j'ai dû me rendre à l'évidence : il allait falloir se plier aux exigences de la vie sociale à commencer par la politesse. Pourtant cela n'a pas changé mon point de vue vis à vis de cette personne, car ce refus de dire bonjour était une façon pour moi de réagir à une espèce de sensation bizarre qui m'envahissait en sa présence. Elle ne m'aimait pas et je le sentais. Plus tard, mes relations avec les femmes ont été empreintes de ce souvenir. Tout ce qui ressemblait à cette personne ressemblait pour moi à un rejet interdit, mais n'en était pas moins un rejet envenimé par une sotte appréhension de le montrer. La sociabilité m'a souvent imposé de laisser croire à certaines personnes que je les approuvais, mais il n'en était rien, car je méprisais au fond le dédain et la méfiance de ceux qui vous reluquent avec envie et jalousie. L'adulte a toujours gardé ce souvenir. Qu'y avait il au fond de ce pré ? J'y suis retourné bien des fois et mis à part quelques arbres ou bosquets où mûrissent les plosses dont j'aimais le goût acide, je n'y ai rien trouvé de tangible. Non, rien, il n'y avait que ma cabane, ma maison, mon pré carré, bien des choses que cette personne observait avec dédain, je le voyais au fond ! Le fait qu'elle ne m'aimait pas, cette soi disant tata, ne voulait pas dire qu'elle avait de mauvaises intentions à mon égard, bien au contraire. Elle aurait juste aimé sans doute que je lui manifeste quelque tendresse, comme si j'étais son enfant. Mais je ne l'étais pas. Et de toute façon, je n'étais pas liant comme on dit à la campagne.

Enfant sauvage point ne fut. Dès ma naissance, à en croire les récits, je fus accompagné d'une jeune chienne qui montait la garde près de mon berceau, presque jour et nuit et se faisait menaçante dès qu'on m'approchait. Personne ne pouvait m'approcher sans y être autorisé par elle. Elle répondait au joli nom de Caïssa, la Caïssa, comme on disait, en la voyant remuer sa queue en forme de spirale. C'était un "loulou de Poméranie" que j'adorais de tout mon cœur et avec qui j'ai partagé mes plus jeunes années. Lorsque j'avais dix ans environ, la Caïssa vieille mais à peine plus âgée que moi (quatorze ans) eut une maladie de chien. Elle était condamnée aux dires du vétérinaire et un jour mon père l'emporta loin des Cottages et elle fut « piquée » à ce qu'on m'a dit. Notez l'expression ou l'euphémisme : pour un chien la mort provoquée c'est la piqûre. Ça a été le premier drame familial qui nous a touché, moi, mais aussi ma sœur qui fut très affectée, ainsi que mon petit frère. Caïssa m'avait quitté sans prévenir, elle n'était donc pas immortelle.

Cette chienne m'adorait. Je crois bien que j'étais le seul qui n'ait jamais su lui parler. C'était l'animal domestique de la famille, mais surtout c'était ma compagne de jeu, vive et obéissante ? Quel pouvoir pour un enfant de se retrouver à peine sur ses jambes, aimé par un animal qui lui obéit au doigt et à l'œil. Avant même que ma jeune sœur et mon jeune frère soient près de moi, Caïssa avait été là observant mes moindres gestes, écoutant mes moindres mots. Ce petit animal très intelligent m'avait vu grandir, avait marqué de sa présence silencieuse et amicale, ma toute première jeunesse, les premiers jours de ma vie. Cela me parait peu banal qu'une chienne ainsi s'attache à un tout petit au point de suivre ses premiers pas, d'écouter ses premiers mots, d'observer ses premiers soubresauts. Cette chienne me maternait au point que je ne jugeais pas utile de savoir parler : elle m'avait appris le langage des chiens bien avant que ma chère maman n'ait le temps de m'apprendre les rudiments du français. Je parle chien, je ne l'oublie pas, je sais même aboyer contre les intrus. J'étais ainsi que ma chienne, je comprenais tout ce que les humains disaient, mes parents, leurs amis, mais je ne parlais pour ainsi dire pas. Ma sœur eut le même don du silence, elle a commencé à parler à quatre ans, sauf avec moi, car j'étais le seul à la comprendre avec ses "ah, ah ", uniques mots qu'elle savait dire. C'est curieux, mais ma mère qui l'avait enfantée ne savait jamais ce qu'elle voulait alors que moi je le savais et devais le lui dire à chaque fois toujours à son grand étonnement ! Moi, j'ai commencé à parler avant un an, mais très peu, avec ma tante surtout lorsqu'elle me gardait, je l'appelais debout dans mon berceau lorsque je me réveillais « Tata Lili ! ». C'était aussi naturel pour moi que de bailler, mais c'était dans la joie !

Elle n'a cessé depuis de me rappeler ce phénomène oratoire précoce, mais à part cela, très peu de choses. Je ne parlais jamais en public par exemple ! Je me dois cependant de rendre à César ce qui est à César, maman, qui avait un nom bien français était née quelque part, comme on dit, en Terre Occitane et portait haut la langue de ses ancêtres, elle m'a habitué très jeune à entendre parler du bon français, du français plutôt bien tourné. C'est sans doute à elle que je dois de savoir m'exprimer correctement. Elle avait été à l'école jusqu'au brevet on ne pouvait s'y tromper, elle maîtrisait bien la langue. Je me rappelle que nous avions des conversations ou plutôt, on me l'a rappelé par la suite. Ainsi, j'avais toujours entendu maman parler de sa ville natale Montpellier et dans ma petite tête d'enfant je me disais que c'était loin et que si elle m'en parlait, c'est sans doute qu'elle voulait y retourner et je lui posais cette simple question : « Dis maman! Tu m'y emmèneras à ton Peuh...lier ? » . Lorsque Papa tardait à rentrer à la maison, j'entendais Maman qui n'avait pas toujours un langage très choisi me dire : « mais qu'est ce qu'il *fout* ton père ? » Dans ma petite caboche, je m'étais dit que ce serait bien de répéter cette phrase pour montrer que j'avais compris et je lui disais en ces termes « mais *kètipoutonpère* ! ». Ça la faisait rire et j'étais heureux de cela.

Après Papa Maman et Tata, ce sont sans doute les premiers mots que j'ai prononcés. Je mettais des « P » un peu partout. Les amis de mes parents croyaient que je ne parlais pas. Un jour après le cinéma avec maman, nous allions rejoindre mon père au café ou il travaillait et survint quelque chose qui semblait miraculeux aux personnes présentes : j'ai raconté à cette assemblée le film que j'avais vu, dans les moindres détails, comme si ces individus à la mine réjouie n'avaient jamais vu ce que je venais de voir et leur venais conter. Je parlais donc et très bien, Tout le monde en était éberlué. Les avions avaient retenu mon attention et je décrivais la scène par le menu. Se sentir comme survolé de près par des avions m'était apparu hyper extraordinaire et même si je savais que ce n'était pas réel, je ne pouvais cacher mon étonnement et me devais de faire partager mes émotions à ce fier petit comité. Il y a même une photo de la scène ou je trône assis sur une chaise haute du café, racontant le film au personnes présentes, y compris le gendarme en tenue, semblant tout droit sorti d'un film de Pagnol. Je parlais donc et même je racontais des histoires.

Caïssa m'avait beaucoup appris sauf qu'il convenait de se servir de ma langue pour parler aux gens. Je n'ai jamais eu un tempérament qui porte à trop s'en servir pour autre chose malgré mon côté canin. Au fond j'étais bien le maître de ma chienne et non pas le contraire. Je savais d'instinct de quel amour une chienne était capable et tout ce qu'elle pouvait donner quand elle se savait aimée en retour. Par la suite, j'ai compris qu'il y a deux façon de dresser, de socialiser un animal : la bonne avec son cœur et la mauvaise avec une cravache, un bâton ou une laisse. Ma chienne n'a jamais été tenu en laisse et n'a jamais mordu personne. Ceci a marqué mon existence d'une pierre blanche, comme le poil blanc de Caïssa, qui marquait de sa blancheur satinée les hivers froids et de sa blancheur tout court les verts prés carrés de mon enfance. Au risque d'être un peu long, je veux ajouter que ce fut une grande joie pour moi d'entrer dans le rôle important du petit maître chien. Ma chienne acceptait de bonne grâce que je fus son maître, d'abord parce qu'elle était un chien, mais surtout parce qu'elle me connaissait et acceptait en me voyant grandir cette inversion des rôles. (L'élève devient maître) Cependant ce côté un peu sauvage de ma prime enfance ne me quittera pas, pas plus que le souvenir inconscient des grognements canins tout près de moi. Tel l'enfant de la louve, j'ai passé près de la nature sauvage mes premières saisons d'étés, de printemps, d'automnes et d'hivers en un lieux béni des dieux et vierge de toute pollution. Au fond, mes parents s'occupaient assez peu de moi et même si je n'ai manqué de rien, ils ne se souciaient pas vraiment de mon avenir. En ce temps là, les parents ne se sentaient pas investis d'une mission éducative, ils étaient les parents, c'est tout, mais tout le monde n'était pas logé à la même enseigne. Je n'ai pas été élevé à la dure, j'ai été élevé à la méthode inventée par mes parents de la « responsabilisation progressive » que peu de parents appliquaient en ce temps là.

Ce que cela m'a apporté est immense, mais ce que j'aurais pu éviter autrement est loin d'être négligeable. On peut tout aussi bien faire preuve de plus d'attention et de plus de vigilance tout en étant aussi aimant. Mais on ne me fera pas dire que j'aurais préféré d'autres parents, car ce serait un mensonge. C'est une chose que de ne pas dire la vérité, c'est une autre chose que de mentir. Et puis, toute vérité n'est pas bonne à dire sans compter qu'elle est difficile à connaître surtout en matière d'éducation où nul ne peut prétendre faire mieux que son voisin au risque de démentis cinglants. Comme disait mon père quand je semblais contester ses méthodes : « Tu verras bien ce que c'est quand tu auras des enfants ! » Je n'ai pas tout vu, mais j'ai vu...Caïssa, c'était autre chose, comment dire ? Est-il possible qu'un tout petit quadrupède ait pu me léguer quelque chose de lui même et de ses ancêtres quadrupèdes dont j'ai pu faire un usage quelconque ? Certes cela n'effleure même pas l'esprit des brillantes sommités intellectuelles pour qui, rien de ce qui ne vient pas de nos parents biologiques ne saurait être structurant de notre personnalité. Mais le côté sauvage de mon caractère ne pouvait pas être que cela : il y avait autre chose. J'aimais cet aspect un peu spécial de moi même, car c'était le plus précoce le premier jet si je puis dire ! Au risque d'apparaître un peu frustre, je dirais que je l'aime encore, n'en déplaise à certains esprits chagrins. Cependant, contrairement à Narcisse qui aimait contempler son image reflétée dans l'eau, moi je ne me voyais pas, je vivais de sensations multiples qui ont forgées mon caractère au fil des ans.   Décrire cet aspect de ma personnalité à travers la vision rétrospective de ma vie, cela s'appelle une histoire, c'est tout simplement mon histoire revue sous le signe le plus basique qui soit et qui ne concerne qu'une infime partie de moi même : celle que je préfère. Les évènements que je relate concernent d'abord une première période, avant le mariage que j'appelle ma première vie, puisque se marier c'est faire sa vie, j'eus donc plusieurs vies. Inutile d'y voir autre chose, c'est bien ainsi que je l'ai vécu. Une vie faite de plusieurs vies. Pas des vies de chat ni de chien mais des vies différentes donc multiples. Je ne suis donc pas seulement, le fils de ma mère, je suis l'enfant de mon père, petit fils de grand père, arrière petit fils de mon arrière grand père venu d'Italie au début du siècle passé en passant par la Belgique. Je suis aussi un enfant de ce pays plus ou moins protégé. Je ne suis en aucun cas le neveu de cette personne qui me fit m'enfuir Dieu sait pourquoi. Il ne faut pas s'y tromper, cette personne ne m'avait rien fait et je n'avais pas raison. Pourtant, comment ne pas penser que je fus bien, ainsi que je devais être ?

Persuadée que je pensais toujours à cet incident déplaisant, la personne en question me dit un jour, plus tard, bien plus tard, quand plus rien n'était possible, au désespoir sans doute de n'avoir jamais entendu de ma bouche la moindre expression familière ou de familiarité : « Moi je t'aime, je suis ta mère !» et ce devant ma mère ébahie, ma mère son amie, quarante ans au moins après la scène. Respectueux des vieilles personnes, je suis sorti sans rien dire de chez maman, cette fois personne n'est venu me chercher. J'ai vu la voiture de la fausse tata qui attendait là, bien sagement avec à la place du conducteur son chien qui semblait tenir le volant et j'ai compris que plus rien n'était comme avant. Voilà maintenant que la soi disant tata se prenait pour ma mère ! Rien n'aurait pu les arrêter ! Dans quel monde ai-je vécu ? Elle était la mère de mon copain de berceau son Titou comme elle disait. Titou c'était son fils, je l'entend encore dire : " Mon Titou c'est tout". Le Titou en question appelait ma maman "Tata". Peut être que ça se fait dans le Sud. Mais moi, j'étais plutôt de l'Est. Cette maman là, était-elle jalouse de la mienne parce que j'étais si mignon, tout petit, qu'on m'aurait pris pour un ange aux boucles blondes, au contraire de son Titou, pourtant très bien et si souriant ?

Que faut il penser ? Cette fois ci j'avais bien donné le bonjour, mais c'était bien sûr insuffisant : sans doute une manière de traiter le petit sauvageon que je n'étais plus et de lui signifier que malgré ses cinquante ans, on tenait encore la trique par personne interposée ! (Ma mère elle même) Maman un peu interloquée était bien loin de s'imaginer l'effet que cette personne produisait sur moi. Sans aucun doute j'avais tort, encore et toujours tort ! Mais ça me paraissait incontournable ! Voila à présent qu'il fallait l'appeler Mam ! Jeune, très jeune pour qu'on ne s'y trompe pas, je préfère le préciser même si j'ai oublié à quel âge, (je savais lire c'est certain) j'ai lu un livre qui s'intitulait « L'enfant sauvage ». C'était l'histoire véridique d'un enfant, trouvé dans la forêt, qui était incapable de prononcer un mot, car il n'avait jamais été en présence d'êtres humains. Sans doute élevé par des loups comme dans la légende de Remus et Romulus. Ce n'est donc pas impossible, si on en croit la légende et cette histoire d'enfant sauvage, qu'un enfant tienne quelque chose d'une louve ou d'une chienne. Quoi de plus important que la vie au fond ! Caïssa, que j'ai tant appréciée enfant, car elle était ma compagne, a eu un jour des petits. Dieu sait comment, car je n'ai jamais vu d'autres chiens du côté ou nous habitions. Mes parents se demandaient si elle n'était pas allée voir les molosses du voisin si agressifs et toujours enfermés derrière leurs grillages. La petite Caïssa, elle, pouvait se frayer un passage en grattant sous terre et les terribles bergers allemands, à elle, ne lui faisaient pas peur. On peut méditer là dessus ! Je la vois encore entourée de ses chiots qui lui tétaient les mamelles et refusant mes caresses par un grognement inhabituel. Enfant, que pouvais-je comprendre à ça ? Ma chienne m'a fait découvrir ce qu'est une mère pour ses petits ? Ses petits chiots, aussi fragiles que je le fus étant bébé, avaient un immense besoin de leur mère et rien ne pouvait détourner son attention d'eux, pas même moi. Qu'en est-il du côté des humains ? Est-ce donc qu'une telle exclusive est de mise ? Je me garderais bien de faire un parallèle, même si je suis convaincu que notre instinct grégaire n'a rien de différent de celui d'un animal. Lorsque mon père arracha les petits à leur mère, pour les faire disparaître, j'ai ressenti pour la première fois de ma vie ce qu'est l'immense souffrance d'un être vivant à qui on enlève sa progéniture. J'ai ressenti dans ma propre chair la douleur de ma chienne, c'est un peu comme si j'étais un des leurs et les voir noyés par mon père me brisait le coeur, provoquant en moi un profond désarroi, une souffrance ! J'ai remarqué du côté de ma chienne une sorte de déchirement. Plus tard, elle ne fut plus jamais la même. Pour elle comme pour moi, on avait tué ses petits chiots.

Bien sûr, je n'y étais pour rien, mais là encore des explications, une discussion m'auraient étés d'un grand secours. Qui sommes nous, nous, les humains pour nous arroger droit de vie et de mort sur les animaux ? Bien que mon père ait été un homme au grand cœur, un homme bon, je ne peux me résoudre à admettre qu'il ait pu décider de cela, comme ça, sans sourciller sans même se poser la question de leur survie probable avec nous ou d'autres personnes du voisinage. "Bâtards tu voulais, bâtards tu n'auras point" : semblait être sa seule explication à l'encontre de la chienne qui les fit naître. Pourtant mon père était un homme bon, mais lui était né du côté du XXème arrondissement de Paris. Loin de la nature, loin de toutes ces petites bêtes qui rythment la vie de la campagne, suivent le mouvement des saisons et vous apprennent avant tout, ce qu'est le droit de vivre.

Comme à chaque fois qu'ils se sentaient un peu fautifs, mes parents m'offrirent un cadeau. J'avais demandé bêtement une carabine à plombs comme cadeau de Noël et je l'ai eue ! J'étais enfin devenu un humain "socialisable" car j'avais une arme. J'allais pouvoir m'en donner du plaisir avec cet engin ! Je dois l'avouer devant l'éternel, j'ai un temps aimé cet objet qui me donnait des sensations de force et de puissance inconnues jusque là ! Cette carabine a fait une victime avec ses petits plombs presque inoffensifs et elle a failli faire perdre un œil à ma mère ! La victime ? : Un petit oiseau qui chantait dans un sapin juste devant chez nous, que j'ai tiré depuis le rebord de la fenêtre. Lorsque je le vis tomber, je suis sorti pour aller chercher mon gibier et j'en fus tout retourné ? C'était donc cela la vie, ce petit être fragile au doux plumage, ne m'avait rien fait et je lui avais ôtée la vie, moi, comme ça, sans raison juste et seulement parce que j'avais une carabine ? Je fus très étonné devant la beauté naturelle de ce moineau. Pour la première fois de ma vie, je pouvais voir un oiseau de près, le toucher, le sentir, voir son œil cristallin et caresser son beau plumage ! Mais il était sans vie, mort ! C'était donc cela la mort ! Plus jamais je ne tuerai, c'était décidé et je m'y suis tenu, car je n'ai jamais renouvelé un tel acte à l'égard de qui que ce soit ! (Auto apprentissage de la vie) De toute façon, je n'ai pas eu longtemps le loisir d'utiliser cette carabine à air comprimé, car après que j'eus tiré un plomb dans un coin du séjour et que celui-ci vînt ricocher mollement au coin de l'œil de maman, l'engin me fut confisqué pour toujours ! Heureusement que ma mère n'a pas perdu un oeil, je ne m'en serais pas remis !

Cependant, ça ne m'avait pas servi de leçon. Je faisais des lances avec des branches cueillies dans les buissons et un jour pour montrer mon adresse, j'ai lancé une lance juste derrière ma soeur qui courait, sans intention de la toucher et puis ces engins n'étaient faits que de bois et ne risquaient pas de blesser, du moins le croyais-je. Quel ne fut pas mon désarroi lorsque je vis la lance se planter dans son mollet. C'était une très mauvaise action de ma part même si ce n'était pas intentionnel ! Ma sœur, qui aurait tout fait pour m'éviter la moindre dispute ne pipa mot aux parents, arguant qu'un caillou pointu lui était tombé sur le mollet ! Malgré l'étrangeté de l'explication celle-ci fut finalement acceptée. Plus tard, beaucoup plus tard, mes parents n'en crurent pas leurs oreilles quand nous leur dîmes la vérité vraie.

Dans le registre de mes mauvaises actions on notera qu'un jour, j'ai fait tomber mon frère en chahutant sur le rebord d'un muret en ciment. Bien sûr sans le vouloir, mais il se vit casser une dent de devant, brisée tout net, en biseau. Ca lui donnait un drôle d'air à mon petit frère. Cette fois-ci pas moyen d'échapper à la dispute, car j'ai avoué ! On sent bien le côté sauvageon. N'est ce pas ? Mon propos n'est certes pas de me valoriser, mais tout simplement d'expliquer avec mon intelligence d'aujourd'hui ce que fut ma vie, qui comme celle de quiconque, a été riche d'enseignements. Des choses que seule l'expérience nous enseigne, il y en a des milliers, mais savoir qu'on les a apprises par soi-même, n'est peut-être pas inutile.

Faire du mal, même sans le vouloir à ceux qu'on aime a été pour moi d'une extrême contrariété. Ne pas tuer, ne pas taper, ne pas faire de mal même sans le vouloir aux petits êtres de la nature qui nous entourent, voilà ce j'ai appris par l'expérience tout jeune, tout petit. J'aurais préféré que cela n'arrive pas, comme sans doute mon père aurait préféré ne pas devoir enlever ses petits chiots à leur mère, mais lui n'a jamais regretté ce geste.

On notera qu'apparaît ainsi le mot magique *aimer*. J'ai pris conscience que j'aimais, lorsque j'ai pour la première fois, failli briser le cœur de ma mère en lui faisant du mal. Bien involontairement, certes, mais quand même du mal avec ce sentiment de culpabilité qui vous colle à la peau quand vous vous apercevez que vous êtes ignorant de quelque chose d'important que vous auriez dû savoir. Quoi de plus important que d'aimer, quoi de plus important, que l'amour d'un être aimé ! Mes bêtises, si je puis dire, ne se sont pas arrêtées là, il y en eut beaucoup d'autres, mais d'une autre nature plus aigres et moins stupides, toujours à cause de cette sorte d'ignorance qui gagne "l'inconscient" : l'ignorance de la cause, du risque et des conséquences.

Une année, ma petite sœur avait eu une poupée, chacun ses jouets : moi j'avais eu un garage, un somptueux garage et une toupie. Aimer, je n'entendais que ce mot à la maison ! Je faisais la joie de mes parents quand je chantais la chanson du chanteur à la mode (Tino Rossi) : « Étoile des Neiges » Pour moi étoile ça voulait dire étoile et les étoiles de la voûte étoilée surtout en hiver ravissaient mon cœur d'enfant. J'ai toujours eu un faible pour les étoiles qui brillent au firmament, un faible plus proche de l'enthousiasme que de la faiblesse humaine. La neige, je la voyais tous les ans et surtout elle m'a accompagné dès mon plus jeune age ; alors l'étoile des neiges, ça me parlait, à moi. Qui eût cru que ce fut une personne, à part l'auteur de la chanson ? J'avais quelque chose comme six ans et mon premier béguin ne s'appelait pas Étoiles des Neiges. Pour rendre mon cœur amoureux, comme dit la chanson, il y avait la jolie Samantha.

C'était une fillette un peu solitaire qui habitait une belle maison située un peu en contrebas du quartier de l'Orcet dans la descente juste derrière la boulangerie où mes parents avaient coutume de m'envoyer acheter le pain. (Les gros pains que servait la fille du boulanger avec qui je voulais me marier). Je n'en étais pas à une amourette près étant petit. J'avais de quoi m'en faire des idées ! Je ne savais comment faire pour m'attirer la sympathie de cette petite fille qui s'intéressait très peu à ma petite personne. Je ne sais pourquoi me vînt cette idée, mais je voulu lui faire un cadeau et comme je n'avais rien à offrir, j'ai chipé la poupée de ma sœur pour la lui donner. Elle n'en avait que faire évidemment ! Il m'apparut que j'avais commis une faute des plus graves et devant l'indifférence évidente de Samantha qui me regardait bizarrement avec mon cadeau, j'ai décidé de ne pas lui donner et comme il m'était impossible de la rendre à ma sœur, car la disparition de la poupée avait fait grand bruit et on aurait su que c'était moi, je l'ai enterrée quelque part. La poupée était morte pour tout le monde, le mieux était sans doute de l'enterrer, ce qui fut fait. Je devenais petit à petit un être social avec ses défauts et ses qualités et surtout j'avais appris que les poupées "des petits cottages" n'intéressaient pas les enfants des belles villa ! Quelle idiotie, prendre à ceux qui vous aiment pour donner à ceux qui ne vous aiment pas et que vous croyez aimer. Bien des choses à méditer, c'est de l'auto apprentissage de la vie, mais je savais que j'avais mal agi et j'en avais des regrets.

Pour séduire cette satanée Samantha, j'entrepris un jour de lui montrer mes capacités physiques extraordinaires. Tel d'Artagnan vu dans les films de cap et d'épée, j'étais capable de sauter d'un mur haut de deux fois et demi ma hauteur et retomber sur mes pieds. Un jour qu'elle suivait comme moi le chemin des écoliers et s'approchait un peu, je fis le saut du mur et me fis une entorse des plus sévères, sans être capable d'expliquer à mes parents pourquoi j'avais commis une telle folie. Épater les filles ne faisait pas partie des raisons valables. Il fut donc dit que j'étais tombé. Mentir n'était pas convenable et ne me plaisait pas, je résolu donc de ne plus mentir et d'oublier Samantha décidément trop indifférente !

Pour ce qui est de la fille du boulanger, j'étais plus jeune. Bien qu'elle fût d'accord pour me servir du bon pain la petite Amélie ne pensait nullement au mariage à huit ans ! Je me suis bien gardé de lui en parler, d'ailleurs ! C'était juste une idée comme ça, je me projetais dans le futur mais, comme mes parents trouvaient ça drôle, j'ai compris que ça n'arriverait jamais ! S'il restait à prouver que les enfants ont des idées de séduction bien avant la puberté, je pourrais en témoigner ! Et puis cette Amélie était si appétissante avec son sourire en coin lorsqu'elle me servait les gros pains dont je grignotais la croûte sur le chemin du retour. Pour moi, l'image du bonheur est toujours passée par le côté culinaire, dommage que je n'en ai pas fait mon métier.

Ce quartier de l'Orcet où nous habitions était ainsi fait. Les Cottages étaient pour moi le centre du monde.

Belle adresse ! :

M et Mme B... & leurs enfants Cottage les Jonquilles...

Pour maman on habitait aux Jonquilles, mais personne ne savait que c'était chez nous. J'étais comme un petit prince dans son château ! Le couvent, la ferme à côté, le fermier avec sa grande faux, qui menaçait de me couper un pied, si je m'approchais trop, le grand pré aux herbes hautes à la fin de l'été, quelques maisons par ci par là, et au loin, très loin en fait, l'école, l'église ou je suis allé Dieu sait pourquoi ! Sans doute parce qu'elle était sur le chemin de l'école où pas loin du moins. Je n'allais pas au catéchisme. Mes parents, athées estimaient qu'ils n'avaient pas à m'imposer une éducation religieuse et que j'aurai bien le temps de me déterminer plus tard. D'accord, mais, comment se déterminer quand on est ignorant de tout ? Alors j'allais à la messe du curé pour en savoir plus et j'ai toujours gardé la petite médaille sans valeur à l'effigie de Marie que le curé de la ville m'a remise lors d'un de ses offices auxquels j'assistais. Voilà, c'est dit, je ne le redirai pas. Bien après cet épisode étrange, à l'âge de quarante deux ans quand il s'est agi de faire comprendre à quelqu'un de proche, qui me croyait athée, ce qu'était pour moi l'amour de Marie, ainsi que savent le montrer discrètement les Maristes, ces grands missionnaires, que j'ai eu la chance de rencontrer, j'ai finalement affirmé ma foi sans sourciller. A l'époque seule la discrétion pouvait réhabiliter à mes yeux la religion chrétienne plutôt moribonde et j'ai trouvé auprès des Maristes une fois sincère et discrète.

Mon père avait décidé que ses enfants n'iraient pas au catéchisme. Je ne lui en ai jamais voulu. Il y avait plus de bonté en lui que chez bien des religieux, et puis lui, il avait l'expérience d'une certaine pratique religieuse un peu trop contraignante, ceci explique cela. Pourtant quand je dis : « mon père » à un religieux, je ne peux m'empêcher de penser à lui, comme s'il y avait une sorte d'antinomie générique. Qui est qui au fond ? La grandeur de mon père vis à vis de moi n'était pas liée à sa taille bien qu'il fût très grand, plus grand que je ne l'ai jamais été (un mètre quatre vingt six).

Lorsque j'étais petit, trop petit pour parcourir à pied les trois km qui me séparaient de l'école, mon père me conduisait à l'école sur son vélo. Il avait un vélo jaune, avec des liserés bleus, un vélo de course, comme on disait à l'époque avec des boyaux comme les champions du tour de France. Il avait aménagé à l'avant du vélo un siège avec des moitiés de cageots ce qui me permettait de m'asseoir confortablement mieux que sur le cadre du vélo sur lequel on m'asseyait parfois. J'étais gâté à cette époque et le souvenir de ces trajets est toujours resté gravé dans ma mémoire. Assis devant le vélo, j'avais cette impression extraordinaire d'être en état de vol libre au point que, même dans mes rêves, cette sensation n'a cessé de m'accompagner. " Je fais souvent ce rêve étrange et pénétrant ..." Un rêve récurrent où je me sens capable de sauter très loin et de ne pas retomber, de rester en suspension dans l'air avec le sol qui défile sous mes yeux. Une extraordinaire sensation de puissance que cette capacité quasiment de voler au ras du sol. Mes rêves étaient plutôt à avoir les pieds sur terre mais pas celui-ci et ils ne contenaient aucun projet mirifique que j'aurais voulu réaliser. A part les deltaplanes qui n'existaient pas et que j'aurais pu inventer pour que ce rêve devienne réalité. Certains y verront sans doute autre chose, mais c'est notable, car si tous les rêves ne deviennent pas des réalités, toutes les réalités ne deviennent pas des rêves non plus !

" Et la vérité devînt rêve... " (En France)

Si le père n'était pas croyant, il n'en était pas de même du grand père qui s'appelait François. Dans la famille, on avait opté pour Saint François d'Assises. Comme le "Poverello" ainsi qu'il fut surnommé, nous avions peu le goût de l'argent et du pouvoir et, comme lui, nous aimions la France. Hélas comme lui, nous eûmes quelques difficultés, qui ne furent pas passagères. Mais cela n'a jamais entamé notre courage pour affronter les mauvaises passes. Ne pas aimer l'argent n'est pas une tare, cependant ça finit par coûter cher de détourner chastement les yeux du denier qui s'offre à nous pauvres pêcheurs. Ne pas aimer l'argent si c'est un privilège, c'est celui des riches !

Je ne sais pas pourquoi, mais j'ai toujours voulu fausser compagnie à mon grand père. Aux Cottages par exemple, il me gardait ou plutôt se contentait de me garder. Enfermé lorsque mes parents n'étaient pas là, je devais rester avec lui à ne rien faire. Il ne pouvait pas s'imaginer, venant de la capitale, que j'aie mille choses à faire, non pas à l'intérieur, mais à l'extérieur des Cottages. A l'heure de la sieste, j'attendais patiemment qu'il s'endorme et je lui faussais compagnie, tantôt par la porte, tantôt par la fenêtre et par dessus le mur du jardinet. Pour m'empêcher de m'échapper, il avait fini par construire une barrière spéciale, cloué des planches les une aux autres, dans le jardinet, pour que je ne puisse enjamber l'obstacle. Aucune notion, de ce que je pouvais être, pour un peu, il m'aurait attaché !

Pire encore, plus grand, dix ans pas plus, j'allais parfois en Août à Paris et j'étais consigné dans la chambre d'enfants, n'ayant pas le droit de sortir. Pas d'autre solution pour profiter d'une belle après midi ensoleillée que d'utiliser une méthode éprouvée qui consistait à passer par la fenêtre. Heureusement que nous étions au rez de chaussée du 110 rue de Montreuil, car en plus des disputes, lorsque je rentrais le soir, après une bonne journée au grand air de la capitale, je me serais sans doute fait une entorse. Il m'était impossible d'emprunter le même chemin pour le retour, car la fenêtre avait été close de l'intérieur. Cela ne les faisait pas rire. Enfermé aux cottages, enfermé rue de Montreuil, voilà comment je fus traité par mon grand père. Quoique pour être juste, je lui doive ma première partie de rigolade, car il m'a emmené au ciné voir mon premier film muet. Dieu sait que j'ai ri, ce jour là, à tous les gags et aux scènes incroyables de ce film burlesque et anonyme. Grand Père, qui ne m'a jamais donné un centime, m'a expliqué une anecdote qui dénote bien son rapport à l'argent. A une ouvreuse qui regardait avec insistance et mépris la pièce de cent sous, qu'il venait de lui remettre, il demande à voir s'il ne s'est pas trompé, reprend la pièce et s'en va s'asseoir où bon lui semble, au grand dam de la plaignante. Une autre histoire genre fait divers. Un homme sort du bureau de tabac, traverse la route sur un passage clouté en vérifiant sa monnaie s'aperçoit soudain que le compte n'y est pas, fait volte face pour aller réclamer son dû, une voiture arrive à vive allure, le conducteur surpris par ce demi tour soudain ne peut pas s'arrêter et bing bang, c'en est fini de l'homme ! Cette histoire sans paroles montrait bien le côté éphémère de l'existence.

Mon goût pour les balades en solo, n'avait pas de limite. J'ai également fait le coup à ma mère lorsque j'étais à peine âgé de cinq ans. Nous étions dans le midi de la France. En effet : l'époque des Cottages fut interrompue par une tentative de mes parents de s'installer à la Ciotat. L'attrait de la mer et du soleil a toujours été présent dans l'esprit de maman, lorsqu'il faisait beau elle ne cessait de se réjouir : « Je revis » disait elle. Ce n'était pas facile à comprendre pour moi, mais je crois bien que tous les gens du Sud ressentent la même chose. Hors de la lumière et du soleil du midi, on ne vit plus !

Nous habitions quelque part, au milieu des oliviers et des figuiers chez un monsieur très bien qui avait une allure très méditerranéenne avec une belle casquette et une allure de café du commerce dans le bon sens du terme. Mes parents l'avaient connu en maison de cure ou il était sans doute en villégiature thérapeutique comme beaucoup de gens de ce pays. C'était une petite maisonnette avec un petit jardin arboré. (Rien à voir avec mon grand pré que je pouvais parcourir de long en large et ressentir l'ivresse des grands espaces) Il fallait pour ainsi dire s'échapper pour faire quelques découvertes, c'est ce que je fis. J'ai disparu pour aller voir les bateaux, que j'avais entrevus et qui m'intriguaient beaucoup. Heureusement quelques clients des cafés, ces messieurs bien intentionnés qui boivent le pastis, furent plus ou moins intrigués par ma présence sur le port, vers les chantiers navals, qui s'apprêtaient à lancer un gros bateau et ils décidèrent de me conduire au commissariat. Entre temps, j'avais pu constater que l'eau quasiment remontait jusque sur les quais quand un bateau des chantiers était lancé. C'est donc au commissariat que ma mère est venu me chercher alors que j'étais en train d'expliquer aux policiers l'extraordinaire découverte que je venais de faire. Je n'étais pas avare d'explications à cette époque là ! Ma mère fut très surprise lorsque les policiers lui dirent tout ce que j'avais raconté et a parlé de cette histoire longtemps après que cela fut arrivé. Je crois bien qu'elle a eu très peur ce jour là et je n'étais pas fier de moi. Sauvage ? Non, je ne l'étais pas dans ce sens là, car j'étais plutôt doué pour la conversation, ce que maman n'a cessé de me confirmer par la suite, j'étais donc très sociable, mais je l'ignorais.

J'étais passé des Cottages (que mon père prononçait de la même façon que le potage du soir), à la rue de Montreuil et au midi de la France, et cela avait déjà un tant soit peu forgé mon caractère dès la prime enfance. Cependant, je n'étais pas pour autant comme les petits professeurs qui vous expliquent le pourquoi du comment. J'aimais avant toute chose m'évader, m'échapper et n'utilisait le langage à ma disposition que pour rendre compte de mes découvertes. Mon côté sauvage ce n'était pas ça, mon sens inné de la communication n'y était pour rien, bien au contraire : les animaux sauvages sont beaucoup plus explicites dans leur expression et réagissent en suivant leur instinct, ce qui est plus rare de la part des animaux domestiques. J'ai tendance à penser que c'est la même chose pour les humains. Mon père qui ressentait ces choses-là mieux que quiconque, utilisait parfois une expression bizarre pour me faire comprendre que ça ne pouvait pas continuer ainsi. : Il ne disait pas : « Je suis ton père, je vais pourvoir à ton éducation », ce que d'ailleurs j'aurais eu du mal à comprendre ; mais employait une expression particulière du style : « Je vais te dresser, moi ! ». Un peu finalement, comme si avec son grand cœur il avait bien compris que j'étais comme un petit animal sauvage épris de liberté, tant dans l'expression que dans les actes. Un jour, il a senti que mon côté sauvage, loin de me rapprocher de l'animal, au contraire, m'en éloignait d'autant plus que bien peu d'animaux autour de moi étaient pourvus de cette qualité. Il finit par comprendre que personne ne pourrait jamais faire ce qu'il disait, car l'intelligence du petit bonhomme ne le permettrait pas. Je fus donc éduqué et élevé comme un humain. Je n'aime pas beaucoup ce verbe élever, qui me dérange en français, car on emploie le même pour l'élevage des animaux.

Mon côté sauvage, cependant, est resté bien ancré surtout quand je me compare aux enfants des cités, des villes et des médias pour qui la franche "déconnade" ne pose aucun problème.

Je n'aime pas les effusions collectives de toute sortes, de joie ou de colère, avec le côté bon enfant ou pas, cela me donne l'impression d'une régression lorsque j'y suis mêlé de près.

Mon côté sauvage se manifestait autrement que par la mauvaise conduite : il se manifestait par les sensations, le désir qui était en moi et que je devais de plus en plus cacher pour ne pas paraître agressif ou trop inconséquent. Qui eût cru que cet enfant aux cheveux blonds et bouclés, coiffé parfois d'une banane par sa maman jolie, deviendrait un jour un jeune homme aux cheveux brun, puis un homme, qui porterait en lui comme un bien précieux la grogne de ses premiers pas ? Je plaisante, mais c'est vrai que j'étais mignon, beau même. On me l'a tellement dit que j'ai fini par le croire. C'était moins vrai à l'adolescence et encore moins homme, bien que les critères de beauté ne soient pas les mêmes pour tout le monde. Ma sœur me disait que j'étais normal lorsque j'étais adolescent. Elle ne pouvait pas me faire plus plaisir, car j'exécrais qu'on me prenne pour une fille comme lorsque j'étais plus jeune. Ma mère disait toujours : «Mon dieu, qu'est qu'il était beau quand il était petit ». Sans, bien sûr, s'adresser à moi qui ne l'était plus sans doute à ses yeux. Je crois encore entendre sa voix, bien timbrée avec un léger accent du midi que je n'oublierai jamais. Ce qu'ils peuvent me manquer aujourd'hui ses accents, leurs accents ! Beau, c'était possible, mais je ne le savais pas et puis j'avais horreur de cette coiffure en forme de banane qu'elle me faisait et qui me semblait d'un ridicule à faire se plier en deux tous les enfants du quartier. Ma vie sera d'ailleurs en grande partie déterminée par la gente féminine, car je croyais que les filles me comprenaient et je continue de le croire.

En revanche, comme j'ai tout entendu me concernant, je n'aimais pas qu'on me parle de moi bébé. Mon père disait que j'étais né avec des poils noirs ou un duvet noir sur le corps et que je n'étais pas beau du tout à la naissance. J'étais son premier enfant, le premier qu'il ait vu si petit (un jour ou deux). Mais ensuite, tout allait bien car le duvet noir est parti et n'est jamais revenu. Mi ange, mi démon semblait bien être ma destinée. Je n'ai jamais bien compris pourquoi on parlait tant de mon physique passé, comme si le présent n'était qu'une illusion qui n'intéressait personne. Ça, c'est le regard de mes aînés, ils ne se souciaient guère de mon éducation sauf quand je faisais des bêtises, mais ne cessaient de me parler de ma prime enfance, un peu comme s'ils ignoraient quelque chose qu'ils auraient voulu que je dise et que je ne disais jamais .

« Mais qu'est ce que tu as dans le cigare ?», disait mon père par trop inquisiteur, quand il ne pigeait rien à rien ! J'aurais dû essayer de lui expliquer que je n'étais pas différent de lui seulement un peu plus près des étoiles et de l'herbe haute qui cachait ses pieds. Je me contentais de rentrer dans un silence réprobateur, faisant taire mon esprit chagrin, pour laisser place au cœur sensible et affectueux du bon fils que j'allai devenir et rester.

Cela jette un peu le doute sur mon éducation, mais qu'on se rassure je suis effectivement un garçon bien élevé. Mais oui bien sûr, n'en déplaise à la mauvaise graine que j'ai côtoyée toute ma vie durant et à la soi disant bonne graine aussi d'ailleurs.

Il n'y a rien d'intime dans tout cela, mettre des souvenirs sur un bout de papier, raconter mon histoire n'aurait pas de sens s'il ne s'était agi que de moi. Il y a moi, les autres et les idées, les thèmes et ça, c'est important. Tout au moins pour ceux qui s'y intéressent. Je veux seulement que l'on me comprenne, c'est tout. Que l'amour, les larmes aient un sens, le sens du réel, le sens du bien. Mes chères filles à qui j'ai consacré tout le temps que méritait leur enfance comprendront certainement que lorsque je dis que j'aime, ceci à un sens pour moi. J'espère leur avoir légué quelque chose d'autre qu'une bonne éducation, quelque chose en plus. Peut-être cette force qui est en moi et qui provenait de je ne sais où ?

Bien sûr, je me sens coupable parfois, mais coupable de quoi : d'être moi même ainsi que je me connais et non pas ainsi qu'on me voyait ou tel qu'on me le disait. Coupable d'ignorance et de fautes bénignes sans doute. Mais à l'inverse, je crois être digne, digne de confiance, digne de sincérité et de vérité. Je le répète, il ne s'agit pas que de moi, il s'agit de ma vie aussi et des autres, de cette altérité qui me fit prendre un jour le chemin de l'école, le chemin de mon existence parsemée d'embûches. Nos ancêtres devaient marcher beaucoup pour accomplir leur destin, aujourd'hui nous marchons autrement, par les vicissitudes de la vie moderne qui nous emmène, ça et la au gré de nos attentes de nos besoins et parfois de nos désirs, du moins pour les plus chanceux et j'en suis. Bien que ce ne fut pas toujours le cas !

Ainsi, à onze ans à la suite d'une chute de ski, je me suis retrouvé à l'hôpital, encore entouré des chères sœurs qui y dispensaient leurs soins. (Une affreuse racine mal intentionnée avait causée ma chute et je fus blessé gravement : fracture du tibia nécessitant plusieurs opérations) C'est ainsi que j'appris de la bouche de l'une d'entre elle que son saint, celui qu'elle avait choisi en prononçant ses vœux, était très exactement celui qui figurait sur le calendrier à l'emplacement de mon prénom. Sans doute la providence m'avait dirigé vers cette personne très dévouée à son saint et à ses malades. Mais, bon sang, que j'ai souffert ! Etait-ce vraiment nécessaire de me mettre des clous, de m'opérer deux fois, une fois pour les mettre une fois pour les enlever et de ne pas s'apercevoir que je développais une ulcération derrière le second plâtre qu'on a trop tardé à m'enlever ? Je suis reconnaissant au corps médical d'être encore en vie aujourd'hui, mais je pense que ma vie aurait pu être plus riche et plus intéressante si j'étais passé au travers de tous ces déboires. Les sœurs c'est autre chose, elles ont toujours été présentes dans ma vie, avec cet élan de fraternité qui les caractérise si bien, les sœurs, les chères sœurs.

A ce propos, religieusement parlant, en matière de religion, mon seul interlocuteur fut le curé de la paroisse. Un jour de messe, sans rien dire à personne, j'avais décidé de rentrer dans l'église. Je voulais faire comme les copains. Les autres enfants du village avaient l'air content d'aller au catéchisme et d'en savoir plus que moi sur la religion des adultes. L'enfant que j'étais n'avait pas accès au catéchisme où on apprenait de si belles histoires. J'étais donc en manque d'information et décidais d'aller y voir de plus près à l'office du dimanche. J'étais derrière tout le monde et me demandais bien ce qui allait se passer. Inutile de dire que je ne connaissais pas la moindre des paroles sacrées qu'il fallait prononcer ou chanter durant l'office. J'avais l'impression d'être un imposteur qu'on allait finir par démasquer et jeter dehors. Pour ne pas être repéré, j'esquissais un mouvement des lèvres comme pour faire croire que moi aussi je connaissais les paroles. Quelle ne fut pas ma surprise quand le curé demanda à ce que tous les enfants se groupent dans la nef et s'assoient derrière la rambarde en bois qui l'entourait. Tous les paroissiens me passèrent devant le nez pour « communier ». J'ignorais bien sûr tout de ce qui se passait devant moi, tout absolument tout. Le curé fit le tour de la nef et tout en proposant l'hostie à ceux qui pouvaient et il me remit une petite médaille à l'effigie de Marie. Cette médaille, je l'ai retrouvé récemment avec émotion, elle ne s'est pas perdue, elle est restée chez nous de même que ma joie d'enfant de cette époque. Quand j'ai dit à mes parents ce que j'avais fait, j'ai senti une grande réprobation. De leur point de vue à eux aussi, il n'était pas convenable que j'aille à une messe catholique. J'y suis retourné autant que j'ai pu. Je considérais à cette époque et aujourd'hui encore que l'idée même de Dieu devait suffire à justifier ma présence en ce lieu et que s'il existait vraiment, il devait être bien au dessus de toutes les chicaneries d'ici bas, y compris celles du clergé et des curés. Et puis, aucun curé dans une église ne m'a jamais demandé mon certificat de baptême. Me faite baptiser sur le tard reviendrai à chercher une échappatoire à mes pêchés et c'est de mon point de vue le pire des pêchés ! Marie était restée bien tranquille à la maison, celle de mes parents, quant à la messe comme je n'y comprenais pas grand chose, j'y allais de moins en moins. Plus tard, je me demande pourquoi, j'ai cru que je comprenais, mais ceci sans doute n'était qu'une illusion. Qui peut comprendre le divin ? A part Dieu.

Les magnifiques parterres des fleurs du couvent suffisaient à mon bonheur spirituel, quelque part pour moi, la volonté divine était ordre et beauté, amour et réciprocité. C'est pour cette raison que je n'ai pas toujours compris ceux que j'aimais, pour qui la vie ne ressemblait pas à un jardin fleuri béni des dieux et qui, eux, croyaient surtout à l'injustice qui les fit comme ils sont et non aux miracles qui changent en or la misère du monde. Mes parents étaient athées, moi non, mais ai-je mené une vie de croyant, c'est là la question ? Un jour je me suis dit que j'en rendrai compte directement au bon Dieu au moment du Jugement Dernier, où il faut peser le pour et le contre, mais que c'est compliqué ! Même les prêtres sont divisés sur la question du Jugement Dernier. J'avais un peu peur de cet aspect de la religion étant petit. Belzébuth ne m'a jamais impressionné mais j'ai eu très peur du martyr de Jésus. J'avais vu un film bizarre où en guise de Jugement, pour accéder à Dieu et implorer son pardon, il fallait gravir un escalier en bois pour accéder à une sorte de grenier ou était le Christ et d'où coulait le sang du Christ à travers les lattes du plancher. On entendait la voix de Dieu, il citait l'exemple de son fils rédempteur. J'étais terrorisé et en même temps interpellé, sur le sens même du propos. C'était très loin des histoires à l'eau de rose que pouvaient entendre les enfants des catéchismes à cette époque là et aujourd'hui encore. C'est ainsi qu'un jour sans vraiment y croire, je me suis mis à croire, au moment où le monde ne croyait plus en rien, moi, je croyais. C'est pas vraiment ce que j'ai fait de mieux, et puis c'est ce dont doute le plus mon entourage. Mon côté sauvage, c'est aussi cela. Le refus de la transgression, fût ce dans la joie qui accompagne le succès. Rejoint par les réalités, cela a fait de moi un être un peu spécial qui n'aime pas s'obliger lui même ni se faire violence. Mais je reste sur l'idée, que cela m'a aidé dans ce monde ici bas.

2
« A QUI SIEN BEN »

Ce lieu sublime où j'ai habité, (on notera qu'il le fut pour un enfant) mes parents aussi l'habitaient. Mon père, pensionné de guerre, se vit un jour retirer sa pension au motif que son état de santé s'étant amélioré, celui-ci ne justifiait plus qu'il fût indemnisé, car il pouvait travailler. Que faire ? Un petit hôtel d'étape situé en contrebas des Cottages sur la route départementale cherchait un repreneur. A cette époque, le tourisme à la montagne n'attirait pas les foules, mais il y avait du passage et comme tantine et son mari, venu de la capitale la rejoindre, cherchaient une affaire dans le coin, le clan familial prit l'affaire « bien » en main. (C'est un patois m'a-t-on dit ça veut dire à peu près cela : « A qui s'y trouve bien »). Cette maisonnette était bien attirante en elle même. Pour moi, qui n'étais pas au courant des détails du cadastre, c'était un réel agrandissement du « domaine », avec une dépendance de taille. Située près du pont d'une rivière, un peu en hauteur, entourée d'herbe verte , près d'une scierie qui retraitait le bois de la forêt, cet hôtel semblait surgi de nulle part . Trois étages, avec des chambres en haut, un style un peu colonial. C'était tout nouveau pour moi, bien que nous n'y habitions pas. Nous, les enfants on devait rester au Cottages, la journée, pour ne pas déranger les clients et le travail. Dire que j'y ai vu beaucoup de clients serait un mensonge. Ça ne se bousculait pas comme disait mon père.

Toute la famille de Paris y est descendue et même quelques amis de tantine qui roulaient dans une superbe traction avant, une Quinze comme on disait admiratifs ! Tout ce beau monde nous rendait visite durant les vacances. Ainsi mon plus jeune oncle et ma plus jeune tante de Paris âgés respectivement de quatorze et seize ans (vingt ans de moins que leur frère aîné mon père) venaient pendant les vacances d'été profiter de l'air de la campagne. Eux étaient plus âgés que moi et les ballades que nous faisions le long de la rivière m'ont laissé un souvenir étrange. Fini le vent de liberté, fini le temps béni ou je pouvais m'arrêter, tranquille, pour observer dame nature . Avec eux, il fallait toujours courir, se dépêcher d'aller toujours plus haut, toujours plus loin au point qu'un jour ils ont failli me perdre en remontant la rivière, quand je dis perdre je veux dire corps et âme. J'ai glissé sur une pierre pleine de mousse , moi le plus petit , je ne pouvais pas toujours suivre leur rythme endiablé et je me suis retrouvé seul en proie à leurs sarcasmes de citadins, après qu'ils aient daigné m'attendre un instant . Bref, ils n'étaient pas vraiment à l'aise, mais rien dans leur comportement ne laissait supposer qu'ils emmenaient l'enfant de huit ans que j'étais, sur un site dangereux par la hauteur des chutes et des aplombs de plus de huit mètres, sans compter le courant, qui aurait eu vite fait de m'emporter en cas de glissade ! Plus bête que moi tu meurs, c'était bien le cas de le dire ! Ceci étant, je me sentais un peu chez moi et ceci explique sans doute cela. Du haut de mes huit ans je prétendais leur en montrer plus qu'ils ne le pourraient jamais, ce fut mon erreur toute ma vie durant avec eux ! Je prétendais leur faire découvrir les merveilles de mon petit paradis sur terre. Leur indifférence de citadins était pourtant bien compréhensible, quoi de plus banal en fait, que dame nature, qui est à tout le monde à les entendre. C'était bien clair, je n'étais pas le maître des lieux car ces lieux bénis n'appartenaient à personne.

Comme mes parents étaient un peu occupés, ils décidèrent d'embaucher quelqu'un, qui allait s'occuper de leurs enfants les jours où il n'y avait pas école. Une gardienne, une surveillante, une nounou ! Elle se faisait appeler par le diminutif de son prénom, ce qui pouvait laisser supposer qu'on lui prête une aptitude quelconque à la tendresse et à la gentillesse. Il n'en était rien, bien au contraire ! Cette horrible jeunette de vingt berges s'était mise en tête de diminuer mon degré de liberté à la maison et, qui plus est, se montrait coupable de maltraitance à l'égard de ma petite sœur. Je n'ose décrire les affres qu'elle faisait subir à une petite à peine âgée de quatre ans pour la punir lorsqu'elle faisait les bêtises de son âge. Nous n'aurions même pas osé imaginer pareilles scènes en présence de nos parents. Ce fût entre elle et moi une véritable partie de bras de fer et plus d'une fois j'ai dévalé le pré pour aller avertir mon père de ses méfaits à l'encontre de ma petite sœur et de mon petit frère. Elle n'aimait pas les enfants et ne savait pas s'en occuper, c'est certain. C'en était trop de mon point de vue, je me suis vraiment impliqué pour que cette mégère, en mal d'amour déguerpisse, au plus vite. C'était elle ou moi ce fut elle. Je n'étais pas loin de la fugue. Et puis un jour les parents ont compris qu'elle était instable et avait des passades à répétition. Elle se vengeait de ses chagrins d'amour sous forme de colères et de gestes violents sur nous. Ouf ! Fi, de toutes ses jérémiades, nous en fûmes débarrassés et bienheureux de l'être ainsi que la Fifi qui était encore dans les parages. On pouvait vraiment s'en passer. Nous obtînmes de couler des jours tranquilles à « Qui Sien Ben » quand il n'y avait pas école !

De toute façon : «Qui Sien Ben » ne rapportant pas assez, il n'était plus question de continuer d'appointer cette ribaude pour nous garder. Laquelle cependant, ne cessait de minauder avec mes parents qui l'appelaient par son diminutif trompeur. Comme si elle était une gentille jeune fille bien élevée. Elle finit par disparaître complètement du paysage et j'eus à nouveau les coudées franches pour profiter de mes instants de liberté. Comme il est plaisant de penser qu'il y a des gens que l'on ne regrettera jamais, au grand jamais.

Mon père avait acheté une automobile, une deux cent deux d'occasion, il a toujours acheté des voitures d'occasion. C'était sa première et ce fut également ma première. Je me rappelle encore ses formes arrondies et sa ligne fuyante, son intérieur cossu et envoûtant avec tous ses boutons rondelets qui donnaient envie de tirer ou d'appuyer dessus. Bref, une merveille ! Lorsqu'elle démarrait dans le pré (à la manivelle, car elle n'était pas tout à fait au point) on aurait dit que la terre avait tremblé, elle s'agitait de tous côtés prête à bondir à la seule demande de son pilote. Au premier abord, c'était une chose bien étrange que ce véhicule terrestre, apparu dans le paysage et semblant uniquement là, pour vrombir et cracher sa calamine, à priori pour aller nulle part. D'ailleurs, l'automobile a très peu servi, quelques kilomètres par ci par là, pour aller à la pêche au village voisin où se trouvait un bel étang à brochets avec de jolis roseaux. Un jour que nous partions en famille pour une journée de pêche à Tézilleux, mon cousin Dany le fils de Tata, tout petit, fit rire la maisonnée, car il se mit à crier au secours à la fenêtre de l'auto, sûrement effrayé par les vibrations et le bruit . On a bien rit, même si mon père prenait un air offusqué ! La confiance aveugle dans la technique auto, ce n'était pas son truc à Dany.

C'était très spécial pour moi cette auto. Un jour, j'eus la merveilleuse idée de m'asseoir au volant. C'était plus ou moins l'heure de la sieste et nous étions ensemble, moi, mon frère et ma sœur. Mon frère et ma sœur étaient montés derrière et l'auto était garée devant l'hôtel sur le terre-plein en haut de la petite montée qui le relie à la route départementale. Je commençais à toucher tous les boutons et comme rien ne se passait sans les clés, j'ai tiré sur le frein à main juste pour voir et l'auto à commencer à bouger. Je tenais le volant d'une main ferme à l'amorce de la descente et je savais qu'il me suffirait d'actionner le frein au pied pour m'arrêter ! Hélas mes jambes n'étaient assez longues et il m'était impossible d'atteindre la pédale de frein ! Nous voilà partis. Mon frère et ma sœur me faisant une confiance aveugle et rigolant bien, blottis dans les sièges arrière. Je tourne le volant pour éviter le fossé et nous voilà dans la descente qui mène tout droit à la route en sens inverse de la circulation sur la droite en plus ! Belle descente un peu chaotique. Arrivé en bas près de la scierie, j'ai la présence d'esprit de tourner à gauche pour éviter d'entrer sur la grande route !

Mon père, voyant partir l'auto s'était déjà précipité à notre rencontre et arrive à bride abattue. Trop content de nous voir saints et sauf, il oublie de me sermonner sur le moment. Que s'est il passé ? Motus et bouche cousue : nous n'avions pas l'habitude de nous dénoncer entre nous et l'affaire fut étouffée comme il convient. (L'auto était partie toute seule bien sûr !) Juste une petite dispute pour la forme, mais quels frissons, ce fut ma première expérience au volant d'une vraie automobile.

A Qui Sien Ben les affaires n'étaient pas brillantes, mais on s'amusait bien. On y dormait parfois quand les parents un peu fatigués de leur journée décidaient de nous allouer une chambre d'hôtel à titre exceptionnel ! C'était la vie de château ! Jusqu'au jour où survînt un incident que je n'ai jamais bien compris. Je classe cela dans la rubrique du côté sauvage impulsif. Rien ne pouvait me résister après cette expérience de chauffeur, il me fallait montrer que je n'étais plus un gamin et que tout ce qui se passait ne m'était pas indifférent. J'avais une sainte horreur des discussions animées qui survenaient fréquemment entre adultes. Dès qu'on élevait la voix, j'avais l'impression qu'une bagarre allait éclater. Un jour, alors que mon père et quelques personnes semblaient devoir se dire des méchancetés, je décide brusquement de quitter la salle par la porte d'entrée. Hélas, ma main un peu vive dépasse de peu la poignée de porte et vient se cogner contre la paroi vitrée. Il en résulte que la vitre se brise et que mon poignet qui frotte les morceaux de verre restants subit une entaille profonde. Je saigne abondamment et c'est l'affolement général. Il y a ici un ami corse qui participait à la discussion oiseuse et que j'avais vu prendre part à des bagarres au stade. Croyez le si vous voulez, mais ce corse m'a sauvé la vie ! La deux cent deux de mon père avait été remplacée par une Traction une Onze qui s'obstinait à être en panne. Dieu merci ce monsieur avait une voiture. Et nous voilà partis lui, moi et mon père qui tient le garrot de mon bras sanguinolent, tous les trois à l'avant de l'auto. Plus de peur que de mal, les veines n'étaient pas atteintes et quelques points de suture auront suffit à transformer une grande peur en un simple mauvais souvenir et une belle cicatrice indélébile. J'entends encore mon père très rassurant dans l'auto : « Pourvu qu'il ne se vide pas de son sang ! » J'ai compris plus tard que la quantité de sang qui est dans un corps fusse d'un enfant n'a rien à voir avec les quelque centilitres que j'ai perdu ce jour là, avant d'être recousu. Mais quand on ne sait pas on ne sait pas ! Je me voyais déjà plus vide qu'un ballon de foot dégonflé.

"T'as eu de la veine me disait mon père." Pour lui la veine ça consistait surtout à rester en vie. Une vieille habitude ! Survivre devenait donc mon principal objectif, dans ce monde plein de dangers.

Dans le registre des blessures morales, je me dois de relater autre chose, car cela m'a laissé un goût amer même si je pouvais comprendre. Sans doute l'amour de la nature et des animaux y est pour quelque chose. J'ignore si cela est en rapport, mais durant de nombreuses années, je n'ai pas mangé de lapin au sens propre bien que j'en ai « mangé » au sens figuré. Je laisse au psychanalyste le soin de l'expliquer …

A « Qui Sien Ben » il y avait des lapins, ce n'était pas une ferme, mais à cette époque, élever des lapins était tout aussi banal que de planter des choux, comme dit la petite comptine, que chantaient tous les enfants. Il y avait donc un clapier, sans doute pour des raisons purement économiques. Mais voyez vous, cher lecteur, la chose n'était pas aussi simple qu'elle en avait l'air. Je fus témoin un jour d'une chose qui bien sûr n'est pas répréhensible. Je crois bien que personne, ni ma mère ni mon père, ne savait tuer un lapin et le préparer. Quant à moi, je ne vois vraiment pas pourquoi j'aurais dû le faire. Je n'étais pas un enfant de la ferme à qui, lorsqu'il paraît désœuvré, ses parents peuvent dire : « Va donc tuer le lapin ou le cochon ! » Ma tante par contre (la vraie, l'authentique), savait le faire et s'en chargeait habituellement.

Un jour que ma curiosité était la plus forte, je suis allé voir comment elle faisait et je la vis faire. Elle se saisissait de l'animal par les oreilles, lui attachait les pattes, le pendait par les pattes arrières, puis lui assénait quelques coups violents à la tête jusqu'à ce que mort s'ensuive. Ensuite, elle entaillait la peau et tirait dessus l'arrachant d'un seul coup d'un seul. Un peu choqué, je réagissais à chaud devant ma tante. Elle fut très surprise de mon émotivité, pour ne pas dire sensiblerie et réagit fermement en me disant que si j'avais connu la guerre, je saurais ce que c'est. C'est ainsi que se forgent les caractères les plus durs. Sans doute quelque mots d'apaisement du genre : "c'est ainsi que l'animal souffre, le moins" m'auraient suffis, mais ce n'était décidément pas le style de la maison.

Mon esprit retord s'est ainsi forgé au fil du temps à la suite de ce genre de scènes. Pensez donc ce qu'il en était, pour cette pauvre bête domestiquée, de finir ainsi assommé, tremblant et dépecé ! Non merci ! Mieux valait rester un lapin de garenne et mourir d'une balle ou sous la dent du renard !

Le sort de ce pauvre lapin et l'évocation de la période de la guerre était aussi significatif d'autre chose que mon cœur d'enfant avait du mal à saisir : nous n'avions pas grand chose à nous mettre sous la dent, car "Qui Sien Ben" ne rapportait rien. Pourtant, ce n'était pas comme pendant la guerre, avec son lot de disettes et de personnages faméliques. Il fut donc décidé de tenter une autre aventure et celle ci avait pour nom « Les Touristes ». J'avais dix ans lorsque nous nous sommes installés aux Touristes. Nous ? Ma tante et mon oncle plutôt, qui eux seuls étaient signataires, bien que mes parents fussent à la besogne. Maman a toujours travaillé, elle, et pas qu'un peu !

38

Dix ans, année cinquante neuf, je réalise soudain que mes années s'obtiennent en soustrayant la date actuelle de ma date de naissance. Génial ! Enfin un truc utile que j'ai appris à l'école, car il faut bien le dire la finalité de mes études était loin de me sauter aux yeux à cette époque et plus encore le calcul et l'arithmétique que le reste. C'est ainsi que l'on constate que le savoir humain enseigné, sert surtout à comprendre le savoir humain ou du moins ses codes, ses rites et ses conventions. Le langage lui même est avant tout une convention. Ce que je vous dis n'a de sens pour vous que parce que nous, êtres humain parlons la même langue et que nous sommes convenu de ce sens par convention. Parfois il m'arrive d'en douter, tant il est vrai que beaucoup cherchent à s'approprier le sens, sans se rendre compte qu'il est un bien commun et inestimable !

Tata et son cher mari avaient des amis : les Dumoustier, qui, eux même, avaient une belle voiture mais aussi un enfant qui, lui, avait mon âge et était semble-t-il dans la même classe (sans doute dans le privé). Figurez vous que ce bougre était capable de lire les tout petits caractères du journal ! Bien que n'ayant pas vraiment besoin de lunettes, ce n'était pas mon cas. Je fus ainsi pris à témoin de mon retard sur lui, et comme il ne venait à l'idée de personne que l'enseignement puisse y être pour quelque chose, je me suis senti un peu rabaissé aux yeux de mon entourage. Déjà à cette époque, il n'était pas question de mettre en doute la pédagogie ou les programmes scolaires. Tout n'était qu'affaire de dons et d'aptitudes particulières. Le style enfant des villes opposé à enfant des champs m'allait très bien.

Il aurait suffit finalement de relire La Fontaine pour comprendre. Mais les adultes qui m'entouraient n'avaient pas lu Jean de la Fontaine, car on en parlait pas dans le journal, et ils ne cessaient de s'extasier sur cet enfant surdoué sans se rendre compte qu'il n'était surdoué que par rapport à moi et sur le seul critère de lire un texte écrit en petits caractères, dont il prononçait les mots sans même en comprendre le sens. Une sorte de lecture automatique qui, sans être ridicule, n'en était pas moins bizarre. Moi je pensais que, ce qui était écrit dans le journal, ne me regardait pas, que c'était pour les adultes et puis je n'avais aucun goût particulier pour lire des lignes et des lignes sans en saisir ni l'intérêt ni le sens, dans le seul but de faire se pâmer d'admiration la galerie la plus proche. Ça, je l'ai compris tout seul, Dieu merci car personne ne me l'aurait jamais dit. Je savais en tout cas que cette année 1959, était ma première décade, car j'allai avoir dix ans et ça c'était comme une révélation, une prise de conscience soudaine de mon intériorité, de ma nature profonde d'être pensant. Aucun animal n'est capable de calculer son âge par différence arithmétique, même si tous les animaux savent plus ou moins communiquer et faire les pitres.

Il y a une différence entre la sociabilité qui révèle plus ou moins l'appartenance, l'éducation reçue et l'expression elle même qui n'est que le reflet de ce que quelqu'un veut faire comprendre et qui n'est pas toujours accessible au commun des mortels.

Qu'en termes choisis, ces choses là soient dites, ne change rien à l'affaire, ça ne fait qu'enjoliver pour les esthètes du langage, les amoureux de la langue, les défenseurs des poètes et leur public. Ce que j'apprenais à l'école n'était donc pas inutile en regard de mon degré de liberté dans le monde qui était indifférent à mes tracas. Et puis il y avait mes cousins qui étaient là eux aussi. Des parisiens qui avaient suivi père et mère bon gré mal gré (avant dix ans on a guère le choix). Nous étions quelquefois un peu livrés à nous même et je crois bien que l'arrivée des cousins qui partageaient l'étroitesse de nos maisons n'arrangeait pas les choses. J'en ai gardé un souvenir quelque peu bizarre. Le petit chef que j'étais, devais se rendre à l'évidence : ceux là n'avaient pas fait leurs classes mais imposaient leurs habitudes, qu'un jeune ignorant comme moi ne pouvait cependant piger.

C'était bien anodin en fait, à part les mots qui resteront dans mon subconscient de jeune homme influençable et fragile. Fragile comme le sont les pauvres bêtes de la forêt que certains détruisent sans même s'en apercevoir. C'est sans doute cela qui était fondamental et que l'on n'appelait pas encore l'environnement.

Je souffrais sans doute de l'indifférence de ma mère qui me laissait faire mon éducation tout seul et qui ne ratait jamais une occasion de laisser quelqu'un d'autre s'occuper de moi. Ceci n'a fait qu'accentuer mon côté sauvage dans des circonstances qui ne m'étaient guère favorables, c'est certain. Ma mère a été sans aucun doute la personne la plus importante de ma vie. Pour comprendre ce qu'elle a représenté pour moi, j'ai dû réfléchir et écouter, parler et recevoir des avis. Ainsi cette anecdote plus ou moins ressortie de ma mémoire est-elle significative et intéressante :

J'avais quatre ans à peine lorsque Maman fut saisie d'une syncope ! Avant de décrire cette anecdote et à ce stade de l'histoire, il me faut distinguer deux notions : l'une des deux est courante l'autre est de mon invention : je distinguerai la sociabilité de l'homo-sociabilité. Sociable : je ne distingue nullement l'autre par autre chose que par sa propre sociabilité. Homo-sociable, il me faut intégrer le paramètre de semblable à moi, ce qui complique un peu l'affaire. J'y reviendrai, car le sujet me semble intéressant, c'est sans doute cela que mon frère avait compris mieux que quiconque. Semblable à tous ou à tous mes semblables ? La question mérite d'être posée c'est sûr. Ou bien semblable à personne ce qui élimine l'adjectif à moins que la similitude soit parcellaire, ce qui est souvent le cas, quand on se réfère à une appartenance politique,sociologique ou tribale, in fine. A donc, je suis homo-sociable et je m'en expliquerai.

En fait, j'ai été terrorisé, tout petit que j'étais, de voir ainsi maman tomber de tout son haut. Je me suis précipité chez les voisins persuadés que maman était morte. Pour un petit la mort est une notion qui est connue, c'est du moins ce qu'on m'a dit et perdre ainsi le contact avec la personne qui est une part de lui même est un véritable traumatisme. Lorsque j'ai questionné maman sur ces souvenirs, elle m'a confirmé que c'était bien arrivé, pensant que, âgé de quatre ans, il n'était pas possible que je m'en souvienne. Elle s'est étonnée que j'y aie repensé, comme si les choses vécues à cet âge là devaient disparaître de la mémoire. Au fond je l'ai perdue deux fois : une fois tout petit et plus tard beaucoup plus tard, une seconde fois.

J'ai finalement eu quelques doutes sur ces périodes de ma vie et mes relations avec elle. Pensez que lorsque je n'étais pas sage, on me menaçait d'appeler une sorte de « Monsieur Méchant » auquel je ne croyais pas. Jusqu'au jour où je vis une espèce de père Fouettard à travers la porte vitrée de la cuisine qui pointait son nez et cognait à la porte. Je fus terrorisé ce jour là et ne compris qu'après que c'était le voisin qui s'était déguisé. La frousse de l'instant premier fut bien difficile à estomper par la suite. Cette façon qu'ont les adultes de s'amuser à faire peur aux enfants me hérisse le poil quand j'en suis moi-même le témoin bien involontaire. Comme si, il n'y avait pas assez de bonnes raisons d'avoir peur dans la vie, il faut que certains en inventent pour terroriser les plus petits qui seront traumatisés toute leur vie. Je ne suis pas peureux, même pas du tout, mais on m'a expliqué que j'avais une réaction à ce qu'on m'a fait étant petit. Lorsque ma mère m'a annoncé la mort de ma sœur, j'avais vingt six ans. Mon inconscient se refusait à le croire. J'ai poussé un cri de détresse significatif, qui s'articulait en un seul mot : « Non ! » La réalité de cet instant terrible ne pouvait pas s'imposer à moi, par delà la douleur, par delà la raison qui oblige à croire ce que j'entendais, il y avait cette idée bien ancrée dans mon cerveau que c'était sans aucun doute encore quelque chose qui ne pouvait pas être vrai. « Non ! » On me reproche beaucoup cela, de ne pas croire ce que je vois. Ça vient de cette époque. Le Monsieur méchant n'existait pas, Maman n'était pas morte. Dans mon subconscient : rien de ce que je voyais et entendais de désagréable et d'inquiétant n'était vrai. Le petit homme s'est donc vite fait une philosophie concernant le monde qui l'entourait. On ne me la fait pas trois fois, si je puis dire …Les terreurs des enfants laissent des traces indélébiles tout le monde devrait le savoir. Quand je vois dans un supermarché, une mère lâcher son enfant, et le menacer de le laisser là tout seul au milieu de tout, comme un tout petit qu'il est dépendant et inapte et les cris de terreur de l'enfant, j'en ai des sueurs froides et je ne peux m'empêcher de réagir sur ces méthodes de dressage, en public. L'enfant est bien plus intelligent que ne l'imagine cette mère froide et cruelle. Je réprouve ces méthodes, elles n'apprennent rien à l'enfant et le traumatisent pour la vie. Ce sentiment d'abandon pour un oui ou un caprice est terrible. La personne qu'il aime le plus est donc capable de l'abandonner, de le perdre au milieu de cette foule hostile, c'en est trop ! Les paroles de consolation et de réconfort n'y changeront rien, le mal est fait, la peur d'être abandonné par l'être aimé le hantera toute sa vie !

Comment ne pas rester près de cette nature sublime quand les humains ne vous offrent que le spectacle désolant de leurs stratagèmes grossiers. La nature, elle, ne ment pas, elle dit la vérité, mais pour l'enfant des villes point de refuge, point de cabanes au fond des prés, l'énormité de la vie sociale et citadine le touche de plein fouet sans qu'il puisse trouver refuge ailleurs. Pour moi, il y a eu des toupies, un garage, une carabine à plomb et même un vélo, une paire de ski; mais oui, j'ai été gâté quand même, bien que ceci m'ait été accordé parfois en compensation de ce que j'ai pu subir par ailleurs. Subir sans le savoir bien sûr ! L'homo-sociabilis s'est fait jour petit à petit : tout ce qui est différent m'indiffère, tout ce qui est semblable retient mon attention, semblable à moi, semblable à ma soeur, semblable à la nature que je reconnais toujours. L'idée maîtresse c'est celle là. Si le lien entre la mère et l'enfant est si fort c'est parce que il s'assimile, lui même, à elle. Elle est tout et partie de lui et ce pour toujours. De la à dire qu'elle est vivante pour autant qu'il vit lui même, il n'y a qu'un pas que je ne franchirai pas. Vivante dans son coeur sûrement, mais, elle peut venir à manquer c'est certain !

Habiter les Cottages et aller à Qui Sien Ben était une chose. Habiter les Cottages et aller aux Touristes en était une autre .L'hôtel restaurant "Les Touristes" était à deux pas de mon école, je passais devant matin et soir. J'ai bien aimé les Touristes et mes dix ans.

3

"AUX TOURISTES"

Les toutous, les toutous, les touristes comme disait la chanson etc. Lorsque mes parents tenaient les Touristes (un hôtel restaurant), j'étais en train de grandir et comme tous les parents, ils ne s'en apercevaient pas. Ils eurent l'idée de faire des matinées et des soirées dansantes dans un village, une ville où à part le bal du 14 juillet, il ne se passait rien. On fit venir un orchestre « José ». Celui là ne défrayait pas la chronique mais produisait ce qu'il fallait pour faire plaisir à une clientèle qui aimait danser, sans que cela prenne trop d'importance. A cette époque là tout le monde savait danser, c'était une seconde nature pour la plupart des gens, la révolution des pop, des rock et des twist n'avait pas encore frappé, on restait sur la joie de l'après guerre et les modes diverses étaient au tango, au paso et à la valse ... Paillettes et accordéons, trompettes et lampions de toutes les couleurs emplissaient la grande salle des Touristes qui pourtant n'était pas si grande que ça. Quand on avait fait danser sept ou huit couples en même temps, c'était bien le maximum ! Je m'amusais à passer près des couples qui dansaient, humant les parfums subtils des femmes apprêtées et tenues d'une main ferme par leurs cavaliers. Cette ambiance de fête une ou deux fois par semaine rythmait plus ou moins mes soirées, rien d'étonnant à tout cela, sauf que ce fut encore une tentative avortée de faire quelque chose du coté parents, oncles et tantes. Parfois, la fréquentation n'était pas aussi huppée qu'on l'aurait voulue. L'engeance qu'attire ce genre de bal musette à la campagne se satisfait parfois de quelques verres de rouge et puis les esprits s'échauffent, comme on dit, et alors il faut faire le ménage. Mon père qui était un homme à poigne en a sorti plus d'un par le colback !

Hauteville était une ville où il y avait surtout des gens malades qui étaient en maison de cure pour tenter de se soigner de ce fléau que fût la tuberculose. Entre les malades, pour qui la danse n'était pas recommandée et les gens du coin, on ne voyait pas la crème des crème aux Touristes. Il y avait une telle variété de visiteurs qu'on se serait crû au carrefour du monde. (Gens de Paris, gens de Marseille, du Nord de la Corse ou de Bretagne ou d'ailleurs, gens de la campagne environnante). Très petit, j'ai appris à distinguer les multiples accents qui pouvaient s'entendre sur le plateau... (Eh pardi !) Donc, une population très hétéroclite qui s'ennuyait à mourir, c'est le cas de le dire ! Le dancing était mal vu par les autorités locales et les gens bien pensants du plateau qui estimaient que cela était superflu, que les malades étaient là pour se soigner, pas se divertir et encore moins pour travailler.

Le cinéma, seule distraction du plateau devait suffire à leurs loisirs. Mon père n'y a jamais mis les pieds dans ce cinéma, maman y est allé qu'une seule fois avec moi le jour de la scène que j'ai décrite, quand j'ai vu les avions et que mon père était derrière le comptoir du Café des Sports.

A la longue, tout cela les rendait un peu nerveux et puis mes parents n'avaient pas vraiment la santé pour ce genre de job très éprouvant. Moi, j'étais très impressionné par la trompette de José, que je trouvais très belle. Plus tard, j'ai toujours eu plaisir à observer les orchestres et les gens qui dansent, un peu comme ça, comme on regarde une belle aquarelle, une animation de quartier ou une comète dans le ciel, bien que ceci n'ait aucun rapport avec cela. Ironie du sort, je n'ai jamais pris le moindre cours de danse, mais j'ai su danser même, quand et avec qui, j'en avais envie.

Un jour, mon père qui avait pêché un brochet d'un mètre de long décida de le proposer à la clientèle du restaurant. Un franc succès ! Je n'ai vu que cela, moi, les exploits de papa et l'admiration que lui vouait son entourage n'était rien à coté de la mienne. Pour les bonnes choses, il y avait toujours du monde autour de lui , mais quand ça n'allait plus le paysage social qui l'entourait était plutôt limité , on se serait cru dans une clairière à l'écart du monde. L'empathie était notre affaire à nous, les plus proches des proches, et inutile de rameuter le quartier, il ne voulait voir personne à part nous. C'est ainsi que les affaires des Touristes n'étant pas florissantes, et mon père ayant fait une rechute, nous fûmes renvoyés dans nos vingt deux. Je me rappelle encore les visites à l'hôpital où nous devions en silence aller assister à la souffrance du père qui, avec une seconde "thoraco", (ablation d'une partie du thorax) était au plus mal et souffrait beaucoup. A cette époque là, je me rendis compte que je pouvais devenir orphelin très jeune. A part les Touristes et sur ces entrefaites, mon père bien qu'il vécut encore longtemps n'entreprit plus rien ni en son nom ni même en association avec qui que ce soit. Un passage chez une certaine madame Ruber ou maman donnait la main pour faire tourner une maison de cure ne peut être considéré comme une action d'entreprise.

Tous ces gens malades de la tuberculose étaient bien là, mais nous les enfants étions bien portants et ce monde un peu blafard a marqué notre enfance beaucoup plus qu'on ne peut l'imaginer. Un enfant de parents malades peut parfois se demander ce qu'il en est de la maladie et pourquoi ceci et pourquoi cela ? Papa, lui, avait contracté la maladie en Allemagne dans les usines allemandes pendant la guerre alors qu'il était requis pour le travail obligatoire. Arguant, qu'il avait besoin d'un médecin et qu'il pouvait se faire soigner à Paris, il obtînt une permission (un laisser passer) pour aller se faire soigner de ce qu'il pensait être une mauvaise bronchite et ne reparut jamais en Allemagne. Recherché par les Allemands, il s'est caché et prit part à l'exode. C'était un homme de bonne constitution et il avait une force de caractère hors du commun, c'est sans doute ce qui lui a permis de survivre malgré la maladie et les rechutes, contrairement à beaucoup qui moururent de la tuberculose pulmonaire. A la libération, il fut reconnu réfractaire et ancien résistant. Il obtînt une pension et une indemnité pour se soigner. Auparavant, c'était déjà à là, ici, sur le plateau qu'il était venu se soigner, envoyé par son oncle qui avait pris en charge les frais, car à cette époque l'assurance maladie n'existait pas. Et puis vinrent les assurances sociales, la sécu (Grâce au Général qui lui, avait semble-t-il résolu les problèmes de déficit du budget !).

Maman a contracté aussi cette maladie fort répandue à l'époque et rencontré mon père là où ils étaient tous les deux venus pour les mêmes raisons. Je suis né de leur rencontre. Comment dire : moi, je n'étais pas malade et si l'État a quelque peu indemnisé mes parents, ce n'est que justice à mes yeux. Nous n'avions pas vraiment le choix. Vos parents, qu'est ce qu'ils font ? C'est la question qui m'embarrassait le plus étant jeune, même si je n'avais pas à en rougir, au contraire. La vérité c'est que le pays reconnaissant indemnise les anciens combattants, mais qu'il ne peut réparer l'irréparable. J'ai toujours entendu parler de la maladie. Dès que j'ai été en âge de l'entendre, j'ai eu à savoir de tous les amis et proches de mes parents qui mouraient les un après les autres. J'ai su que même en cas de rémission, on ne se défait pas de cette maladie. Pour un enfant, pour un jeune comme on dit aujourd'hui, il faut accepter d'entendre parler de cela chaque soir qui passe. Accepter l'idée que l'on n'est pas dans une famille comme les autres. Sans compter le regard de la société pour qui on n'est jamais blanc, pour qui la victime est coupable un tant soit peu. Les gens qui avaient contracté cette maladie venaient de partout en France. Du Nord au Sud et puis d'ailleurs. D'où un vrai melting-pot, une société bigarrée si ce n'est par l'aspect vestimentaire, du moins par les accents venus d'ailleurs. Pour les gens du cru, les vrais bugistes, nous étions des pièces rapportées, aussi bien nous les enfants que les gens venus pour des raisons médicales. Pièces rapportées et gagne-pain pour certains. Nous n'étions pas admis comme des citadins à part entière, c'était dans l'air, si je puis dire.

Au moment des Touristes, nous sentions cela avec plus d'acuité que d'habitude.

La rechute de mon père fut assez grave. Il dut se faire opérer comme je l'ai dit et se faire enlever quelques côtes et un morceau de poumon. Au cas où on n'aurait pas compris le langage médical, nous avions droit à des descriptions détaillées, nous les enfants, c'est pourquoi, je n'ai rien oublié. Maman avait aussi subi ce genre d'opération lorsque j'étais plus petit, c'est sans doute pour cela qu'elle fut longtemps absente de ma vie, dans le cours de mes années quatre et cinq. Elle avait sans doute préféré me cacher la vérité à cette époque, usant de stratagèmes un peu grossiers pour justifier ses absences.

Je ne pouvais pas comprendre, c'est évident, alors à quoi bon m'expliquer quoi que ce soit, semblait avoir été son raisonnement. Cette période d'absence du père, me vit grandir un peu. J'approchais de l'adolescence et le nombre de mes semblables ne faisant que grandir, mon côté sauvage se dédouble à cette époque là d'un côté social. J'avais une vie sociale, j'allais jouer aux boules (à la lyonnaise) avec la fille du buraliste. On m'avait expliqué que les bureaux de tabacs étaient tenus par des gens comme nous ou plutôt comme mon père (pensionnés de guerre). Prise de conscience ou pas, le fait que mon père s'intéresse à ce type de commerce n'était pas tout à fait anodin pour moi. Ceci étant, la fille du buraliste jouait bien aux boules et c'était tout ce qui m'intéressait, car je ne pouvais pas compter sur les vieux du village pour jouer avec moi. Ils jouaient entre eux. Je jouais au foot également, ce qui m'a valu quelques articles élogieux dans le journal local. Baby foot et foot, concours de boules, la belle vie en somme, j'entrais dans l'adolescence par la grande porte, je devenais un vrai compétiteur et un garçon BCBG et vacciné contre la tuberculose par le BCG ceci, bien sûr, n'ayant rien à voir avec cela. Mon premier costume me fut offert à seize ans, mon premier vélo à quatorze pour me récompenser car j'avais eu mon certif. Une véritable oeuvre d'art que je conserve soigneusement avec une gravure de l'église de Brou qui ferait mourir d'envie le plus blasé des diplômés. Je me revois encore endossant mon joli costume bleu marine pour aller au bal, à peine sorti de ma prime enfance dans un lieu paradisiaque et alors que Roger Pingeon venait de gagner le Tour.

Paradisiaque ce lieu l'avait été pour moi, pas pour mon père qui lui n'en pouvait plus de devoir se battre avec le système de chauffage plus que récalcitrant constitué par un poêle qui brûlait une sorte de gasoil nauséabond et ne chauffait qu'une infime partie du Cottage.

Je dois à ce poêle mes meilleurs souvenirs quand j'étais seul avec Maman : encore petit et que Papa faisait quelques allers et retours vers sa ville natale, la capitale. Maman m'habillait près du poêle mais comme il ne marchait pas toujours la nuit, je dormais avec elle, bien au chaud sous l'édredon. La vie est faîte de ce genre de souvenirs où l'on se sent important et bien au chaud ! Aujourd'hui encore, je revisite souvent ce petit Cottage où j'ai laissé tant de souvenirs. Il est là, fidèle au poste toujours aussi sympathique à mes yeux. Cependant, sa porte reste close, car ses nouveaux occupants n'ont pas la moindre idée de ce qu'il peut représenter pour moi. Les Touristes aussi sont visibles par le visiteur averti. Difficile d'imaginer qu'il ait pu se passer tant de choses en ces lieux d'une extrême banalité apparente.

Nul doute que l'épisode des Touristes ne manquait pas de piment, mais il fallait se résoudre à en terminer.

4
BELLEVUE

Rien ne nous est donné ainsi sans qu'une part de nous même y soit pour quelque chose !

Ayant quitté les Touristes nous n'avions plus comme refuge que les Cottages...Les Cottages encore et toujours avec leur lot de souvenirs et de rêves...et puis Bellevue chez une certaine madame Rouber. On y travaillait plus pour donner la main qu'autre chose mais, aussi cela nous faisait un pied à terre des plus agréable. Il y avait un parc privé, arboré, tout en longueur, idéal pour lézarder au soleil et profiter du grand air. Cette dame avait bien besoin de maman pour faire tourner la boutique, mais deux femmes seules ça ne suffisait pas, mon père qui était hospitalisé ne pouvait rien apporter et cet épisode n'a pas duré longtemps. La suite s'est passée ailleurs, pourtant je n'oublie pas que c'était en ce lieu magique que ma demi soeur à peine entrée dans l'adolescence venait nous voir. Ma soeur, ma chère soeur qui m'avait donné, durant son court séjour, toute la tendresse dont elle était capable. Nul doute que son petit frère aimait à dormir en son sein joli les beaux après midi d'été.

En ces moments de douceur estivale déjà, je pensais à ce que furent pour moi les Cottages et je racontais à cette soeur providentielle, mes souvenirs d'ici et d'ailleurs. A cet instant, il me faut revenir en arrière, car ma vie n'a pas été aussi simple qu'il y parait et d'autres choses de l'époque des Cottages ont forgé le caractère du garçon que j'étais.

Le Cottage mitoyen était habité par un couple dont l'homme s'amusait à me faire peur. Leur nom sonnait comme un rassemblement, Ils s'appelaient Maréchal et n'avaient rien pour plaire. Je me suis toujours demandé pourquoi la France depuis la guerre ne voulait plus avoir de Maréchal. Sans doute pour oublier l'affront de la défaite et de la collaboration, ou parce qu'une sommité militaire ferait trop d'ombre à notre Président. Ces gens là n'y étaient pour rien, et je ne leur en aurais pas voulu, s'ils avaient étés charmants; hélas, ce n'était pas le cas ! Par exemple, ils avaient des oies et l'une d'entre elles, très agressive, un jour m'a mordu alors que je m'approchais d'elle. A cette époque là, je lisais un conte dont on ne parle plus aujourd'hui : « Le Petit Poucet ».

C'était l'histoire d'un petit garçon, Tom Pouce, pas plus grand que le pouce de son père (comme moi ou presque) et qui était très ami avec les oies sauvages. Celles-ci l'emmenaient sur leur dos et ainsi, il pouvait voyager à travers le monde. Ce conte d'enfant m'avait enchanté et je m'approchais sans crainte des oies du voisin, celles-ci bien domestiquées et à ma portée. Mordu par l'une d'entre elle, j'en conçus à tord sans doute, une haine farouche de ces animaux et me mis à douter des histoires du Petit Poucet. Je n'avais rien fait aux Maréchal, tout au plus je chapardais de temps à autre quelques fraises sauvages ou si peu domestiques de leur fraisier plutôt laissé à l'abandon. Ces fraises domestiques que nous allions marauder n'étaient pas aussi bonnes que les fraises des bois, mais elles étaient plus grosses et on s'en mettait plein la panse. Les Maréchal se plaignaient auprès de mes parents car ils subodoraient que je sois coupable. Innocent au ventre plein, je niais effrontément être l'auteur du larcin. Jusqu'au jour où j'ai laissé les fraises de ces gens pourrir sous leurs feuilles. Ces gens, qui avaient une propension à se déguiser pour me faire peur et qui avaient des oies agressives, pouvaient bien dire ce qu'ils voulaient, je n'avais aucun remord et je ne voyais vraiment pas pourquoi ces fraises ne pouvaient pas être mangées. J'ai failli dire oui c'est moi qui les aie prises, mais rassurez vous je les ai bien mangées, mais je n'en fis rien. Encore une fois mon côté sauvage m'a sauvé d'une punition sévère. A l'affirmation de M. Maréchal : « je suis sûr que c'est lui » j'ai répondu : « non ! » sans mentir. Il n'était sûr de rien, c'était évident. Et puis maman vînt cette fois-ci à mon secours rappelant cette oie affreuse qui m'avait « mordu » à pleine becquée et me faisait faire des cauchemars ! Il fut dit qu'elles étaient très près du fraisier et que je ne risquais plus de m'en approcher. C'est curieux comme les grandes personnes, ont vite fait de construire une vérité fausse avec un raisonnement juste !

Le Cottage du bas était habité par une famille venue d'Algérie... Ils avaient un petit garçon à peine plus âgé que ma sœur. Peut-on imaginer une seconde quelle idée ils ont eue ? Ils demandèrent à mes parents la main de ma sœur. Département français avant l'Indépendance son pays semblait avoir des habitudes différentes des nôtres. De prime abord, je n'ai pas fait attention à cela, bien que mes parents en furent choqués, ils prirent la chose en dérision. Etaient-ils sérieux ces gens là, qui n'auraient pas hésité, eux, à fabriquer un mariage forcé ici à côté de chez nous et d'hypothéquer ainsi toute une vie ? Celle de ma sœur en l'occurrence. C'était pas une blague, ils voulaient que ma sœur se marie avec leur fils. En somme, c'était comme une réservation. L'attente insupportable du mariage de leur fils ne pouvait pas durer plus longtemps, ils voulaient sceller son union au plus vite. Bien que n'ayant pas mon mot à dire, j'étais fermement opposé à ce contrat bidon et ressentait cela comme un manque de respect. Qu'on puisse ainsi vouloir ma sœur sans lui demander son avis me semblait choquant déjà à moi l'esprit rebelle des années cinquante ! Aujourd'hui, on nous explique souvent qu'il ne faut pas choquer, respecter les cultures de chacun, même très différentes et éloignées de la notre. Qu'en est-il de notre culture, au fait, que devient-elle ?

Je me suis souvent demandé ce qui pouvait se passer dans la tête des gens pour raisonner ainsi, seulement en termes de proximité. Si j'avais pu demander la main de toutes mes voisines, avec quelques chances de succès, je me serais marié dix fois sans doute. Autres moeurs, autres cultures.

Mais, je revois encore ce gentil petit algérien de qui nous nous moquions un peu, car on chantait une comptine célèbre venue d'un autre temps : "Kader Roussel est bon enfant, li la la, li la la". Lui, il n'avait rien demandé à personne, car il était bien trop petit pour comprendre et peut-être qu'il regardait tout simplement la jolie petite fille d'à côté, comme je le faisais moi-même, quand je recevais le pain des mains de la fille du boulanger.

Ses parents à lui ne l'entendait pas ainsi et voulaient le caser au plus vite. Deux types de civilisation donc. Chez nous, il fallait retarder la chose le plus possible, quand chez d'autres, il fallait régler l'affaire au plus vite. Je préférais cependant que l'on me laisse le choix et ma soeur aussi. Pour certains parents, qui ne raisonnent que par la contrainte, la fille comme le garçon n'a pas le choix, surtout la fille. Cela se faisait aussi au siècles passés en occident chez les nobles et certaine familles bourgeoises qui voulaient assurer la continuité de leur rang, mais nous n'étions vraiment pas dans ce cas de figure.(Les racines du féminisme sont plus profondes, qu'il n' y parait)

Cette histoire, je le conçois est très banale, si c'est un problème, je conseille au lecteur de refermer le livre et de le rouvrir dans dix ans, il pourra ainsi mieux mesurer, ce que fait le temps au temps et reprendre le fil conducteur du récit. Ce sont des anecdotes qui font une histoire et les miennes ne m'intéressent que dans la mesure où elles sont révélatrices de quelque chose qui souvent apparaît sans importance au premier abord. L'enfance de telle ou telle célébrité est bien sûr beaucoup plus intéressante pour le public des lecteurs, si on en juge par le nombre astronomique de personnes connues qui racontent leur vie. Nous passons notre temps à expliquer le pourquoi du succès, un peu de temps à expliquer le pourquoi d'autre chose me parait plus intéressant. Autre chose que le succès est l'embarras, autre chose que le succès est l'erreur de base, l'inadéquation des dispositions prises par soi même ou par autrui.

Échecs scolaires ou sentimentaux, contrariétés, incompréhensions, sont le lot de tout un chacun, pourquoi le nier ?

Aux Cottages, je dirais que nous n'étions pas si mal lotis, sauf l'hiver, car c'était difficile de se chauffer avec le poêle à mazout pour seule source de chaleur et qui ne tenait pas la nuit entière. Je dormais parfois dans l'alcôve sous l'édredon, quand le père n'était pas là et qu'on pouvait se blottir, faire la chaise comme disait maman. Sinon, j'étais dans la chambre minuscule d'enfants où il faisait froid. J'ai cessé de faire la chaise avec maman quand je suis devenu plus grand. C'était une technique très intéressante pour diminuer la surface en proie au refroidissement ambiant. Je conseille la chaise pour faire des économies de chauffage. Que de souvenirs phagocytés par le temps qui passe, je n'en finirais pas de raconter si ce n'était le temps, il faut prendre le temps de vivre et raconter, ce n'est pas vivre. Mon esprit peu enclin à la discipline du temps se promène souvent dans les méandres de mes souvenirs d'enfant, il n'y a pas vraiment de raison à cela si ce n'est un phénomène de société, de culture, de cette culture, qui me fit croire que les souvenirs-écrans puissent avoir de l'importance, une importance toute relative, certes mais de l'importance quand même.

Ce n'est vraisemblablement que cela, car ni la joie de mes jeunes années ni le plaisir du retour en arrière ne sont la cause de ce phénomène. Je ne cherche pas une joie rétrospective ou à retrouver des sensations oubliées. A ce stade c'est une quête du sens, du sens de ce que j'ai vécu.

Par exemple, une chose banale est d'éclairer le présent avec le passé; comment dire : j'ai grandi dans ce lieu campagnard que je décris autour des Cottages avec les voisins, ma famille « ma » chienne et je ne savais pas du tout ce qui se passait dans le monde. Les années cinquante lorsque je lis les news de l'époque (mieux vaut tard que jamais) étaient pourtant fertiles en évènements de toute sortes. Tino Rossi fut la seule personne célèbre dont j'ai entendu parler et ma première idole quand j'avais quatre ans. Sans doute entendu à la radio, car nous n'avions pas de tourne disques à la maison. Pourtant l'une de ses chansons avait frappé mon imagination. Point de jazz ni de rock, point de rap, point de pop, j'ai grandi sans jamais entendre parler de racisme ni d'esclavage un peu comme dans un cocon vert, un peu comme la chenille qui se transforme peu à peu baignée de lumière et qui n'entend que le chant des oiseaux. Sans que je le sache régnait aux Etats Unis, notre libérateur, la ségrégation raciale et bien d'autres fléaux que l'humanité s'inflige à elle même.

Sur la ligne d'horizon des Cottages de l'autre coté du grand pré se trouvait une maison. De ces maisons à étages qui arborent un frontispice blanchâtre, mais somme toute assez belles. Cette étrange demeure semblait observer les Cottages comme le font les arbres du voisinage, sans y prêter attention, mais sans jamais détourner son regard. Lorsque l'herbe était haute dans le pré, elle renvoyait sa lumière vers nous. Lorsqu'il y avait du vent et que l'herbe ondulait on eût cru que la maison bougeait comme au milieu d'une tempête, comme un vaisseau fantôme. Je m'approchais parfois de cette bâtisse, elle ne semblait pas exister et n'apparaissait que rarement à mes yeux, me faisant parfois l'effet d'un aimant à l'envers, une sorte de repoussoir. Pourtant elle avait le joli nom de villa Marie Rose ou quelque chose comme ça. D'ailleurs, il était bien difficile de s'en approcher trop car elle était entourée de rosiers. Si tu m'approches, je te pique, semblait-elle me dire de toute sa hauteur blanchâtre ou bleuie par le ciel. Sa coquetterie n'était pas déplaisante au regard. En fait elle semblait absente, comme l'étaient les jolies femmes bien apprêtées du début du siècle, ces femmes qui arboraient un air faussement indifférent. Elle avait l'air d'une petite maison pour curistes, habitée par des gens et tenue par d'autres, mais c'était une grande maison habitée par une famille. Les gens qui y logeaient ne se mêlaient pas au petit peuple des Cottages à l'anglaise situés en face d'eux. Il y avait une fille et un garçon un peu plus âgé que moi, qui ne m'adressait pas la parole et restait au loin. C'était peut-être au plus petit de le faire, mais à cette époque, je me fichais bien des convenances et de ce jeune garçon comme de ma première culotte courte. J'ai grandi comme ça, en croisant de temps à autre son chemin sans jamais lui parler puisqu'il ne me parlait pas.

Il y avait une petite rue qui menait à la boulangerie. Le long de cette rue, je vis construire des petites villas bien coquettes. Ensuite, on y croisait quelques filles et garçons de notre âge ou plus jeunes. J'ai rarement été invité à aller jouer avec un copain, ça ne se faisait pas : d'ailleurs des copains, je n'en avais pas. Je jouais avec ma chienne et ma liberté me suffisait. A quoi bon aller s'enfermer avec quelqu'un pour jouer à quelques jeux ridicules auxquels je n'entendais rien ? La petite bête que je commandais au doigt et à l'oeil adorait que je lui fasse faire des grands cercles autour de moi dans le pré, à toute allure, comme on fait avec les chevaux. Deux mots suffisaient pour lui faire comprendre que le jeu commençait : " Allez ma Fiffi ! " et elle se mettait à tourner autour de moi, agrandissant le cercle, sur un signe de ma main ou le réduisant quand je le demandais. Petit maître, je n'employais ce terme affectueux que par mimétisme, imitant mon père sans le savoir, car c'était ainsi qu'il appelait ma soeur.

 Par ailleurs, il y avait un petit garçon, que je croisais souvent en allant chercher le pain, je ne me rappelle pas de son prénom, mais il me saluait toujours d'un péremptoire : « bonjours fils » ! Il était trop petit pour son âge et très en avance. (Aujourd'hui on aurait dit de lui que c'était un surdoué) Par la suite je me suis retrouvé en classe avec lui, il avait deux ans d'avance. Quelques amis de passage de mes parents m'avaient transmis la passion des timbres ou peut-être bien que c'était lui, j'ai un peu oublié, d'autant plus que c'est une passion très mesurée. Nous échangions quelques timbres et il me fit l'honneur de m'inviter chez lui pour cette importante besogne. Ce garçon était très intelligent très poli et très cordial. A l'école les élèves l'ont surnommé Zébulon du nom de ce petit personnage célèbre de dessin animé, c'était mon seul ami dans les environs des Cottages. Je n'ai pas oublié Zébulon, on m'a dit plus tard qu'il n'avait pas pu vivre sa vie, j'ignore ce qu'il est vraiment advenu de lui comme de beaucoup d'autres. Il aurait mit fin à ses jours, c'est très triste car Zébulon était l'être le plus sociable que j'ai rencontré à l'époque. Je lui dois beaucoup de ce point de vue, à ses parents aussi. Je passe sous silence le contenu de nos négociations, car j'étais bêtement content de la tournure que prenait nos échanges, toujours persuadé d'avoir fait la bonne affaire, presque même de l'avoir bien eu. Bonheurs dérisoires, cupidité de mauvais aloi, joies perfides qui nous laissent croire un instant que nous sommes plus malins que les autres, alors qu'il n'en est rien. Bref, je rentrais content à la maison incapable de comprendre l'immense service que me rendait ce petit homme. En affaires, quand les deux sont contents , c'est le principal, mais quand même mieux vaut ne pas vivre avec l'idée perfide que l'on a grugé le client ou chapardé quelque chose qui vous était accordé avec bienveillance.

Les enfants des Cottages étaient donc très peu nombreux et à part Zébulon que j'ai retrouvé dans ma classe, il n'y avait que le grand escogriffe de la villa d'en face.

Ainsi, m'est arrivé une mésaventure avec ce garçon qui m'ignorait superbement du haut de ses murs blafards. On disait pour le désigner le fils Lorin de la famille Lorin. Bref un joli nom une belle maison et pourtant ce Lorin là, durant toutes ces années fourbissait quelque rancœurs à mon égard et à mon insu.

Un jour, dans la cour de l'école alors que nous formions un cercle avec quelques copains en blouses grises et bavardions de façon anonyme, je vis apparaître un visage par dessus les autres. C'était celui du quidam. Il avait alors quinze ans, j'en avais onze et je lui rendais vingt centimètres et pas mal de kilos. Qu'importe cet hurluberlu à qui j'avais depuis longtemps oublié de penser, lui ne m'avait pas oublié et venait de traverser la cour des grands pour me montrer le visage hideux de la haine et m'insulter devant mes copains en des termes qui n'ont pas leur place dans ce récit. Je ne connaissais pas le son de sa voix et pourtant j'ai tout de suite revu défiler mes années de petite enfance avec cette « grande perche » qui avait grandi comme un chardon non loin de ma petite demeure. Il ne m'avait jamais parlé et venait m'invectiver comme ça, devant mes copains de classe dont certains aussi avaient des noms italiens.

Ma réaction fut immédiate, bien que n'ayant jamais rien entendu de pareil, je comprenais qu'il m'agressait et voulait me rabaisser devant mes copains.

N'écoutant que mon courage, je me précipite sur lui pour lui asséner quelques coups et le voila qui fuit, le lâche ! Ce grand escogriffe s'enfuyait vers la cours des grands pour y trouver des renforts, refusant un combat réel. Je m'agrippe à lui, tente de le plaquer, mais il est plus fort que moi, je lâche prise, mes mains glissent le long de ses jambes nues, je sens qu'il va m'échapper, il me traîne sur plusieurs mètres, je me blesse dans le gravier ma blouse se déchire mais je ne lâche pas. Voyant qu'il me faudra céder, en désespoir de cause, je lui mords les mollets comme l'aurait fait ma chienne. Là, c'en est trop, il cède et s'arrête tout net pour montrer sa blessure au prof de service qui vient d'accourir et n'en croit pas ses yeux. La bataille s'arrête là, les deux belligérants ayant quelques blessures et la ligne de démarcation n'ayant pas été franchie par l'assaillant.

Je suis blanc, car je suis dans la cours des petits et c'est lui qui est venu m'insulter. Blanc mais pas clair, je dois le reconnaître. Mes copains louent mon courage et surtout ceux qui ont compris ce qu'il disait. Lui n'en menait pas large : s'attraper ainsi avec un plus petit que lui, puis prendre la fuite n'était visiblement pas à son honneur. Les témoins assurèrent aux professeurs que je n'étais pas l'agresseur, mais que je m'étais défendu, on imagine le brouhaha que cela provoqua pendant la récrée.

Je n'ai trouvé la force et l'énergie pour ce geste féroce et courageux et pour cette morsure canine que d'instinct , un peu comme si ma chienne m'avait enseigné la manière de s'y prendre contre plus fort que soi. Bien sûr, il y eu des réprimandes des deux côtés et l'incident fut rapidement clos, ceci ne s'est jamais reproduit.

Cependant, le mal était fait, je venais d'entendre pour la première fois une injure de type xénophobe ou raciste et j'en étais la victime. Je croyais tout bêtement qu'il faisait allusion à mon aspect vestimentaire et mes genoux salis par le gore rouge de l'école, car nous jouions aux billes et j'étais des plus compétitifs à ce jeu. Que de belles agates gagnées et empochées sur le dos des copains… Avant cet incident nul ne m'avait dit que mon arrière grand père avait été italien, ainsi que mon grand père venu en France à l'âge de huit ans et naturalisé au début du siècle. D'autant que mon père, né de mère française, avant mariage, lui, était bien français de naissance, sans aucun doute, comme moi d'ailleurs, qui suis né français de mère occitane et de père français, né français. Je ne connaissais même pas un mot d'italien, et me voilà qualifié ainsi méchamment en plus, car pour ce quidam, nous étions une famille d'immigré, des étrangers et il fallait frapper là où ça fait mal, avec des mots. C'est vrai qu'aux Cottages l'hiver les conditions d'hygiène n'étaient pas idéales, on se lavait avec une bouilloire d'eau chaude qui chauffait sur le poêle à mazout, et quand il faisait froid on n'y restait pas longtemps, mais est ce à dire que pour autant, je méritais d'être insulté ?

J'ignorais à l'époque des Cottages que à cent petits mètres de chez nous juste en face, il y avait une autre famille et que dans cette famille les conversations allaient bon train mais n'étaient pas les mêmes que chez nous. Nous portions un nom italien et c'est tout ce que cet affreux prétentieux savait de nous. Ses parents sans aucun doute avaient fait le reste et lui avaient expliqué leur conception de la différence ou comment il fallait se comporter à l'égard des ritals, des noirs, des juifs et des arabes. J'ai compris que cette distance qui nous avait séparés lui avait été imposée à lui enfant par des principes éducatifs déviants et qu'il n'y était pour rien. Sa fuite en arrière avait été la preuve qu'il reconnaissait son erreur à l'instant même ou il venait de la commettre, mais c'était trop tard. Qu'aurait-on pensé de moi si je n'avais pas réagi, quelle idée de moi même aurais-je aujourd'hui ? Je laisse à ceux qui subissent ce genre d'avanies le soin de méditer sur ce point et aux adultes le soin de mesurer leur part de responsabilité par rapport à ce genre de phénomène.

J'ai choisi cette anecdote, car elle est significative pour moi, mais je suis bien sûr que mille autres témoignages pourraient en dire autant, si ce n'est plus de ce qui se passait sur le plateau et des termes employés par certains enseignants à l'égard de certains enfants du plateau d'origine italienne. Certains mots n'ont pas le même sens pour un italien et pour un français et la violence faite en cours à certains élèves de primaire prenait parfois des allures de comédie triste et ridicule. Mon affection pour Tino, me préservait de certaines discriminations physiques et verbales réservées aux " Ritals". On me prenait parfois pour un corse.

Ces mots là, je ne les comprenais pas car, j'en suis heureux, je n'ai jamais entendu parler de ce genre d'inepties à la maison. Mon père traitait tout cela avec le mépris qui convient et ma mère, c'est évident n'y pensait pas, nous étions sa famille et elle n'avait rien contre les italiens d'origine ou pas, c'était plus qu'évident.

Ceci étant, je me demande pourquoi j'ai réagi de manière aussi violente, au lieu d'aller voir les maîtres et leur dire ce que je venais d'entendre. Est-ce la haine qui a déclenché ma réaction un peu sauvage ? Est-ce cela que l'on appelle la haine ? Est-il possible que j'aie connu la haine ?

Le Lorin, du clair logis s'était enlaidi à mes yeux et sa jolie maison était devenu soudain le symbole de mes inimitiés, vilaine et inhospitalière. Plus tard, lorsque quelque chose n'allait pas, j'ai toujours repensé à cet instant révélateur pour moi. Quand un visage une réflexion, une intervention avait les airs de ce quidam grimaçant, je savais à quoi m'en tenir et restais sur mes garde, mais en évitant l'affrontement direct source d'ennuis. De ce petit lieu où j'ai grandi, j'avais donc réussi à me faire un ennemi sans le savoir, ce fut pour moi une découverte étrange s'il en est. On pouvait donc être haï par quelqu'un comme ça, sans raison tout simplement parce que l'on est là, et que l'on s'appelle Barlino ou Maserati, sans rien faire, sans rien dire ! Pour un français savant ce nom aurait pourtant dû évoquer bien d'autres choses. Mais ce garçon, dont je ne savais rien, en plus d'être irrespectueux et xénophobe était sans aucun doute trop inculte pour imaginer une seconde, ce que mon nom pouvait signifier ou "valoir" pour moi.

Ainsi va la vie. Cela pourra sans doute éclairer certaines personnes qui veulent à tout prix débattre de ces questions comme si elles étaient à l'ordre du jour depuis peu. En parler ne change rien à l'affaire, bien au contraire, mieux vaut à mon avis les traiter avec le mépris qui leur sied, même si, à chacun s'impose le devoir du souvenir et de la vigilance citoyenne. Moi à cent mètres de chez moi à peine, j'étais déjà en banlieue, j'étais un étranger et je ne le savais pas. L'habitation à loyer modéré qui nous fut octroyée par la suite n'y a rien changé, mais je n'ai jamais eu d'autres soucis de cette nature, dans la cité. D'aucuns venus d'Afrique du Nord ne se mêlaient pas à la population de base, mais ce n'était pas pour les mêmes raisons, eux étaient vraiment loin de chez eux, très loin. Bien au contraire, régnait dans la cité un calme paisible. Mon propos n'étant pas de larmoyer sur mon sort et celui de mes semblables, je clos ce chapitre par une citation qui pourrait bien être la clé de voûte de ce thème obscur et dérangeant.

"Tu a vu o Eternel ! Le tord qu'on m'a fait; fais moi droit." (Les lamentations)

Et puis, en ce temps là, on parlait de la Chine aux enfants de la République. La Chine à l'autre bout du monde et ses enfants si différents et pourtant si semblables à nous, comme tout être humain et puis ses cerfs volants si étranges et si attirants. Prise de conscience de la globalité terrestres messages d'espoir et de réconciliation entre les peuples semblaient plutôt à l'ordre du jour en ces temps d'après guerre. Je devrais dire après les trois guerres, tant il y en eût. Ce temps d'après guerre n'était pas un temps d'entre deux guerres, pas même un temps d'avant guerre ou il y a toujours du travail pour réarmer le pays.

La Chine à l'époque n'était ni un Eldorado ni un modèle, elle était un autre monde le lieu magique où les gens avaient forcément la tête en bas et où les cerfs volants luxuriants pouvaient aller et où il y avait aussi des enfants qui recevaient les ballons multicolores lâchés dans le ciel de France. J'ai appris que nous étions égaux, j'ai appris à raisonner toutes choses égales par ailleurs, même au bout du monde, c'était du pareil au même.

Faut-il encore dépeindre la villa du bout du pré ? Clair logis abandonné ? Non ! Inutile, il suffit de regarder le ciel et d'écouter le vent qui souffle dans les branchages des arbres morts. Comme dit un proverbe chinois : « Si tu as un ennemi, assied toi au bord de la rivière et tu verras passer son cadavre » Il n'était pas

mon ennemi, car j'étais bien assis au bord de la rivière et je ne l'ai
pas revu ! Peut-être plus tard le reverrai-je...

L'école commençait à me montrer le visage caché, d'une certaine
France, pourtant tout avait bien commencé lorsque j'avais pris
cinq ans plus tôt le chemin de l'école maternelle et que j'étais reçu
tous les midis par le monsieur et la dame de la villa Andrée.

———————————

5

LA VILLA ANDREE

J'avais cinq ans lorsque je fis mes premiers pas à l'école de la République. Cette époque fut marquée par une première expérience « d'expatriation ». J'étais scolarisé à Lone (qui s'écrit Lompnès) près du quartier de l'Orcet qui était une autre composante de la même commune. J'ai lu quelque part, de la part d'un rédacteur bugiste, un rien trivial, que c'était la banlieue d'Hauteville. S'il en est ainsi, je suis donc allé à l'école en banlieue pour commencer ma vie scolaire. Auparavant coexistaient deux communes accolées l'une à l'autre, avec chacune ses services au public, (école, poste etc.) puis, étant donné leur proximité, elles fusionnèrent en une seule commune. Peu après la fusion subsistait une école dans les deux villages et comme j'habitais le quartier de l'Orcet plus loin de Lompnès que de Hauteville, je fus inscrit à l'école de Lompnès. Les mystères de la carte scolaire étaient déjà insondables à l'époque.

Ce ne fut point le cas pour mon frère, qui est allé quatre ans plus tard, à l'autre école primaire qui se situait en contrebas de l'église. (Une église « toujours » ouverte, il faut le noter) Mon petit frère qui aimait, lui, les histoires de Macocco, un petit bonhomme café au lait, personnage assez célèbre de l'époque et qui était au programme des écoles maternelles, a fini par habiter deux cents mètres de sa première école, un peu au dessus de l'église et ce quarante neuf ans après la découverte de Macocco, ici ou là , tout près de ses souvenirs.

Mon école était assez loin du quartier de l'Orcet et à mon âge, il m'était encore difficile de parcourir à pied les deux kilomètres qui séparaient l'école de mon domicile. Donc il fallait s'organiser. Il fut décidé que papa m'emmènerait en vélo et comme il ne lui était pas possible de venir me chercher le midi, il s'était arrangé avec des gens qui tenaient une petite maison de cure. (La Villa Andrée) C'était non loin de l'école, pour qu'ils viennent me chercher à midi, me fassent manger, comme disait mon père, puis me ramènent à mes études. Mes parents savaient trouver des solutions quand il le fallait et je ne manquais de rien. Le lieu des libations était une petite villa bien mignonnette et ces gens se chargeaient à merveille de cette mission moyennant finance bien sûr. De mémoire d'enfant, on y mangeait bien, et l'hiver cinquante quatre quoique neigeux, sans aucun doute, s'est déroulé sans le moindre souci pour moi. Ces gens là étaient comme transparents et s'occupèrent très bien du petit Lino qui leur était confié. Eux, au moins ne cherchaient pas à s'approprier la qualité de parent proche ou de proche parent. Comme un fait du hasard, dont on pense depuis peu qu'il n'existe pas (théories du chaos), je me suis souvent retrouvé en compagnie de personnes, qui portaient le même nom que ces gens. Par exemple, pour un bon repas pris en famille, chez un grand cuisinier à l'occasion de mon second mariage.

Mon esprit d'adulte, ma logique d'aujourd'hui me conduisent à penser que l'on s'est bien occupé de moi, que j'étais aimé de mes parents, mais aussi que j'étais un peu brinquebalé comme beaucoup d'enfants du siècle passé et que mieux aurait valu pour moi un bon précepteur qui m'aurait apporté un double savoir. Je pense au savoir moral, celui de la conduite qui sied à tout ceux qui veulent grandir vite et au savoir livresque, intellectuel, plus que banal, que l'on dit nécessaire et vital pour "devenir grand". Le matin et le soir j'avais droit à une ballade à vélo des plus impressionnantes. Ça sentait bon le boyau de vélo et c'était plus que grisant de se sentir transporté ainsi à vive allure. Mon père avait un vélo jaune avec des liserés bleus et il avait fixé un demi cageot à l'avant qui me servait de siège baquet. Déjà sportif ! Question collation, pour la petite histoire on nous servait le matin à l'école maternelle un chocolat au laid délicieux, mais il fallait emmener sa tasse. La mienne était en plastique avec une petite anse bien pratique (moderne). En ce temps là, ma ligne d'horizon se limitait parfois au fond de mon gobelet de cacao, emporté à l'école, pour le service de dix heures. J'y plongeais un regard songeur et imaginatif empreint d'une sorte de désir secret lié au parfum même du chocolat. Chutt ! Ne le dites à personne surtout ! Question politique, c'était une bonne idée. Il fallait nourrir le bon peuple et "enseigner" toutes choses égales par ailleurs. Comme tous les enfants n'avaient pas leur dose de boisson lactée, la République bonne fille en servait à l'école. Et tout un chacun pouvait en profiter. Ces moments de convivialité ont fait de moi un enfant de la République dès le plus jeune age.

Les allers et venues au grand air avec mon père, été comme hiver, m'ont laissé un souvenir presque gravé dans le marbre de l'inconscient. J'avais l'impression de voler, l'impression grandissime que mes pieds ne pouvaient plus toucher le sol et que quelque chose de puissant, comme la force d'un oiseau, me tenait en l'air, et me faisait avancer. En même temps, j'avais la sensation étrange, que rien ne pouvait s'opposer à mon déplacement dans les airs. Je rêvais de cela, comme si je faisais du saut en longueur et que je me lançais à toute vitesse et retirais mes jambes du sol pour ne plus atterrir. Et puis, cette sensation est devenue un rêve de vol libre, qui m'a accompagné toute ma vie durant, car je le faisais souvent, c'était un rêve agréable, pas un cauchemar.

Ce rêve là, c'était un peu comme si j'avais prise sur le self-control de Papa sans avoir le pouvoir de l'arrêter et de me poser. L'inconscient des petits est parfois bizarre et ce rêve qui m'a tenu compagnie toute ma vie durant, jusqu'à la mort de mon père, ne pouvait venir que de là , car les delta plane n'avaient pas encore été inventés et les oies ne m'ont jamais fait voler « pour de vrai. ». A moins que mon imagination d'enfant trop fertile ne m'ait entraînée, jusque dans mes rêves les plus fous, à vouloir être un oiseau. De ces oiseaux splendides comme l'ibis sacré, que les égyptiens ont choisi pour symbole de la connaissance et du savoir. Thot qui a une tête d'ibis n'a pas d'ailes non plus mais il pense le devenir de l'humanité en termes de savoir comme si ceux-là, les égyptiens savaient déjà que les avions seraient un jour inventés.

Les gens de la villa Andrée, eux aussi, m'observaient comme un oiseau rare et ne me parlaient presque pas. Je détonnais un peu dans leur paysage, la couleur de mes cheveux, ma volonté naturelle, ne semblait pas toujours convenir. J'avais tendance à quitter la table pour aller voir ce qui se passait dans le jardin près des balcons vers les chaises de repos des occupants des lieux. Je me demande avec le recul du temps, comment on peut être aussi indifférent, quand on reçoit chez soi un petit garçon qui à l'air intimidé ou plutôt qui ressemble à un oiseau sauvage privé de ses ailes. Pas de jeux, pas de plaisanteries, pas de télé ni éteinte ni allumée, bref : boulot, boulot; on mange et on retourne à l'école; point barre ! Et en plus il fallait rester immobile comme à l'école.

Cette attitude des gens à mon égard m'a toujours un peu intriguée bien que, petit, je n'aie jamais pu l'analyser. Que l'on m'observe passe encore, j'étais assez malin pour ne pas faire des bêtises devant tout le monde et prenait cela pour une surveillance discrète, mais le fait que l'on ne me parle pas sauf pour me faire une remontrance, cela me paraissait un peu étrange. Il est vrai que j'étais très mignon, « beau » même, étant petit, mais cela, on ne me l'a dit qu'après, comme pour insister sur le fait que ce n'était plus tout à fait le cas. Il ne fallait pas que je prenne la grosse tête comme on dit. Cheveux blonds, bouclés avec une jolie frimousse et en grandissant quelque tâches de rousseur, l'enfant que j'étais, les photos en atteste , était béni des dieux, un ange à proprement parler. Je ressemblais à ces petits anges que l'on voit sur les calendriers sauf que je n'étais pas si dodu et exceptée l'expression du visage, qui trahissait mon désarroi, sans doute, de ne pas être un ange. J'avais un regard intense un regard qui ne vous regarde pas, et ce regard, je l'ai toujours gardé. Est-ce que l'on parle avec les anges ? Rarement c'est certain. J'ai donc pris l'habitude très tôt de ne pas être importuné par des conversations stériles et inutiles, on se contentait de me regarder scrutant mon visage, pour y découvrir je ne sais quelle expression particulière, quel message céleste qui serait le bienvenu. Ceci m'était complètement égal et bien qu'étant un enfant calme, je réagissais aux commandements, qui avaient un rapport quelconque avec mon physique de manière plutôt hostile.

Je m'explique : lorsqu'on m'obligeait à porter le chapeau ou que maman voulait à tout prix me coiffer avec une banane sur la tête ma réaction était des plus vives : « Je ne suis pas une fille ! » Rétorquais-je de toutes mes forces, conscient déjà que le physique était révélateur de quelque chose de plus important qu'il n'y paraît. Je suis donc devenu un peu retors pour les choix vestimentaires et les principes esthétiques qui régissent le choix de nos apprêts. Les coiffeurs ont toujours eu du mal avec moi car à l'inverse, je n'aimais pas non plus que l'on veuille contrarier la belle nature généreuse de mes boucles... C'est bien dommage car quelques explications quelques mots bien sentis, bien pesés, bien dits, peut-être auraient suffit pour me convaincre de choix plus élégants. Bien que!... Ceci aussi était symptomatique d'un certain état d'esprit qui confine à la solitude indépendante. Ce n'est que plus tard, beaucoup plus tard que j'ai appris à raisonner collectivement, mais de ce point de vue, je suis très loin d'être une exception. L'enfant est surtout individualiste, mais ce n'est pas une raison pour cultiver ce trait de caractère comme si c'était une qualité première.

Ainsi donc, je fus marqué dans mon enfance par cette sorte de scrutation instinctive et énervante de l'entourage :

-« Mais qu'il est mignon ! »

C'était la phrase prononcée neuf fois sur dix par les gens, surtout les dames, que je voyais pour la première fois. Les gens un peu bigleux parfois me prenaient pour une fille.

-"Qu'elle est mignonne ! " S'exclamaient certains

À cause de la coiffure que me faisait ma mère !

Je comprenais tout bêtement qu'on me prenait pour une fille , ce qui à part le fait que ça me mettait en rogne, était somme toute plutôt flatteur et pas déplaisant . C'est pourquoi mon coté féminin est plus accentué que chez la plupart des garçons.

Il faut savoir que l'indifférence de certains, n'a rien à voir avec le silence gêné des gens qui vous observent pour votre beauté. Dire à quelqu'un' qu'il est beau est souvent suspect. Se taire quand on voit une belle personne, un joli visage n'est pas neutre loin de là. Mon apparence physique a beaucoup changé au cours des ans sans jamais atteindre des sommets de beauté, mais je n'ai jamais eu un physique trop banal, bien au contraire.

Beau ou pas, ce que je sais c'est que mon physique ne laisse pas indifférent. Je me rappelle encore mon premier job après mes études. J'avais vingt et un an et ma hiérarchie, qui ne faisait aucun effort pour m'intégrer, avaient demandé une entrevue avec la direction pour exprimer ses doléances. L'entretien fut des plus animés et le Directeur blessant me conseillait de me servir de mon physique et d'essayer une carrière dans le cinéma.

Beurk ! Lui l'italien né, qui maîtrisait parfaitement la langue de Molière et celle de Dante, voilà qu'il me conseillait de quitter le métier et de devenir acteur ! Son franc parler fut édifiant, pour le jeune homme que j'étais. Les observateurs ne comprirent pas le message, mais moi si :

Il venait de prendre une décision en ma faveur sans le dire, car après l'entrevue personne n'était capable de comprendre ce qui devait en résulter et surtout pas que je ferai vingt ans de carrière dans cette maison. Acteur oui, acteur de mon destin, véritable acteur de mes origines et de mon avenir...C'est bien d'avoir des origines, mais un avenir c'est mieux.

"Je le vois dans tes yeux» C'était ses mots. Hélas lui aussi, un jour s'est mis à se prendre pour mon père : " Je suis ton père" Serait-ce que dans la tradition culturelle italienne, il convient de s'adresser à une personne pour qui on a de l'affection en endossant le déguisement du père ou de la mère ? Qui sait ? Un peu comme dans la "Commedia del arte", où il est fréquent de changer de personnage ! Ou bien quand on avance masqué, mais n'est pas Arlequin qui veut !

Maman, qui ne s'est jamais intéressée à mon avenir professionnel aurait bien rit, si elle avait entendu ça. Elle avait parfois un air de regrets

-« Ah ! Qu'est ce que tu étais beau quand tu étais petit ! » Plus tard je n'étais plus beau, mais il me restait un physique. Restait à savoir lequel. (Peut-être un physique d'acteur ou plutôt un de ceux que l'on mérite...)

A l'évocation du mot acteur, j'ai failli pouffer de rire, comme quand on riait avec ma petite sœur, car nous ne prenions pas vraiment au sérieux les célébrités de l'époque, fussent-elles des monstres sacrés. D'ailleurs les acteurs eux même ne se prenaient pas au sérieux comme maintenant. Certes ce n'est pas bien de se moquer, mais il fallait bien rire un peu et de qui peut on rire, si on ne peut même pas rire des acteurs qui font tant d'efforts pour cela ?

Ma sœur, ma chère sœur, qui fut par la suite embauchée par le même homme, sur ma requête, elle, me trouvait « normal ». Pour elle, ça ne passait pas la barre, inutile d'en faire un sujet de débat, j'étais normal, un point c'est tout et ce n'était pas mon physique qui pouvait changer la face du monde, comme celui d'une certaine princesse d'Égypte. Elle avait raison. Quoique, mes efforts pour me démarquer un peu du tout venant auraient peut-être pu trouver grâce à ses yeux..

Mon frère, lui me disait sociable et séduisant et il connaissait le pouvoir de la séduction dont il se méfiait par dessus tout. Il avait raison. Je n'ai jamais eu de problèmes d'image, sauf plus tard, beaucoup plus tard lorsque des jaloux m'ont fait croire aux apparences, mais ce n'étaient que futilités destinées à détourner mon attention de l'essentiel. (Ma place, trop convoitée !)

Certes, les Cottages, la villa Andrée ma petite école de quartier, ça ne pouvait pas durer, mais aussi étonnant que cela puisse paraître, cinquante ans après, je vais toujours m'y promener à chaque fois que je peux et j'aime cela et cela me manque, quand je ne peux pas y aller.

Je ne jalouse pas pour autant les autres et n'aie nullement la nostalgie de mon enfance, bien au contraire, mais lorsque je vois un garçon comme moi qui regarde devant lui avec le même regard que le mien, que celui qui était le mien, j'en suis heureux, car je comprend la vie, car je sais que ma vie n'aura pas été inutile. Ils sont nombreux ces jeunes gens, ces enfants qui ont ce regard, pas assez sans doute, mais plus qu'on ne le croit et ils entraînent les autres sans même s'en apercevoir, par le simple fait d'être comme ils sont.

Je suis un enfant de l'après guerre, j'ai réussi à préserver mon intégrité physique autant que morale, c'est un privilège rare et pouvoir dire qui je suis, aussi éloigné que possible de la perfection me fait du bien et n'enlève rien à mes mérites, si j'en ai. Ce n'est pas peu dire et ça vaut bien quelques mercis, même si je n'ai de merci à dire que par politesse. Merci aux gens de la villa Andrée, merci à l'homme de Dante, merci à ma sœur, à mon frère à Papa à Maman, à la famille, merci de n'avoir pas étés aussi parfaits que le Parfait, mon Dieu, merci aux amis, merci à tous sans distinction d'origine, de sexe, de race où de religion.

Quand je me met à croire en moi, je suis sans limites, je suis un lion, sous le signe de la vierge, on le voit bien, pour un peu je titrerais : l'enfance d'un roi et ferais de la villa Andrée le lieu sacré qui me vit grandir, rouge, blanc, bleu. De ce blanc force divine qui entoure le lys et les campagnes en hiver. De ce rouge sang qui serait le mien ou celui de nos parents de nos aînés de nos ancêtres, de ceux qui se sont battus pour la liberté. De ce bleu azur qui fige un paysage ou un républicain, les yeux rivés au ciel. Bleu blanc rouge ! Bon sang, bon œil !

6
VILLEMOMBLE

Dans un pays moderne, la solution au logement passe souvent par le travail. A l'inverse des gens aisés nous n'avions pas accès à la propriété privée, un droit fondamental dont tout le monde peut jouir à condition bien sûr d'en avoir les moyens. Dès mon plus jeune âge, j'ai pris conscience de ce que les murs de ma maison ne m'appartenaient pas, c'était très étrange de devoir comprendre cela. Autour des murs de la cité HLM, par exemple, il n'y avait pas la moindre indication du propriétaire des lieux permettant de l'identifier , pas de panneau de propriété privée, ni de chien méchant, derrière des grillages. Les Cottages non plus ne comportaient pas la moindre indication de nature à en reconnaître le propriétaire, d'ailleurs la personne qui louait les Cottages, une dame, était tellement discrète que je ne l'ai jamais vue. C'est très curieux que les lieux, qui sont loués ne comportent aucune marque visible qui rappelle le droit de propriété, d'autant que celui-ci est le même, il est seulement concédé par contrat à d'autres personnes d'en avoir la jouissance, dans des conditions particulières qui ne le font pas disparaître pour autant. Nous n'étions donc pas les propriétaires des lieux et moi, petit prince du domaine, je devais quitter ces lieux un jour tout simplement parce que je vivais dans un pays moderne et que nécessité faisant loi, nous ne pouvions pas continuer d'habiter et de louer là où nous ne travaillions pas. Je n'ai compris que plus tard que les propriétaires, non seulement tiraient l'entière jouissance de leur résidence principale, mais qu'en plus pour certains, il était possible d'avoir l'entière jouissance d'un petit paradis comme les Cottages (genre résidence secondaire ou maison de campagne). Nous n'étions donc pas les propriétaires, pas plus que je n'étais propriétaire de la poupée de ma soeur. Cette pensée vient de rien. Pour le reste, il ne s'agissait que d'une conversation avec un camarade du quartier, plus concerné que moi par la question, car venant d'un pays ou le droit de posséder les murs et la terre avait été supprimé, un pays meurtri s'il en est : la Pologne.

On voit poindre à l'horizon la conscience de l'adulte à travers la notion de propriété. Petit, rien n'est à toi, tout est à toi, puis quelques objets distincts, qui deviennent importants, mais l'enfant à qui l'on n'a pas inculqué le sens du patrimoine, le sens ou l'importance de ce qui lui appartient et de ce qui appartient à sa famille, cet enfant là ne l'aura sans doute jamais. En revanche, il aura une conscience aiguë de ce qui appartient à d'autres et dans quelle mesure il lui est possible d'en faire usage, lui aussi, contractuellement ou pas, tout simplement parce que c'est le bon vouloir du propriétaire. Il aura une notion forte de ses marges de manœuvre, par rapport à ce qui ne lui appartient pas. Si forte, qu'il sera toujours le premier à partir quand il le faut, avant que la force des baïonnettes ne s'en charge. Quand on a rien tout est là.

C'est sans doute cela la liberté, les grands espaces, l'Amérique, ce continent où des hommes sont allés planter quelques piquets, là où ils en avaient le droit, pour y faire fructifier leur patrimoine. J'ai poussé comme cela, construisant une cabane par ici, faisant mienne une petite parcelle de territoire, puis une autre, me battant même parfois pour une cause territoriale... Les agriculteurs du pays avaient aussi des enfants, pour qui la notion de propriété, de terrain gagné sur le monde était synonyme de travail , de dur labeur, difficile de comprendre cela pour l'enfant qui toujours doit partir , être ailleurs là où le pousse la nécessité. La nécessité des études, la nécessité du travail, de papa maman, et même, c'est terrible parfois, la nécessité de sa propre santé. Aussi étrange que cela paraisse c'est pourtant de ce côté ci de l'océan chez quelques bons paysans que j'ai trouvé le plus de chaleur humaine, là où le droit de propriété est synonyme de travail, mais aussi de bons fruits que l'on ne refuse pas d'offrir aux voisins; je dis bien offrir, pas donner. Les cadeaux entretiennent l'amitié.

Nécessité, certes mais aussi les désirs, les envies des parents. Question propriété nous n'avions pas de murs sauf ma tante et son époux, mon oncle, qui possédaient un appartement en région parisienne, à Villemomble pour être plus précis. Nous y voilà ! Après son opération, le paternel, comme on l'appelait entre nous (les enfants), avait le mal du pays et voulait quitter le plateau pour retrouver son cher Paris.

Et nous voilà partis en banlieue parisienne pour loger dans l'appartement de la tante loin de tout, loin, du monde, au bout des lignes de bus à clochettes signe que la capitale n'était pas loin.

Nous avions pourtant bien essayé de le convaincre, mais sa décision était irrévocable. Pas plus "Les Touristes" que "Qui Sien Ben", ne lui avaient laissé espérer des jours meilleurs ou un avenir radieux pour lui et ses enfants. Les parisiens n'ont pas pour habitude de rêver ou de bailler aux corneilles. Ils savent d'instinct résister aux attraits de dame nature. Et puis c'est bien cela qui animait mon père depuis toujours, bien qu'on l'eût appelé « l'homme des bois » tellement il aimait passer des journées à chercher les champignons. Ce besoin de trottoirs, de macadam et de béton, cette agitation permanente de la grande métropole ne l'avaient jamais quitté et avaient fini par le convaincre d'y retourner.

Pour moi, c'était clair : finis les grands espaces, l'immensité de la toile d'araignée citadine allait nous engloutir. Il fallait avoir le sens du trafic, le sens de la fourmilière pour aimer Paris, je n'en étais pas dépourvu, mais je devais apprendre à l'aimer, ce qui ne s'est jamais produit. Je n'étais pas dans la fourmilière, je ne l'ai jamais été.

Pour mon père qui avait été champion de Paris avec son équipe de basket, la grande métropole n'avait plus de secret. Ce ne sont pas les basketteuses du plateau pourtant charmantes qu'il avait entraînées et conduites à être championnes de l'Ain, ni l'excellente rivière à truites dont il savait extraire la substantifique moelle qui l'auraient retenu. Ce n'est pas non plus la belle forêt et ses clairières ou regorgeaient d'excellents champignons et de beaux escargots, ni l'air mitigé de maman un peu réticente à partir qui pouvaient le convaincre de renoncer à son projet de retour aux sources de la capitale. Était ce cela ou l'occasion d'une location pas trop loin, toujours est-il qu'un jour de septembre, je me suis retrouvé dans une école qui n'était pas la mienne à Villemomble. Pas la mienne ! Oui en effet, j'étais encore trop petit pour savoir que l'école n'appartient à personne et que toutes les écoles sont la propriété de l'État, comme le fusil qui me fut octroyé pendant mon service militaire. Je croyais encore que mon école était mon école, heureusement pour moi !

Le petit logis que nous habitions était à ma tante , c'était bien d'en disposer sauf que c'était vraiment très petit, ridiculement petit.

L'appartement était accessible par une sorte de chemin qui partait de l'arrêt du bus et longeait un long mur immense, sans fenêtres.

(Je n'ai jamais su ce qu'il y avait derrière et il m'importait peu qu'une partie de ce mur soit la propriété de ma tante, la sœur de papa.)

Il fallait monter un petit escalier comme aux Cottages pour y entrer, mais à l'intérieur, à nouveau un mur qui était tout en long et menait à l'unique chambre d'enfants qu'on aurait pris pour un renfoncement dans le couloir et qui abritait des lits superposés.

Ce qui était terrible, c'est que nous étions partis comme ça, sans aucune préparation, sans la moindre explication pour aller nous installer dans ce trou, ce bloc de béton qui ne ressemblait à rien, qui avait l'air d'un cube posé au terminus de la ligne Villemomble Paris et dont le seul mérite semble-t-il était de constituer un abri pour nous loger. Ca valait « trois ou quatre briques », comme disait mon père mais à part ça ? De mon point de vue, ça ne valait pas le prix du déplacement. L'impression d'être un peu plus chez soi, qu'avait mon père n'avait d'équivalent pour moi que l'impression de ne plus être du tout chez moi, sorti du pot, déraciné. Plus tard, j'ai compris que je n'avais pas été le seul a être déraciné. Grand père, qui avait quitté son village natal de Berceto à l'âge de huit ans, avait sans doute ressenti la même chose que moi, d'autant plus que la petite bourgade d'Emilie Romagne ressemble un peu à mon pays natal.

Vraiment ce lieu ne me plaisait pas. On m'inscrivit à l'école, pas mon frère trop petit, ma sœur allait sûrement à l'école maternelle, mais je ne m'en souviens pas. Je mangeais à la cantine de l'école signe que mes parents devaient être très occupés et puis l'appartement était tellement bizarre que l'on ne pouvait même pas y manger à quatre ou cinq. On mangeait chacun son tour. La cantine ce n'était pas mieux. Au moins vingt fois plus d'élèves que dans mon école de campagne. Une cantine surveillée par une équipe de surveillants qui se comportaient comme des chiens de garde. Obligation de manger ce qui était servi, qu'on aime ou qu'on n'aime pas ! Je ne suis pas un libéral à tout crins, mais là aussi, la formation au goût chez l'enfant, ne passe pas à mon avis par une forme de gavage qui consiste à menacer l'enfant de punition, s'il ne finit pas son assiette. J'avais une frousse terrible de me faire punir au point que j'en suis arrivé un jour à avouer l'invraisemblable. Ce jour là, comme d'habitude, les surveillants passaient à chaque table pour débarrasser et vérifier que l'on s'était servi dans l'assiette et que l'assiette était vide. Je ne me suis pas cru plus malin que les autres, mais j'exécrais tellement la salade de carottes râpées que j'en avais pris juste une cuillère pour colorer très légèrement mon assiette. Ironie du sort, quand le surveillant est passé pour me demander si j'avais mangé des carottes, je n'ai pas eu le cran de dire oui et j'ai dit non ce qui était la vérité. Le sieur s'est mis à reluquer mon assiette, a constaté la couleur adéquate et caractéristique de la carotte, puis habitué à réagir à contresens m'a jeté un regard suspicieux et s'est exclamé : « Mais tu en as mangé ! »

Etonné qu'une ruse aussi basique puisse réussir, j'ai répondu presque tétanisé : « Euh oui pardon ! » Le coté comique c'est que, quand tu dis la vérité on ne te croit pas et si tu mens on te croit. Idem pour les betteraves rouges que je ne pouvais pas avaler, idem pour l'immense majorité des plats qui nous étaient servi dans ce réfectoire. Je ne suis pas un révolutionnaire au sens propre du terme, mais j'ai pu constater que douze ans après cette expérience, un peu après les évènements de mai soixante huit dans « un resto U » des universités de Lyon, la révolte était toujours de mise contre la malbouffe. Trois cents assiettes qui contenaient une nourriture infecte de couleur marron furent retournées d'un seul coup, d'un seul sur les tables en signe de protestation. Vaut-il mieux ceci ou cela. Moi je pense qu'il vaut mieux une nourriture saine et équilibrée. C'était un autre de ces plats que j'exécrais et que j'avais découverts à Villemomble. Pour moi les carottes étaient sans doute excellentes pour les lapins et les betteraves pour les habitués de la chose, quant au plat favori de Popeye, dont on nous vantait les avantages pour devenir plus fort (manger du fer !), il ressemblait visuellement à une bouse de vache, qui préparée à la manière des cuisines collectives me donnait envie de vomir. Alors, je finissais par en perdre l'appétit. C'était ça aussi la « malbouffe », avant même qu'on en fasse un sujet de militantisme bien légitime.

Je ne mangeais que des plats sans saveur et je me battais pour éviter ceux qui avaient mauvais goût. La nourriture du soir plus riche que me faisait ma mère était sans doute un peu meilleure, mais ne pouvait en aucun cas dissiper ma crainte du lendemain. De plus les gâteries du genre sucettes à l'anis ou sucre d'orge étaient plutôt rares. Grand Père qui avait été confiseur et musicien avant d'être concierge d'immeuble faisaient de temps à autres des sucres d'orge, ce qui rendait les visites à la loge de la rue de Montreuil plus attrayantes pour moi. Je n'ai pas réussi à m'habituer à cette vie de banlieusard. J'étais comme un animal sauvage que l'on met en cage, car je ne comprenais rien à cette société trop impersonnelle pour moi. Là, mon coté sauvage me faisait souffrir, souffrir du manque ! Les jardins publics n'étaient qu'une pâle copie à petite échelle du monde végétal que je connaissais bien.

Un soir ma mère est venue vers moi, je ne dormais plus comme avant, je m'inquiétais du lendemain, car je n'avais pas appris ma leçon ! Ce fut mon premier échec dans la vie, je n'étais pas bien dans cette école et n'avais aucune envie de travailler ou étudier. J'en étais très affecté et comble de malheur, voilà que je tombais dans l'estime de maman, obligé de lui avouer ma tristesse et mon désarroi et ça c'était pire que tout. Elle eut tôt fait de me réconforter, ce n'est rien dit elle. Rien, ce n'était rien pour elle, mais pas pour moi. Le lendemain un miracle s'est produit, car je n'ai pas été interrogé, mais j'ai compris ce jour-là que, dans la vie, il ne fallait compter que sur soi et un peu sur la chance. Je me disais un peu aussi que maman devait avoir des pouvoirs surnaturels, car banaliser ainsi à mes yeux les conséquences d'une leçon non apprise et faire, in fine, que l'institutrice se désintéresse complètement de savoir, si j'avais appris ma leçon, m'avait semblé presque magique. Quoi qu'il en soit, cette leçon n'était pas sue et cela s'est ressenti sur mes résultats scolaires. Je me suis dit en moi même que nous aurions dû y regarder à deux fois, moi et maman, avant de dormir sur nos quatre oreilles. (Avec cette idée que le problème ne s'était pas résolu par une nuit de sommeil...)

Mon père, qui allait à Paris, eût un lumbago. Jeune, il avait travaillé aux halles à charrier des fromages comme il disait et il lui en était resté une fragilité coté vertèbres. C'est que ça pèse lourd ces choses là. (Environ deux cent cinquante kilos) On comprend pourquoi ces travailleurs-là s'appelaient des forts des halles. La vie moderne avec les systèmes de manutention sophistiqués a bien changé ces métiers où l'on avait surtout besoin de vertèbres solides et de connaître la langue locale pour se faire comprendre. Peut-être mon père avait-il essayé de retravailler car sa pension était toujours sous conditions médicales, et de toute façon assez faible pour que l'on ne « roule pas sur l'or », comme il disait. Bref, le fait est que ce lumbago m'a plutôt arrangé.

Les expressions de mon père, elles, ne m'étaient d'aucune utilité au plan scolaire, mais j'en ai fait l'inventaire maintenant qu'il n'est plus là. Une sorte de recueil, avec des annotations qui jurent un peu mais sont représentatives de l'effet produit sur l'enfant scolarisé que j'étais. Cela aurait été vraiment dommage d'en oublier le sens et la tournure car elles sont vraiment très imagées et constituent, en elles même, un exemple subtil de la langue parlée par les forts des halles et dans les faubourgs, appelé la langue verte, l'argot parisien au sens "périphérique" du terme. Côté rhétorique, je ne dois pas grand chose d'utile à mes pères, beaux pères ou grands pères, c'est le moins que l'on puisse dire. A commencer par le grand père, qui ne me parlait que très peu. Mon arrière grand père, qui avait appris le latin au séminaire, avant de renoncer à prononcer ses vœux et de venir en France, aurait pu m'apprendre quelque chose, mais il était trop vieux et je ne l'ai vu qu'une fois ou deux. A mon sens le latin comme la langue des faubourgs, sont des langues mortes bien qu'elles aient toutes deux à leur façon donné ses racines au français d'aujourd'hui.

On ne roulait pas sur l'or (euphémisme), mais nous n'étions pas non plus dans la misère et tout espoir était permis. Cependant mon père était plié en deux et obligé de marcher avec le dos à l'horizontale pour aller prendre le bus au bout du chemin ou pour revenir de chez le médecin. C'en était trop, nous allions repartir, c'était quasi obligé !

Cette école policée, ce climat froid et humide qui n'était pas bon pour mon père, ce nouvel handicap, cet appartement plein de murs en retrait, cette banlieue insipide, rien plus rien ne nous retenait à présent. Certes, Paris avait son charme avec les anciens autobus à claire-voie où l'on pouvait prendre l'air les dimanches quand on se rendait dans nos familles, mais les dimanches, ça ne fait pas une vie. C'est de cette époque que je tiens mon attirance pour la capitale. J'y suis revenu souvent mais, Paris n'est pas la banlieue et la banlieue n'est pas Paris, je l'ai compris très vite et ne l'aie jamais oublié.

La décision était prise, on avait assez vu la famille et on retournait là bas sur le plateau des malades. Les Cottages étaient toujours là et mieux valait passer l'hiver la haut malgré la neige et le poêle à mazout ...Quelle ne fut pas ma joie de quitter ce lieu impersonnel s'il en est. En matière de nouveautés géographiques, ma curiosité des premiers instants, fût-elle un plaisir, n'a jamais été comparable au bonheur intense de mettre les voiles pour rejoindre mon pré carré. L'expérience citadine n'avait pas duré plus qu'un trimestre d'enfer, pourtant ce fut une année scolaire de perdue pour moi. La Ciotat, Villemomble, retour dans l'Ain, deux excursions bien inutiles, hors de mes bases. Une troisième se produira, cette fois-ci par ma faute, à l'île d'Oléron. Ca a commencé sur les planches. (Pas celles de Deauville que j'ai connues aussi) Dans les monts du Jura, les enfants des villages étaient mis sur les planches avant même de savoir marcher, mais ce n'était pas mon cas, moi sur les planches, je m'y suis mis tout seul ou presque.

La seule tentative que mon père ait faite, était de me montrer comment on joue au basket. Je me rappelle encore son air attristé quand il s'aperçut que je ne ferai jamais un basketteur tout simplement parce que je n'étais pas assez grand, mais aussi parce que je ne comprenais rien à ce jeu. Viser un panier et faire rebondir un ballon pour mieux le sentir ou pour mieux viser me paraissait un peu trivial. Une seule séance a suffi.

Pour le reste, notamment le ski, je ne devais compter que sur moi même et dieu sait que j'en ai fait des remontées avec les skis sur le dos puis, ensuite seulement, avec les tire fesses et d'autres moyens perfectionnés. Quand j'ai découvert les remontes pentes, il y avait longtemps que les autres enfants du village en étaient à faire des stages de compétition dans des stations plus grandes. Peu importe, mieux vaut tard que jamais et je me suis donc un peu passionné pour ce sport à la popularité grandissante. Un jour où je n'étais pas seul, je suivais un copain, mon copain de berceau dans une piste transversale pour passer d'une piste rouge à une piste verte, je ne m'aperçus pas qu'il y avait une racine d'arbre qui dépassait. Je me la suis prise avec un ski et patatrac, ça ne passe pas et ça casse ! Le copain s'était arrêté pour me prévenir du danger mais trop tard. Chute, tibia fracturé, le traîneau, direction l'hôpital de Nantua. J'ai souffert le martyr. Opération, vis plâtre et revisse et replâtre, j'en ai eu pour six mois avant de me remettre. Maman était très impressionnée par mon courage, pas de pleurs pas de plaintes, je remontais dans son estime, mais je perdais encore une année scolaire car en plus de cette souffrance de plusieurs mois (la cicatrice s'était infectée entre deux opérations) j'ai été obligé d'émigrer.

L'éminent docteur Goyard (médecin attitré de la famille) avait une fille charmante, mais ressemblait à un cyclope immense (même mon père semblait petit à coté de lui). L'éminent docteur Goyard, décréta un jour que je devais aller faire un séjour dans un aérium pour y respirer l'air marin seule solution pour que mes os et ma croissance osseuse se fassent normalement. Bien sûr, pour ce genre de chose, on ne me demandait pas mon avis. Il semblait entendu que je sois d'accord.

Donc, direction l'aérium des Ormeaux sur l'île d'Oléron pour une durée indéterminée ou plutôt si : trois mois renouvelables. Belle la France ! Cette fois-ci, je partais seul et devais quitter non seulement, ma sœur mon frère, ma verte prairie mais aussi mon école, mon village, mes parents. C'était un peu comme si je partais en exil. Ce fut aussi une coupure certaine pour mon frère et ma sœur, nous étions trois et voilà qu'eux deux allaient se retrouver seuls sans leur grand frère, si utile en certaines circonstances, quand il s'agissait de faire front. Et puis, ils avaient l'habitude que je sois là. En mon absence les choses ne se passaient pas de la même façon, car moi je les défendais toujours, les ayant vu grandir et progresser comme ils pouvaient. Bref s'ils étaient encore là, je suis sûr qu'ils ne diraient pas le contraire et ce n'est pas rien de le dire. Ils ont failli ne pas me revoir mais ça, c'est la faute à personne. "Verte campagne où je suis né- Douce campagne de mes jeunes années" : C'était la chanson des Compagnons très en vogue à l'époque.

A ce point de ma vie, je comprend que je ne suis plus le même personnage, plus le même, même si c'est moi, même si c'est toujours moi, même si les milliards de cellules qui constituent ma personne se sont organisées par rapport à ce que fut le petit Lino et constituent in fine sa personnalité.

Comment raconter, comment expliquer sans croiser les destins de chacun toujours présents, chargés de l'espoir fondamental du mieux être et plus forts que le passé ?

Adulte, il me faudra prendre un peu de distance vis à vis de moi même, il n'y a ni un sujet ni un rêve majestueux dans ce roman de ma vie, ces mémoires qui n'en sont pas, cette auto narration qui n'est pas une biographie. Il me revient à l'esprit une chansonnette du temps jadis :

« C'était un petit cheval blanc, qu'il avait donc du courage...Tous derrière, tous derrière... et lui devant » ... Petit cheval blanc ?

A Paris, on m'appelait d'un sobriquet affectueux mais ridicule que je tairai pour l'éternité et qui évoquait plutôt une forme subtile de condescendance à mon égard. Que ne m'avait on appelé Jules comme l'aurait voulu mon père.

« Il était si mignon ce petit ! » N'est ce pas ? Voulait-t-on que je reste petit pour toujours ? Que je ne grandisse pas ?

Je me suis souvent posé la question, car cela aurait expliqué bien des choses. Je n'étais pas soutien de famille comme certains, mais j'ai peut-être servi à soutenir la famille et pour cela rien de tel qu'un petit bonhomme courageux et honnête. Si c'est ça, heureusement, je n'étais pas le seul !

C'est agréable de penser qu'on a pu servir à quelque chose même si on ne le savait pas.

Chassez le naturel, il revient au galop !

Pourtant, loin de tous, j'ai failli y passer plus d'une fois, notamment dans cette île aux multiples facettes, immense et rugissante où j'étais perdu, assommé, engloutis par les flots et fut sauvé par un petit garçon un peu enveloppé, bon nageur et très courageux ! Béni soit cet enfant comme aurait dit M. le Curé.

7
OLERON

A la Ciotat, en raison d'une certaine propension à m'envoler, les gens, ciotadens de leur état, m'avaient surnommé le gabian qui est un oiseau des îles comme on le sait. La voie était donc toute tracée : il fallait que je m'en retourne sur mon île, ce fut chose faite, grâce au corps médical, qui ne se trompe jamais ...

Le corps médical en ce temps là, c'était l'éminent docteur Goyard et il estimait que l'air de l'océan Atlantique, était la solution pour qu'une vilaine fracture mal ressoudée, se recolle définitivement. Les radios le montraient, à l'endroit de la fracture après six mois de plâtre persistait une légère et fine séparation qui laissait penser que l'os malgré le jeune âge du sujet rechignait à se recoller. Sans doute fallait-t-il donc l'air iodé de l'océan pour que la soudure se fasse. Le temps est passé sur cette raison médicale, comme sur beaucoup d'autres, au point que j'en ai presque oublié l'existence. Pourtant, c'était bien la cause unique de mon exil. Étonnant cependant que sur place, je n'ai jamais vu un seul médecin ni passé une seule radio. Le gamin que j'étais ne se souciait guère de son propre avenir à l'époque, seuls mes parents auraient pu refuser ce traitement de faveur.

Je venais de perdre quasiment mon année scolaire à cause de cette fracture et voilà qu'à la rentrée, je me retrouvais sur une autre planète. C'est à cause du plâtre que la soudure ne s'était pas bien remise. Il a du être refait plusieurs fois car j'avais commencé une carrière de gardien de but étant donné que je ne pouvais pas jouer à mon poste habituel de numéro dix. Ce plâtre était bien commode pour arrêter les ballons à la manière d'un goal de hockey sur glace mais malheureusement pas assez solide et les chocs répétés avec les attaquants qui laissaient traîner leurs pieds en ont eu raison. Je me suis bien gardé d'avouer cela aux médecins qui se demandaient, en refaisant le plâtre, pourquoi il s'effritait ainsi et pourquoi la fracture ne s'était pas bien remise. Exilé, convalescent, loin de mes copains, je ne pouvais donc m'en prendre qu'à moi même et à mon imprudence manifeste. Était ce bon pour mon tibia ? Sans aucun doute, pour mon moral certainement pas.

Saint Denis d'Oléron c'était très loin de chez moi et puis c'était la période où un jeune garçon change sans trop s'en apercevoir. Arrivé sur place après un voyage sans histoire on me force à me doucher dans des douches collectives avec les autres convalescents, les monitrices observant ce qui se passe d'un air goguenard. Malgré mon côté sauvage, je n'avais pas l'habitude d'être nu en public et j'avais alors naturellement des réflexes de pudeur lorsqu'une jeune femme reluquait la partie la plus intime de mon anatomie. Les autres enfants majoritairement n'en étaient pas au même stade de développement et la monitrice était sans doute étonnée que malgré mon jeune age, pas encore douze ans, j'en sois déjà là. Quoi qu'il en soit son regard appuyé a déclenché un réflexe chez moi. Elle s'est approchée vexée pour venir me dire qu'elle en avait vu d'autres, que ma réaction pudique était plutôt malvenue et que je devais me le tenir pour dit. Ça commençait bien, d'autant plus que dans cet établissement (Aérium des Ormeaux) c'était les monitrices qui faisaient la classe, et qu'elles n'avaient aucune compétence en la matière. Ma mère n'était pas là et ces apprenties mamans en shorts des plages, plutôt disgracieux, n'avaient que faire d'un jeune à peine pubère qui avait gardé un brin de pudeur de son éducation de base. Pour une fois que je n'étais pas sauvage ! Jusque là rien de grave, juste un petit choc psychologique qui s'ajoutait au dépaysement. Était-t-il nécessaire de me rabaisser ainsi pour mieux affirmer l'autorité qui allait s'exprimer durant mon séjour sur place ? Je ne le pense pas. J'ai cru bêtement en voyant tous les autres pensionnaires que je n'étais pas comme les autres. Personne ne m'ayant rien expliqué et les autres étant à peine plus petits que moi, je ne comprenais pas qu'il était normal que leurs organes génitaux soient si différents. Ceci n'a pas occupé mes pensées trop longtemps à cet âge là on prend la vie comme elle vient et je n'étais pas du genre à me poser trop de questions ni à en poser aux autres d'ailleurs. L'ambiance avec les autres convalescent était plutôt bonne, il y avait même une certaine solidarité entre nous. Nous n'étions pas là pour notre plaisir et nous n'avions qu'une hâte, les uns et les autres, c'était d'en repartir.

Les départs, c'était tout les trois mois et pas avant. Les autres, dont certains étaient là abandonnés par leurs parents depuis six mois, certains neuf mois ont vite fait de me mettre au parfum. Cet endroit était une caserne sur une île où régnait une discipline de fer et en dehors du départ possible tous les trois mois, point de salut. Mais, à dire vrai cette période a été pour moi une suite de découvertes :

-tout d'abord l'océan dans son immensité avec ses plages grandioses, et les vagues lointaines à perte de vue qui déferlaient en rouleaux puissants et bruissants comme des moissonneuses

-les marées, les blockhaus, les bateaux de guerre au loin encore présents pour surveiller le mur de l'Atlantique

La première fois que j'ai vu cela, j'en suis resté interloqué. Il existait donc cet océan, dont on me parlait, cet océan comme on le voit en photo ou dans les livres! C'était donc ça, la mer dont me parlait souvent maman ! Il y avait donc autre chose sur cette terre que la montagne à vaches, le chant des oiseaux, les Cottages, les HLM et le vélo de Papa! L'ennui c'est que tout cela se passait du moindre commentaire, de la moindre explication. Aussi bien, durant la classe que durant la journée, personne ne se chargeait de nous dire ce qu'il en était de cet environnement, qui n'avait rien à voir avec ce que je connaissais, à part l'air que je respirais, qui aurait du être différent, et ne l'était pas vraiment.

L'emploi du temps était adapté à l'aspect thérapeutique. Classe le matin pour, disaient ils ne pas perdre le niveau scolaire, mais les niveaux étaient tellement disparates que je me trouvais soudain très en avance par rapport aux autres et n'apprenais strictement rien. De plus les enseignantes de l'aérium étaient inaptes à la pédagogie, visiblement elles ne savaient pas faire la classe et ne suivaient aucun programme.

Déjeuner au réfectoire, la nourriture était meilleure que dans les cantines scolaires et je n'ai pas de mauvais souvenirs gastronomiques de cette période, c'est même plutôt le contraire, car j'ai découvert les produits de la mer que je ne connaissais pas du tout. Sieste obligatoire l'après midi. Puis la plage, l'immense plage, ou l'on se rendait à, pied en marchant quelque kilomètres et en chantant :

"-dans la troupe ya pas de jambe de bois

-ya des nouilles mais ça ne se voit pas

-la meilleure façon de marcher, c'est encore la nôootre

-c'est de mettre un pied devant l'autre et de recommencer
-et au refrain ... "

C'est ainsi qu'après une bonne marche le long des vignes, je suis arrivé pour la première fois sur cette plage immense où l'on ne voyait pas la mer. Rien à voir avec La Ciotat, pas de port pas de bateau pas de mer bleue. Je crois bien avoir posé cette question simpliste et amusante :

« Mais, il est où est l'océan ? »

Réponse des copains,

« Mais, tu ne l'entends pas ? »

Et de se mettre à courir, sans attendre, vers cette immense plage de sable mouillé …

En effet j'entendais ce bruit sourd des rouleaux qui s'écrasent dans le lointain et je voyais au loin cette bande blanche qui caractérise les vagues de l'Atlantique. La première fois que j'ai vu l'Océan, donc, je ne l'ai pas vu, je l'ai entendu rugir dans le lointain.

Et puis, j'ai levé les yeux et j'ai vu au loin cette bande moutonneuse, qui scindait le ciel et la terre en deux parties distinctes. La mer n'était pas ce que j'avais vu tout petit et appris dans les livres où à l'école, la mer c'était ça ! Quelles ne furent pas ma déception et mon angoisse face à ce monstre de tumultes !

Je me mis à courir comme les autres vers cette immensité iodée, jusqu'à l'eau jusqu'à ces vagues ces rouleaux plus grands que moi étonné et surpris de voir que les enfants plongeaient allègrement sous les vagues et remontaient à la surface comme des bouchons de liège .

Était il nécessaire de savoir nager pour aller ainsi dans les vagues ? On m'assurait que non, que la mer nous porte que quelques mouvements des pieds suffisent à rester dans l'eau et à flotter derrière les rouleaux et qu'il faut simplement plonger pour éviter de les prendre en pleine figure. Je fis comme les autres et prenais ce jour la mon premier bain dans un océan que je n'ai vu que de derrière. (Derrière les vagues) Septembre était là, c'était les grandes marées.

J'ai bien reçu un colis, ouvert avec frénésie, et une carte de voeux de ma mère pour mes douze ans cette année là, mais, à part cela personne ne se souciait de mon âge.

L'océan imposait sa loi. Le phare d'Antioche, avec son faisceau lointain qui éclairait le dortoir par intermittence, accompagnait mes premières nuits de sommeil sur l'île d'Oléron. Les copains, encore eux m'expliquaient que cette lumière dans le ciel, c'était le phare et que des navigateurs parfois se perdaient en mer et devaient rejoindre le phare pour être sauvés des flots et des tempêtes . Approximatif mais indispensable comme explication. Et je m'endormais, en me disant que ce monde décidément était plus que bizarre !

Question nourriture, les copains plus au fait que moi de ce que l'on consommait sur place me faisait la leçon de choses. Ceci est ceci, cela est cela, et comme c'était plutôt bon, je mangeais un peu de tout. Il fallait se retaper, que la soudure se fasse et qu'on en finisse avec cette fracture presque sociale !

La sieste obligatoire était un vrai supplice. Demander à des enfants pleins de vie de rester sans bouger deux heures durant ! Mais j'ai vite fait, là aussi de constater que la simulation fonctionnait bien. On faisait tous semblant de dormir sous la couverture en laine gris foncée quand passait le moniteur, puis, dès qu'il s'en retournait, sans doute conter fleurette aux monitrices, on se libérait du carcan et c'était selon les goûts de chacun. Pas de batailles de polochons car il n'y en avait pas, mais des causeries et des jeux, ça oui !

Et passe le temps et grandit encore l'enfant loin des yeux, loin du coeur; loin de la mère, du père, de la soeur bien aimée et du frère éloigné.

Au chapitre des jeux, il y avait des choses qui étaient organisées ...

On nous faisait jouer une guerre pour la possession du feu, déguisés en hommes préhistoriques. Ce spectacle était presque grandiose avec des torches vives que se disputaient des hommes préhistoriques et des femmes vêtues de peaux de bêtes qui participaient à l'action et il avait un but pédagogique :

-faire comprendre à des gamins que les guerres ont toujours existé et qu'elles ont des fondements, des causes comme par exemple la possession du feu, ce qui était peut-être idiot, mais très distrayant, je dois l'avouer! Une répétition avant l'heure de la guerre du golfe que l'on pas toujours interprété dans ce sens là. A dix ans, se trouver ainsi déguisé en gardien du feu à quelque chose à la fois de grotesque et d'amusant. Et puis il y avait une jeune fille qui faisait des crises d'épilepsie et qui se calmait en ma présence. Allez comprendre pourquoi ! Elle jouait le rôle de la femme préhistorique à mes côtés à qui je ramenais le produit de la chasse avant de me battre contre les voleurs du feu, c'était géant ! Ca mérite une médaille c'est sûr !

Tout ceci n'a pas une grande signification, si ce n'est de rappeler les phases principales de ma socialisation. Tout ce qui m'est arrivé en termes de vie en collectivité a un sens pour moi et a achevé de forger mon caractère. Aujourd'hui encore et toujours, je vis des expériences collectives qui changent encore ma vision du monde, ce n'est pas peu dire.

A l'aérium, le bon côté des choses, c'était le sport. On m'apprit à nager et je devais même réussir l'épreuve du vingt cinq mètres nage libre à marée haute derrière les remous des vagues. Un diplôme officiel attestait que j'avais réussi cette épreuve. On nous apprenait à nager sur un tas de sable et je fus bienheureux lorsque j'ai pu dire que je savais nager, même si je restais nettement moins bon à la nage que tous mes petits copains de l'aérium. C'est l'un d'eux qui m'a quasiment sauvé la vie le jour où un méchant galet eût la mauvaise idée de me cogner la tête. Pas encore bon nageur, mais habitué à plonger dans les vagues, j'ai un jour eut la désagréable impression de prendre un coup sur la tête et de me noyer. Lorsque, après des glouglous répétitifs et une tasse énorme, sonné, j'ai disparu sous la mer, rien ne laissait supposer que j'aurais pu en sortir. Je me suis réveillé comme dans les films d'aventures, allongé sur la plage à moitié évanoui sous les yeux des moniteurs soudain apparus et d'un petit garçon qui avait eût la présence d'esprit de venir me chercher au fond de l'eau .

Les moniteurs me l'ont dit c'est lui qui m'avait sauvé. Je crois bien lui avoir dit merci à ce petit héros, un peu grassouillet et si sympathique ! Qu'auraient pensé mes parents, si j'étais mort la bas, se doutaient ils seulement des dangers de l'Océan ? La seule chose qui me plaisait vraiment sur cette île, la baignade, avait donc failli causer ma mort. Je ne voyais vraiment plus ce que je faisais là et n'avais qu'une hâte : en repartir. Il faut croire au génie de l''homme, l'apprentissage n'est rien.

Cela nous pesait tellement à nous autres, pensionnaires de l'aérium ne sachant rien du dehors, que nous étions à l'affût de la moindre information, qui aurait pu signifier un départ pour nous. Les départs se faisaient tous les trois mois et quelques jours avant le départ, un sac contenant le linge du "partant" était stocké dans une pièce fermée à clé. Nous avions trouvé l'astuce pour faire sauter le loquet de la porte à l'aide d'un couteau et aller voir les noms figurant sur les étiquettes collées sur les sacs. Terrible déception, comme beaucoup d'autres, mes affaires n'étaient pas préparées et je me voyais déjà à mon grand désespoir passer encore trois mois à l'aérium ! Mes copains et copines, les malheureux tous handicapés, déjà blessés de la vie, dont certains étaient là depuis six mois ne savaient pas non plus quand ils pourraient repartir de ce lieu de perdition. Certes c'était pour leur bien, mais avait on seulement pris la peine de leur expliquer combien de temps cela devait prendre ? Non !

Quelle ne fut pas ma joie lorsque, un matin, je vis la grande silhouette de mon père passer la porte de ma classe accompagné de la directrice du centre. Il était là, quelle surprise, et en plus quel bonheur, il était venu me chercher, ce que pas une seule seconde, je n'avais pu imaginer !

(Je pensais repartir un jour comme j'étais venu, en car, ou en m'évadant, mais c'était plus difficile, car il y avait l'océan qui empêchait de rejoindre la terre ferme à pied...)

A peine le temps de me retourner vers la classe immobile et résignée, à peine le temps de faire un signe aux copains et aux copines !

Mon père prit ma main et après le bac qui reliait l'île à la terre, nous prîmes le premier train en partance pour l'Est du pays.

Voir s'éloigner Oléron et le phare, voir que l'on peut partir comme ça, libre et soulagé et pourtant avec un brin de nostalgie, une pensée pour ceux qui restent, cela s'appelle grandir, grandir en soi, grandir pour soi ! Mon père m'appelait fiston !

Nantua, pays de naissance au lac profond ou hôpital des fracturés, La Ciotat, Villemomble, Oléron : pour un garçon de douze ans à peine ça faisait beaucoup de maisons beaucoup d'attaches, de lieux de villégiature qui n'en finissaient pas de changer la donne, de changer les règles, mais ne dit-on pas que les voyages forment la jeunesse ?

J'avais déjà bien voyagé, c'est certain mais jamais au grand jamais, je n'ai oublié ce que j'étais, qui j'étais. Ni surtout comment j'étais. Résigné sans doute, mais ne résistant pas une seconde à l'appel du grand large, des immensités, de la verdure, du sables et des montagnes. Me qualifier ainsi avec un mot comme le mot sauvage est bien sûr restrictif, mais comment définir cette nature sublime qui fut à de maintes reprises ma seule compagne, mon seul interlocuteur. Certes on ne peut s'approprier la nature toute entière et en faire sa famille, sauf peut-être l'enfant, pour qui le bonheur passe par les sensations et non pas par des valeurs ou des idées. Reste à savoir si c'est la nature qui est sauvage ou si c'est lui, l'enfant.

Moi, Lino, je devais porter le prénom en second de mon grand père paternel, celui de mon oncle qui est le même, celui de mon grand père maternel, et malgré cela j'aimais mon prénom quand il était prononcé d'une certaine manière, disons, naturelle ... surtout quand il était prononcé. Trois mois sans l'avoir entendu prononcer, même un chien y perdrait son latin. J'ai appris une chose : quand on s'absente et qu'on revient, quelque chose a changé, mais on ne vous le dis pas tout de suite. Mon frère et ma soeur avaient trois mois de plus, trois mois de vie à deux enfants. (Avec un peu plus de place pour eux dans la maison et dans le coeur des parents) Ca, pas de problème, mais moi, je n'étais plus au centre du dispositif familial, j'étais parti, j'étais excentré.

On se réjouissait de mon retour mais sans plus. On me plaignait encore pour mes souffrances, on flattait mon courage pour résister à la douleur, mais je n'étais plus l'objet des attentions particulières de maman, d'ailleurs l'ai-je vraiment été un jour ? La tête déjà pleine de souvenirs, je n'y ai pas prêté attention et je me suis intéressé à autre chose. C'est à cette époque que j'ai commencé à étudier le dictionnaire, à chercher les mots que l'on ne nous apprenait pas ni à l'école ni à la maison, à écouter la musique plus que les chansons. Je me faisais un petit calepin avec des mots bizarres : (Titanesque, sardanapalesque, éthéré, sans ambages...)

A quoi donc pouvaient donc servir ces mots et à qui ?

8
LES ZACHES

L'éloignement de mes Cottages bien aimés avait été à chaque fois un arrache cœur ou plus exactement un déracinement dont je ne mesurais pas tout de suite l'ampleur et les conséquences. L'éloignement définitif fut accompli lorsqu'on nous attribua une habitation à loyer modérée dans le petit ensemble qui venait de se construire.

Plus de prés changeant au gré des vents et des saisons, de printemps fleuris, d'hivers blancs et feutrés. De la neige, oui encore de la neige, mais plus de cette neige silencieuse qui couvre nos logis. Belle et fière de sa blancheur ouatée, pour que les sons au loin changent de chemin. Celle, qui éveille les sens et calme les ardeurs, celle, dont la froideur nacrée enivre les petits.

Plus d'étés papillons sous les herbes coupantes qui ondulent, plus de ces pluies mouillées, qui claquent au dehors, de ces escargots rigolos qui montent sur les murs, de ces limaces brunes bien imprudentes qu'on évite sous le pied.

Plus de boutons d'or au coin du logis, dans la source verdoyante qui inonde le pré. Fini de casser des noisettes, un beau jour de septembre, assis sur un rocher, sans avoir à penser. Plus de clair logis, ni de chiens aimables, plus de sœurs au bout du chemin ni de leurs parterres fleuris pour remercier Dieu.

Pourquoi partir ? A à cette époque là, c'était mieux pour mes parents et pour nous d'avoir un logement tout neuf. Finies les toilettes devant le poêle et une bassine d'eau réchauffée, nous allions enfin pouvoir bénéficier d'un logement avec le chauffage central et une vraie salle de bain. Je note cependant qu'aujourd'hui un demi siècle plus tard le bel immeuble bien chauffé a été démoli pour construire à la place des « Cottages sociaux »alors que le Cottage, lui, est toujours là, habité par un couple qui a l'air de bien se porter.

Je me répète sans cesse que notre vie dans la petite cité HLM n'était pas triste du tout, cependant, ce ne furent pas mes plus belles années, même si ce fut un bonheur réel pour mes parents d'accéder à un meilleur confort. Maman travaillait à la pharmacie, nous étions quasiment intégrés à la population et je pouvais aisément continuer à grandir quand survînt un événement qui allait modifier quelque peu ma vision du monde.

J'avais bien tout compris mais habiter aux Z'aches, comme on disait nous les enfants, ça voulait dire macache ! Non à l'indépendance, l'individualisme, la solitude tranquille, le miel de la nature sauvage, le cocon naturel qui protège du monde.

L'habitation à loyer modéré (c'était le but) où nous logions était la première construite sur le plateau, elle était constituée de deux immeubles distincts disposés en quinconce, et qui se regardaient en chiens de faïence. Ils étaient occupés par des familles d'horizons différents ou plutôt de différents horizons. Bref aujourd'hui plus personne ne se pose de question, on a tout résumé en un seul mot : diversité. Alors disons, des familles diverses sans vouloir polémiquer bien sûr.

Avant toutes choses, j'avais remarqué, en contrebas des deux immeubles une sorte de marais avec des roseaux, des parties humides où croassaient quelques grenouilles et des parties plus ou moins sèches. C'était un endroit idéal pour y construire des cabanes d'autant que quelques arbustes poussaient ça et là, au milieu des roseaux, entre ciel et terre, entre le ciel et l'eau. C'est à cet endroit précis que j'ai fait élection de domicile pour y passer mes journées à l'abri des regards, invisible et introuvable, sauf par ceux qui savaient et à qui je faisais l'honneur de partager ma cabane, faite de roseaux coupés et séchés. Cette cabane, a été pendant quelque temps mon seul refuge, ma seule cachette pour échapper à ce monde curieux, qui voyait tout. Avec quelques enfants du quartier, mon frère, ma soeur, jamais plus de quatre ou cinq nous formions un petit cercle, à l'abri des regards, assis sur les roseaux séchés et nous parlions, nous devisions de choses et d'autres, en quelque sorte....

Lorsque le soir nous rentrions à la maison, crottés comme pas un, ma mère se demandait bien où nous étions allés, et levait les bras au ciel en signe de protestation. Cette cabane comme bien d'autres ne pouvait résister à l'épreuve du temps, recouverte de neige en hiver, elle n'avait plus de sens, mais elle eut le mérite d'exister, pour moi et pour les autres, comme un reflet d'argent, une marque d'indépendance, par rapport à cette vie collective et ouverte que nous offrait la société nouvelle.

Par la suite, je me fis copain rapidement avec certains, je dirais même avec toute une famille, (des gens qui venaient, eux non pas du quartier de l'Orcet mais de Pologne) ce qui prouve bien que j'étais un être sociable. Papa, lui, ne les aimait pas beaucoup, je crois bien qu'il en voulait un peu aux polonais, car il avait un mauvais souvenir d'eux durant son séjour en Allemagne où il y avait également des polonais réquisitionnés pour le travail obligatoire. Ils n'étaient sans doute pas assez solidaires de son point de vue. Solidarnosc n'existait pas encore.

Les polonais ont été mes meilleurs amis et je leur dois quant à moi les heures les plus agréables de mon adolescence. Les grandes escapades et jeux que nous faisions à l'image des films d'aventures américains, les belles envolées lyriques et histoires d'amour simulées avec la petite copine qui nous suivait allègrement et pansait nos blessures de guerriers. Tout y était jusqu'à savoir suivre une piste comme le faisaient les Apaches. Tous y étaient et tous les enfants du quartier jouaient avec nous. On dit parfois que les enfants des cités sont plus dégourdis, je pense que ce n'est pas faux et que le fait de mal tourner n'est qu'un risque parmi tant d'autres mais pas plus que d'autres. C'est la société civile qui nivelle la différence, qui crée de l'incompréhension, les jeunes ne pensent pas la différence de la même façon que leurs aînés, ils sont dans l'action, pas dans la transaction.

La maman de cette famille polonaise aimait bien s'occuper des enfants. Elle m'a donné le goût du jeu et du spectacle. Ce fut ma première expérience de spectacle pour s'amuser. Nous dressions un chapiteau avec l'aide de cette dame. Elle réussit à me convaincre que je trouverais bien quelque chose à faire pour compléter le spectacle que nous devions donner à tous les enfants des Z'aches . Il fut décidé que je serais le magicien et que je devais trouver quelques tours de magie à faire et me déguiser en une sorte de fakir. La dame me prêtait une de ses soieries dont j'étais enturbanné et je me mis à faire quelques tours de mon répertoire. (Tours de cartes, disparition d'objets etc.) . A ma grande stupeur les tours de magie que j'avais appris comme ça, sans trop y faire attention, et que j'avais l'habitude de faire à mon frère et ma sœur fonctionnaient à merveille sur un public plus dense. Quelques parents s'étaient même laissés convaincre de venir assister à nos exploits. Nous étions une mini troupe déjà. Mon père lui trouvait presque cela dégradant. Aller se donner en spectacle ne lui paraissait pas très digne d'un fils Barlino. Il ne risquait donc pas de mettre les pieds sous un chapiteau. Ce fut même l'occasion de quelques remontrances très salées de sa part. Mais la douceur subtile des foulards de la dame était plus forte et je fis cette fois ci ce que je voulais. Le spectacle, compte tenu des oppositions farouches de beaucoup de parents qui voyaient cela d'un mauvais œil, ne dura que quelque représentations et nous dûmes nous résoudre à enlever le chapiteau dans le parc qui faisait désordre . Dommage, le public était conquis et on s'amusait bien.

Ensuite, il y eut l'école et les fêtes de fin d'année occasion pour les élèves de donner un spectacle. Je faisais le batelier de la Volga, dansait les danses russes (difficile) et chantait même à cette occasion, ce qui ne s'est que très peu reproduit, sauf à fredonner quelques airs quand je suis content ou rêveur. « Oh la marche, tire, marche, le temps tire avec toi, tire tirera ...et au refrain » Les problèmes de météo m'ont souvent dissuadé de trop insister dans cette voie, plus que royale.

J'étais bien copain avec les enfants des polonais : (en particulier un des garçons : Liouch). Liouch était l'antithèse du petit gars bien de chez nous. Il dessinait des aigles à douze ans avec une précision extraordinaire et pourtant on n'approchait pas ce genre d'oiseau dans les parages. C'était comme si ces dessins sortaient tout droit de son atavisme propre, de son imagination d'enfant exilé. Moi je le comprenais. Ils avaient souffert du communisme mais n'en parlait pas. Quand je semblais leur proposer quelques idées de partage, ils me regardaient d'un air effrayé et réagissaient illico. « Alors tu es communiste ? » Me demandait-t-on. J'étais encore à cent mille lieu de savoir ce que pouvais signifier ce terme pour eux. Sans doute la fin d'une civilisation et surtout l'oppression, ce qui n'est pas rien.

Moi communiste ? Mettre des choses en commun ? Pas de quoi en faire un monde ! Mais je n'avais pas la moindre notion de politique politicienne. Je n'étais ni ceci ni cela, j'avais seulement des idées de partage et la souffrance d'un peuple tout entier m'apparaissait soudain, comme ça, sans qu'on m'ait expliqué quoi que ce soit tout simplement parce qu'un copain savait lui ou ce genre d'idées peut mener. Les tergiversations des uns et des autres pour justifier les revirements d'opinion et justifications à propos de la dictature du prolétariat ne changeront jamais mon opinion sur ce point. A douze ans, j'étais convaincu qu'aucune dictature ne méritait qu'on lui prête serment d'allégeance. Aucune ! Ensuite j'ai entendu parler des pays totalitaires et du combat pour la liberté. (Celui de Walesa et bien d'autres, qu'il faut savoir rappeler à ceux qui oublient parfois ce que fut l'histoire de l'Europe)

L'idée de partager donnait quelques boutons à mon copain polonais qui le tenait sans doute de son père et pourtant, il m'ouvrait sa porte, sans jamais chercher à m'endoctriner dans un sens ou dans l'autre et partageait bien des choses avec moi. Lorsque qu'il me parlait à moi ce n'était que pour m'aider pour m'expliquer que j'étais leur ami et que notre pacte d'amitié était indéfectible. Ce qui était le plus important à leurs yeux sans doute c'est que j'étais libre du moins, j'en avais l'air.

Un jour, mon cher copain eut un accident. Il fut renversé par une voiture, la voiture d'un médecin, le Maire de la ville. Il fut marqué pour la vie à même pas quinze ans. Le docteur responsable de l'accident mit en œuvre tout les moyens dont il disposait et son aide financière fut précieuse à la famille de Liouch. Hélas, rien, pas même l'argent qu'il reçu à cette occasion ne pouvait lui rendre l'usage normal de ses jambes et de son corps. Ce fut long, très long et remis de ses blessures, il était lourdement handicapé. Le handicap psychologique qui a suivi était sans aucun doute la pire des choses qui puisse arriver à un jeune homme. Il avait subit un choc d'une extrême gravité. Le choc psychologique n'étant pas le moindre de ses problèmes. Pourtant j'ai toujours vu briller en lui cette lueur d'espoir. Le docteur qui avait fait tout ce qu'il pouvait pour l'aider dans la souffrance était devenu un ami, presque un père pour lui. Il me l'a dit. Il s'en est allé sur les routes, suivre son chemin, le sien cette fois ci pas celui de ses parents. L'argent ne fait pas le bonheur, il vous éloigne parfois de ceux que vous aimez. Au revoir mon pote disparu. Tu t'es bien éloigné de moi toi aussi. Je pense encore à toi et à tes aigles splendides. Je pense encore à ton père, à ta mère et à nos belles randonnées à travers la montagne. Vous étiez chics avec moi. Moi, le fils de mon père. Chez vous je me sentais accepté, accepté c'est tout.

Mais voila qu'un jour mon père est venu me chercher dans votre logis, et vous lui avez fermé la porte. Réaction de rejet, de résistance identitaire. Que s'est il passé ? Je ne comprenais pas. Pourquoi suis-je ainsi devenu un enjeu ? Pourquoi l'amitié sincère doit-elle toujours se heurter à l'enjeu familial ? « Ici vous êtes en Pologne ! » Voilà ce qui fut dit à mon père comme si, passer le pas de la porte pour venir chercher son fils pouvait constituer un acte de violation de territoire. Qui donc était l'être le plus sociable dans ce genre de scène, moi, qui pouvais circuler librement dans un sens ou dans l'autre ou eux, incapables d'un minimum de courtoisie qui se disputaient ma présence à une heure donnée, comme si elle pouvait avoir un sens ? Bien sûr, j'ai rejoint mon père et accepté ses recommandations, comment aurais-je pu faire autrement ? Je me suis consacré un peu plus à mes études, plutôt que de vivre de manière effrénée, les expériences et les aventures qui me tendaient les bras. Jamais pourtant, je n'ai renoncé à cette amitié qui m'était donnée, je ne l'ai pas rejetée ni regrettée, pas même discutée, quoi qu'ait pu en penser mon entourage le plus proche.

Mon jeune frère, lui, avait une sorte de réseau aux Z'aches, il fréquentait plutôt des français d'origine. Il était très sensible comme disait notre sœur. Je crois qu'elle voulait dire qu'il avait du cœur et puis en ce temps là, être sensible était bien vu, c'était une preuve d'intelligence. Petit, il s'intéressait à ce qui passionne les filles. Il jouait à la marelle et jonglait divinement bien avec cinq balles. Il n'était pas gai, il me l'a dit et d'ailleurs c'est une question que je ne me posais pas. Il avait des amitiés bizarres ? En particulier une jeune fillette, qui répondait au doux nom de Patricia avec qui il s'entendait à merveille et avec qui il a fugué. Cette jeunette avait le goût des équipées sauvages et a trouvé en lui le partenaire idéal pour concrétiser ses rêves de voyages. A à peine dix ans passés les voilà partis on ne sait où, disparus le même jour ce qui laissait supposer qu'ils étaient ensemble.

Trois jours sans nouvelles pour les parents des deux enfants; on imagine l'inquiétude, la police sur les dents etc. Et puis, un appel téléphonique de notre demi sœur ! Ils étaient à Paris, chez elle qui du haut de ses vingt deux ans, trouvait très sympathique que son petit frère soit venu lui rendre visite, du moins c'est ce que j'ai entendu dire. En effet il n'y avait pas péril en la demeure, si ce n'était les cinq cents kilomètres qui séparaient sa demeure de la notre ! Les deux autres filles de ma mère étaient très liantes et très liées et ne manquaient jamais une occasion de se rapprocher de leurs demi frères cadets. Elles avaient plutôt grandi avec leur père qui était donc le premier mari de maman. Il avait le même prénom qu'elle, au masculin bien sûr et ça il l'a gardé. Maman ne m'avait pas caché qu'elle s'était mariée à seize ans. Etait-ce pour échapper à une vie de famille qui ne la satisfaisait pas ou parce qu'elle avait réussi à séduire un homme qui fit dans la chaussure à Lyon et lui procurait un travail ? Etait-elle vraiment amoureuse ? Autant de questions que je ne lui ai jamais posées et que je ne me pose pas ! Bref en son temps, il ne faisait pas bon divorcer et c'est pourtant ce que fit ma mère après la guerre, qui comme chacun sait n'arrange rien à rien. Tout cela est d'une banalité affligeante, n'est ce pas ? Oui mais ce fut bien la clé de toute une vie, de toute la vie de maman. Maman, elle était bien dans ses pompes comme on dit, et c'est peut-être bien ce qui a séduit mon père.

Qu'ai je à gagner à parler de tout cela, à écrire cela, à communiquer ce genre d'information qui n'en est pas et qui n'intéresse personne, si ce n'est par l'existence d'une syntaxe qui peut avoir un sens au delà du sens premier ? Je crois bien que ma vie a surtout besoin d'avoir existé depuis le début. Je m'explique : Ma mère, dans une de ses lettres enflammées à mon père, que j'ai pu lire longtemps après leur disparition, lui disait en substance que j'étais son fils : elle écrivait « Celui là, il est de toi ! » Et fondait l'espoir que sa vie à présent pourrait être consacrée à chérir cet enfant qui lui ressemblerait, qui serait comme lui. Étrange tournure du destin, un jour ou je parlais avec elle sur ses vieux jours, elle me dit tout de go et comme dans un reproche voilé : « Tu ne ressembles pas à ton père! » Tout était dit à ce moment là, dit et compris. En moi même en mon cœur éploré, j'ai pensé : «Quelle importance ? » C'est dire que je connaissais mal le sens de leur amour. Mes parents étaient des gens simples, j'étais en quelque sorte la pierre angulaire de leur union, le projet. Etre le double de mon père, le modèle réduit qui allait lui ressembler. Bien sûr ce ne fut point le cas, car je n'étais pas pareil que lui et ça ne m'a pas empêché de l'aimer, lui, mon père. Mon père ce géant, non, décidemment, je ne pouvais pas être comme lui, même au risque de décevoir ma chère mère. Je n'ai pas compris, de son vivant, qu'elle avait souhaité que je sois comme lui.

Installé aux Z'aches, je n'avais qu'une conscience vague de ce que pouvait avoir été la vie de mes parents, ce n'est que plus tard, que je me suis posé des questions et que j'ai voulu en savoir plus. La vie d'ailleurs s'est chargée de me faire savoir ce que je sais. A onze ans, j'étais encore attaché à quelques sites géographiques qui m'avaient vu grandir mais je n'en avait pas conscience, c'est pourquoi les changements que j'ai vécus et qui auraient du m'être profitables ne l'ont pas été. La terre natale en somme. Mon éducation fut ce qu'elle fut et je n'ose même pas la critiquer; pourtant s'il y a une chose que j'aimerais bien changer en moi c'est cela. Bien élevé sans doute, poli oui mais éduqué comme il convient, c'est une autre question ! Adapter mes manières aux circonstances pour être dans la norme m'a souvent posé problème, mais était-ce vraiment utile ?

On m'a donné le sens du devoir, et cela m'a servi, bien que soit plutôt contraignant et stérile. Devoir, est une chose, en avoir les moyens est autre chose. Au plan du civisme par exemple on attend beaucoup des gens sans tenir le moindre compte des moyens dont ils disposent. Avoir un joli chapeau et savoir l'ôter poliment n'est pas donné à tout le monde. Certaines personnes moins scrupuleuses que je ne le fus s'accommodaient très bien de ne rien devoir faire. Pour eux, point d'obligations en termes de devoir, en terme de loyauté car c'était bien plus simple que d'en avoir. Ce n'est pas qu'ils n'en avaient pas la notion, bien au contraire, mais ils étaient tellement sûrs, que rien ne leur serait reproché, qu'ils n'hésitaient pas à transgresser, lorsque leur intérêt ou leur bon plaisir le commandait.

(Pour les moralisateurs, c'est une phrase à méditer. Pour ceux qui se croient en marge des obligations qu'ils professent. Pour les donneurs de leçon qui ne voient pas, qu'ils sont observés de loin par tous, ou de près par leurs obligés cela peut avoir un sens). Pour ma part, je n'ai jamais tourné casaque, mon seul problème, c'est que je n'ai pas toujours porté la bonne casaque, du moins à mes yeux.

Comment dire, les Z'aches pour conclure cette digression m'ont fait oublier, ce qui sans doute était le fondement de ma personnalité. Oublier dans le sens de ne pas y penser. Oublier pour un temps, mais pas disparaître. Le sujet est à la mode, à la mode dans ce monde populiste, mais me paraît d'une extrême banalité. Se retrouver un beau jour comme ça dans une petite cité, embryon de ce que deviendront les grandes cités à la périphérie des grandes villes avait une signification, un sens au plan sociologique, dont ni moi, ni mes parents ne pouvions soupçonner les effets. Je n'étais pas programmé pour devenir un enfant des cités et je ne le suis pas devenu. Trop tard en somme. Il n'en reste pas moins que j'ai plus ou moins partagé le quotidien des immigrés de toutes les obédiences qui peuplaient les Z'aches et cela ne pouvait pas me laisser indifférent.

Les Fiorelli, famille d'Italiens, pur jus comme disent certains, avaient un fils qui fut plus chanceux que moi à l'école. Alors qu'on lui fermait les portes de la sixième, ses parents ont insisté pour qu'il passe l'examen d'entrée et il l'a réussi, il est devenu Ingénieur des Arts et Métiers. Mes parents n'ont pas osé s'opposer à la décision du Maître et j'ai perdu un an de plus. Entrer en sixième avec deux ans de retard ça n'aide pas dans la vie, mais on l'ignorait à cette époque. La suite pour moi : sept ans à potasser et le bac in extremis, mais pas sans problèmes.

A part les "italiens" il y avait aussi monsieur et madame Mourad qui avaient réussis à avoir neuf filles, pas un seul garçon. Tous les prénoms du calendrier arabe y sont passés, cette pauvre madame n'en finissait pas d'être enceinte. Et puis les Amiesko, et les Lakoza avec six filles et leur fils aîné George, tous blonds (délavé) qui croyait que les cheveux frisés étaient une maladie. Il faut dire que les leurs étaient si raides qu'ils ressemblaient à des baguettes de tambour. Les Mircol, une famille bien française avaient une fille qui me faisait un peu fantasmer, car elle me suivait partout et jouait avec nous aux grandes aventures style Hollywood et un fils qui se mit très vite à travailler, car il n'était pas compatible avec l'école. A seize ans, il possédait déjà une magnifique moto, une trois cent cinquante centimètres cube, qui laissait tout le monde admiratif. Hélas, pour lui, l'alcool auquel il a eu aussi rapidement accès a fait rapidement des ravages sur le jeune homme qu'il était. A dix huit ans, il était tout boursouflé et il en paraissait quarante. Et puis le boulanger du rez-de-chaussée qui voulait dormir le jour et n'en finissait pas de s'accrocher avec les enfants qui ne voulaient pas comprendre qu'il fallait rester silencieux devant la fenêtre de sa chambre. Et aussi la cartomancienne, qui nous ouvrait ses portes, nous faisant humer l'odeur d'encens qui envahissait sa demeure sombre et mystérieuse et qui nous disait la bonne aventure pour conjurer le mauvais sort. Et un couple de pieds noirs, rapatriés d'Algérie, qui ne se mêlaient pas aux autres et possédaient une magnifique Panhard Levassor. La belle auto jurait un peu dans le paysage où il n'y avait que quelques voitures plutôt anciennes dont la traction de mon père. Et puis, une famille bien française qui avait une fille délicieuse et sucrée qui me fit voir le monde à l'envers. Les Collinet, bien sympathiques qui se lièrent d'amitié avec mon père et dont la fille fut la meilleure amie de ma sœur. Les Ravinasse qui avaient une fille fugueuse, véritable garçon manqué. Et puis bien d'autres plus discrets qui n'avaient peut-être pas d'enfants. La maman de Maxime et Rolland, mes deux grands copains, venus du Maroc via Toulon. Ils étaient orphelins de père et revenaient sur la terre d'origine du papa. L'un jouait au foot et l'autre ma foi était plutôt intello et nous parlions beaucoup. Il était protestant et il allait au temple. Ce jeune homme réfléchissait au sens l'existence. Il m'avait expliqué que les protestants croyaient à la même chose que les catholiques à l'exception de Marie à qui ils n'accordaient pas la même importance. C'est précisément cette exception qui a fini par jouer un rôle important pour moi, dans ma vie spirituelle, surtout lorsque j'ai rencontré les Maristes. Je n'étais donc pas protestant.

Le foot... Quand je vois à mes yeux, ce qu'est devenu le foot dans les grandes villes, quand je vois l'impact médiatique d'aujourd'hui, l'importance factice qu'on accorde à ce jeu, je ne peux m'empêcher de penser que tout cela est superfétatoire, incongru et burlesque. Mais j'aime toujours ce jeu que j'ai pratiqué énormément, quand j'étais aux Z'aches. Il y avait une sorte de parc intérieur qui ressemblait à un petit stade où on pouvait s'entraîner et on y jouait presque tous les jours avec les enfants du quartier et d'autres qui venaient d'ailleurs sans le dire à leurs parents. Le foot n'était pas encore la gigantesque entreprise lucrative de décervelage et de publicité que c'est devenu et si on aimait y jouer, on se retrouvait souvent que quelque uns à l'entraînement au stade, au milieu des taupinières.

Nous avions une équipe de cadets et j'ai brillé dans cette équipe, marquant trois but en une seule rencontre, ce qui me valut un article élogieux de notre supporter numéro un le correspondant du Dauphiné Libéré, qui écrivait dans ses colonnes : "Coup de chapeau au jeune Lino qui jouera sans doute en équipe première l'année prochaine !". Mais voilà, j'étais fragile et ma fracture du tibia avait laissé des traces, la cicatrice saignait à chaque match malgré les protèges tibia et mon père décida que je devais arrêter le foot. A l'entraînement, je pouvais observer un grand sportif : Jean Claude Nallet, qui n'avait que seize ans et fut par la suite médaille d'argent du 400 mètres à Rome. Une des rares médailles françaises avec Michel Jazy, inutile de dire que nous avions suivi cela de très près à la télé sous les commentaires de Léon Zitrone ou Raymond Marcillac dont on ne parle plus. Il me vînt l'idée d'autres sports que j'ai pratiqués : l'athlétisme, le tennis, le vélo … J'ai même participé à un concours de saut en hauteur ou j'ai fini deuxième derrière Nallet qui n'avait que seize ans et passait un mètre quatre vingt dix sans forcer …mais rien n'a jamais remplacé le foot dans mon coeur. L'amour du foot était plus fort que tout et même les filles ne m'intéressaient pas tant que le foot. Il faut bien comprendre que pour moi le foot sentait bon la campagne. J'aimais cette odeur de terre mouillée, qu'il y a dans les stades de campagne. J'aimais le foot, comme j'aimais aller m'entraîner au stade au milieu des taupinières.

Il y avait un jeune maghrébin qui jouait avec moi. Un peu trop "perso" comme on disait, mais avec une bonne technique, un physique râblé de boxeur. Il m'a appris quelques mots d'arabe comme si je devais en avoir besoin. (Asma !) Par moment, il avait un éclair de génie, il me faisait une passe et il me regardait d'un air étonné, car je l'avais manquée tellement, j'en étais surpris ! Je suis plus français que toi me disait-il ! J'ai réfléchi et j'ai compris qu'il était français depuis toujours comme beaucoup de ses compatriotes et se sentait français bien plus que je ne pouvais l'imaginer. Moi aussi, je l'étais depuis toujours, mais je ne le sentais pas autant que lui sans doute. C'est une clé : celui qui parlait l'arabe se sentait plus français que celui qui ne connaissait que le français et bredouillait quelque mots d'allemand à l'école. Peut-être qu'enseigner l'arabe dans les écoles de France serait une bonne idée pour que tous les français se sentent plus français.

Ça, c'était ma vie, j'étais ados et l'avenir me souriait comme jamais, à l'image de quelques jolies filles qui visiblement n'étaient pas indifférentes en me voyant, mais je n'avais pas appris à comprendre leurs encouragements et je devenais un peu timide comme beaucoup d'ados.

Un jour les parents des Lakoza étaient absents et nous eûmes accès à leur appartement, nous les enfants, à l'invitation de mon copain et de ses sœurs pour un goûter amusant en présence de quelques jeunes filles du voisinage. (Pas de parents) J'avais à peine treize ans et une jeune fille en fleurs était là. Le fait d'être à l'intérieur plutôt que dehors et d'avoir accès à des chambres avec des lits était inhabituel et tout en riant et en s'amusant nous nous sommes retrouvé allongés l'un contre l'autre. Il advint ce qui pouvait advenir entre deux jeunes adolescents. Quelque chose s'est produit, quelque chose de nouveau, de très agréable que je découvrais dans les bras de cette jeune fille. Une sensation particulière qui me fut procurée par cette belle enfant, curieuse et plutôt étonnée de ce qui se passait. Soudain elle entendit la voix de sa mère qui l'appelait. Elle s'en est allée remettant au passage une poignée de bonbons dans la main de mon jeune frère ce qui prouve qu'elle était assez désinvolte. Elle était joyeuse comme un pinson, fière sans doute de m'avoir joué ce tour. Moi, j'étais très troublé au point que je n'étais même pas sûr de ce qui s'était passé. Ignorant tout des choses l'amour, je n'ai pas su gérer cette première fois comme il aurait fallu. Première erreur, j'en ai parlé à ma mère.

Elle n'avait pas compris que la chose était arrivée et me dit tout bonnement que j'étais trop jeune pour cela. Du côté des parents de la demoiselle : interdiction absolue pour elle de m'approcher encore. Ils avaient sans doute raison, mais je me suis toujours demandé si je n'aurais pas mieux fait de ne rien dire. Je venais de découvrir l'amour mais aussi hélas l'hypocrisie des adultes qui décident d'intervenir pour empêcher qu'une idylle sincère ne perdure. Il valait bien mieux en fait nous maintenir dans l'ignorance des rapports, qui peuvent exister entre deux jeunes adolescents qui se désiraient mutuellement et se seraient aimés sans l'interdit parental. Elle se tenait plutôt éloigné de moi ayant sans doute pensé que nous avions commis une faute. Pour beaucoup ces souvenirs se doivent d'être exprimés avec nostalgie ou tristesse plus ou moins affectée, voire un brin de poésie, ce n'est pas mon cas car je suis aujourd'hui encore n'en déplaise aux rigolards de tous bords dans une démarche constructive pour ne pas dire constructiviste. Sinon quel serait l'intérêt de cette histoire ? Cherchez l'œuvre dans l'ouvrage ai-je envie de dire et non pas l'ouvrage dans l'œuvre !

Après cela, aussi fugace et passagère que fut cette expérience, mes expériences amoureuses n'eurent plus le même goût, preuve de mes sentiments pour elle. Mes partenaires n'eurent plus l'intérêt subtil pour la chose que j'ai découvert dans la bouche de cette adolescente goulue. Longtemps, très longtemps après, j'ai retrouvé un peu de cette sensation première, de ce parfum sauvage qui encore aujourd'hui à sa simple évocation réveille mes sens ! Qu'on ne s'y trompe pas il ne s'agit en aucune façon de regrets, je n'avais pas eu le temps d'aimer à ce point.

Cet événement avait entraîné la mise en berne de mon coté sauvage, pour la première fois la nature m'avait attiré vers des contrées inexplorables et interdites. Macache ! Je pensais qu'il me serait un jour redonné de vivre cela, et ne m'en préoccupait guère à vrai dire. Mon existence s'accommodait assez bien du fruit défendu et pourtant, j'ai essayé de me rapprocher d'elle ! Bien sûr, dans notre monde dit civilisé, on ne pouvait évidemment pas prendre au sérieux une amourette entre gamins de treize ans qui aurait pu conduire au mariage, il n'y a que dans les sociétés primitives que cela était possible, chez les sauvages... Du moins c'est ce que j'entendais dire.

Ce terme de sauvages plutôt péjoratif qui désignait à l'époque toutes les civilisations organisées en tributs et différentes de nous n'a pas mon agrément. Même si on ne l'emploi plus guère de nos jours, il reste présent dans les esprits et sert sans aucun doute à marquer la différence. Or ceux que l'on a désignés sous ce vocable sont sans doute beaucoup plus sociables que nous le sommes nous même. Ils montrent un respect d'eux même et de la nature dont nous sommes souvent incapables. Et puis les sociétés modernes ont montré ce dont elles étaient capables et la sauvagerie nazie puisqu'il s'agit de cela a été le paroxysme de la négation de l'homme et de la nature toute entière. C'est pourquoi cette expression de sauvagerie me gêne quand elle est employée à la place de barbarie qui est une déviance des sociétés humaines et non pas de la vie sauvage. Lorsque j'ai découvert petit à petit l'histoire, j'étais comme coupé du monde. Était-ce possible que ces images atroces correspondent à quelque chose de réel ? Aujourd'hui reste la crainte de ce que nous pourrions pu vivre, nous citoyens du monde, si nous avions vécus à l'époque de nos parents.

Il y avait une chanteuse qui s'appelait Sauvage, elle me rappelait une femme que j'ai connue par la suite un peu plus âgée que moi avec qui rien n'était possible. Elle n'avait rien d'une séductrice, mais elle avait un certain succès. Et son nom n'avait rien de péjoratif. De même certains parfums discrètement ou ostensiblement dans la tendance. La langue française est ainsi faite qu'un même adjectif puisse qualifier les choses les plus horribles et les plus subtils agréments de l'existence. Cela tient au fait que l'homme projette sa volonté ses désirs ses émotions en toute chose et que la qualifier ensuite devient impossible. Une colère sauvage est d'abord une colère, ce qui devrait signifier qu'elle n'a rien de sauvage, fusse la colère d'un tigre que l'on met en cage. Tout ce qui est perte de liberté devrait être qualifié autrement. La rage du fauve n'a rien de sauvage, elle montre seulement l'effet déstructurant de la perte de liberté et de l'éloignement du milieu naturel.

Le tigre qu'on enferme garde en lui même les images de sa terre natale et ne peux se résoudre à les oublier. Quant à moi, je préfère penser au goût subtil de la fraise des bois, à l'odeur enveloppante des sous bois, à cette belle enfant à la bouche sucrée, à tout ce que j'aime et qui me rappelle qui je suis vraiment. Qu'on ne s'y trompe pas, il ne s'agit pas de plaisirs au sens ou on l'entend parfois. La jouissance aussi forte soit elle ne vous laisse rien de comparable. Ce plaisir là, vous laisse un souvenir plus doux encore que de le vivre. Epicurien romantique semblait bien être mon destin.

Beaucoup de gens préfèrent vivre avec leurs bons souvenirs que de vivre encore et encore des expériences qui ne changent rien à rien. Plus que de toute autre chose ce qui m'a manqué c'est cette liberté de vivre, non pas sans souci, mais la liberté d'agir, de me mouvoir sans contraintes dans l'environnement qui fut le mien, de chercher et de découvrir mille choses imprévues.

Il m'apparaît qu'une vie entière ne suffirait pas à dire le vrai, à dire le tout de ce que j'ai vécu et aimé durant ces années. Nul besoin de photos ou d'images recomposées et superficielles pour me remémorer mes sentiments, mes sensations. Aujourd'hui tout ce qui est vieux jeu est à la mode, embelli par l'invention des images qui ne représentent que leurs dates de fabrication et ne peuvent décemment pas prétendre à la vérité d'une époque. On veut nous faire passer une soupe à la grimace pour de la poésie et puis cette mode des vieilles photos me paraît un peu bizarre. Avant les vieilles photos, il n'y avait pas de photos et les hommes, les artistes débordaient de talent et d'imagination pour exprimer par leurs œuvres ce que nos images modernes ne montrent pas et ne voient pas la plupart du temps.

Rien n'échappe à la sagacité inventive des faiseurs. Allons sur quelques sites Internet et l'on peu rencontrer des images de tout, des images sur tout, animées de l'énergie du temps présent et oublieuses du passé. Remises au goût du jour pour un semblant d'émotivité, pour les rendre acceptables, digestes, quand elles évoquent les heures sombres et s'adressent à une population d'amnésiques du siècle passé à ceux qui n'ont rien vu, rien compris rien vécu et dont les valeurs nous renvoient à ces heures de détresses et de dénuement total de l'humanité toute entière qui sapèrent les fondements même de nos civilisations pour la satisfaction et le plaisir sadique de quelques uns. Ai-je fini de déblatérer ? A la question d'un colonel qu'auriez vous fait vous pendant la guerre si vous l'aviez vécue, j'ai répondu tout bêtement : « Je ne sais pas, comme tout le monde, peut-être que je serai parti à Londres... » .En fait c'est vrai, je ne sais pas ce que j'aurais fait, je ne suis pas mort pour mon pays, puisque je suis vivant, mais ce que je sais, je le sais. Pour ce qui s'est passé alors que je n'étais pas né, tous les débats de la terre ne m'empêcheront pas de savoir ce que je sais. Certains veulent changer ce que je sais de manière sournoise en embellissant le tableau noir. Je pense aussi à ce peintre russe (constructiviste) qui a peint un tableau célèbre : un carré blanc sur fond blanc. Il faut relativiser en effet ! Et croire en l'homme qui de tous temps a trouvé le courage et la force de s'exprimer. Même le blanc n'est pas tout blanc.

Après avoir lu ces lignes le lecteur comprendra la nécessité pour moi de ce retour sur image qui est l'essence même de la vie. Rien ne nous est donné ainsi sans qu'une part de nous même y soit pour quelque chose ! Regardons un peu derrière nous et nous voyons le présent , nous voyons les clés du futur , du déterminisme qui nous entoure, nous enveloppe, restreint notre liberté sans le dire, nous faisant croire au libre arbitre et à la concertation , c'est un comble.

A dix sept ans, brevet en poche, je quittais mon village pour Lyon avec dans ma valises ce trop plein de sensations sublimes qui ne me quitteront jamais.

Le Directeur de l'école dit à mon père un peu surpris : « Votre fils ? Il a choisi la voie royale !»

Quel sens pouvait-on donner à ce point de vue presque hautain ? Curieusement cela ne m'avait pas étonné, moi. Roi déchu des arbres et des prairies, roi de mes songes et de mes rêves d'enfant ? Oui peut-être, mais surtout adepte des causes les plus nobles, chantre des élites qui ravissent les cours fussent-elles républicaines... En voila un beau projet... Mon père le disait aussi lorsqu'il voulait me réprimander :

" Toi, tu es le Roi" ! Il pensait ainsi me dissuader de quelques velléités d'indépendance, sans succès bien sûr !

En l'occurrence, la "voie royale" n'avait rien à voir avec le Roi, je n'allais pas tarder à m'en apercevoir...

9

"NON LIEU"

Pour ce qui est des vacances d'été, je suis passé par quelques déboires. Les vacances et les vacanciers ne m'ont jamais vraiment inspiré. Cette idée de ceux qui vont quelque part non pas parce qu'ils veulent y faire quelque chose, mais précisément parce qu'ils cherchent un endroit pour ne rien faire, avait tendance à m'énerver. Que ce soit la Baule en famille ou Guéthary, avec ma tante ou enfin Cavalière en camp d'ados, rien ne fut moins ennuyeux pour moi que les vacances, que ce mois d'été passé ailleurs pour ne rien faire, pour se sentir vivre autrement sans plus. Certes, j'ai vu le France à Saint Nazaire, le Mont Saint Michel, mais à part ça ?

Il y avait en moi une sorte de répulsion à tout ce qui était du domaine du paraître par opposition à l'être. En vacances à Guéthary à douze ans avec mes oncles et tantes, on avait voulu m'affubler d'un chapeau et d'une paire de lunettes de soleil. Le ciel était mon toit et ces attributs me paraissaient inutiles et me gênaient le visage. Je ressentais cela très mal. Essayez donc de mettre des lunettes et un chapeau sur la tête d'un loup ou d'un chien et vous comprendrez ce que je pouvais ressentir. Les animaux aussi ont le sens du ridicule. Je n'étais pas habitué étant enfant à être ainsi protégé et je prenais mal toute tentative de modifier mon apparence même si les personnes croyaient me faire plaisir en m'achetant quelque chose. Je disais non, tout simplement non et ceci m'était refusé. Le pouvoir de dire non, c'est sans doute la chose à laquelle je tiens le plus. Par delà Lyon et ses lumières, par delà ma famille et ses angoisses, par delà toutes ces magnifiques associations d'idées et de personnes, ce qu'il me reste encore et toujours de ces années, ce n'est pas le pouvoir de dire oui, mais la capacité de dire non. La suite de cet ouvrage pourrait s'appeler : l'extrême négativité positiviste du non. Ou le non érigé en valeur suprême de la dignité humaine langagière. Du droit de dire non à la capacité de dire non. L'enfant que j'étais savait dire non à la manipulation, aux déguisements. Porter lunettes et chapeaux m'aurait fait ressembler à eux, moi l'enfant des Cottages, moi le petit blond bouclé... Et puis un simple « non merci » aurait été insuffisant pour freiner les ardeurs "chaperonneuses" de mes gardiens. Alors c'était non et tout ce qui s'en suit. Quand vous dites non à quelque chose et parvenez à vos fins, soyez sûr qu'on ne vous embêtera plus à toujours vouloir s'occuper de vous. J'ai donc laissé les Z'aches, L'Océan, Paris et les parisiens pour un temps et me suis intéressé à autre chose.

Avoir le loisir de dire oui quand on pense oui et non quand on pense non, m'est apparu presque un luxe. Collectif oui, collectivisme non. Collectivité oui, collectivisation non. Amour oui, mariage non. Amie oui, épouse non. Enfant, je savais dire oui, quand je pensais oui et dire non quand je pensais non. Je ne peux m'empêcher d'être heureux quand je vois un enfant qui dit non. Tant d'enfants à qui on apprend dès le plus jeune âge que l'on ne peut pas dire non, qu'on n'a pas le droit de dire non. Savoir refuser, avoir le droit de refuser, n'est-ce pas fondamental, n'est-ce pas cela la liberté. Bien sûr il y a toujours place pour négocier mais les gens de pouvoir s'arrogent surtout le pouvoir de dire non (sauf en périodes préélectorales). Quand il en va du droit de chacun à disposer de lui même, c'est un peu fort. Peut-être ai-je laissé un peu trop à ceux que j'aimais, le pouvoir de dire non, surtout quand ce non signifiait pour moi une souffrance, une séparation. Mais s'ils n'en sont que plus heureux comment le regretter. Le non de l'enfant est très subtil, neuf fois sur dix il devrait être suivi d'un point d'interrogation, il exprime surtout un ressenti, un refus qui souvent n'a pas pour objet, l'objet du non. Encore et toujours, j'ai dis non à la séparation, non à l'absence de l'être aimé et ce non n'a pas été entendu.

Mon premier contact avec l'argent c'était chez mon copain de berceau, comme je l'appelle. Sa maman, qui j'en suis convaincu ne m'aimait guère, était là avec son père et des gens de Marseille de sa famille et j'avais appris à dire bonjour comme il convient et à ne pas fuir. On décidait de jouer au loto et, jeu oblige, on me remettait quelques pièces, car mes parents n'étaient pas là. J'ai gagné et je voulais rendre tout l'argent. Quelle ne fut pas ma surprise quand on m'a seulement prélevé l'argent prêté et que je suis reparti avec une jolie somme pour un gamin de mon âge. Je fus ainsi rasséréné, rabiboché avec eux et avec le Titou, mon copain de berceau qui plus tard deviendra banquier. Je pense qu'effectivement le métier de banquier consiste à prêter de l'argent au gens pour qu'ils en gagnent, ou pour les aider mais peut-être pas pour qu'ils le jouent.

J'étais donc prêt à accepter plus, mais hélas aucune autre proposition de cette nature ne s'est jamais représentée. En revanche, leur vînt une idée dont je ne mesurais pas tout de suite les conséquences. Lui, ayant six mois de plus que moi et moi presque quatorze, nous pourrions partir ensemble en colonie de vacance à Cavalière. Ce qui fut dit fut fait, je n'avais pas la moindre idée de ce que cette expérience d'un mois en camps d'ados allait me réserver ... Cavalière résonnait comme le champ des cigales pour eux les amis marseillais d'origine italienne, pour moi ça n'existait pas.

Voyage de dix heures en car. Sur place, on dormait sous la tente sur des lits de camp dans la poussière, pas moyen de mettre les affaires ailleurs qu'à même le sol. Et puis le jour, ce bruit incessant, assourdissant des cigales que je découvrais avec stupeur. J'étais complètement désorienté et dépaysé. La nature oui, la vie sur la paille et dans le sable non. Même les hommes des cavernes étaient mieux installés dans leurs grottes.

Nous n'étions pas bien dans cette colonie et les parents du Titou, en vacances pas loin sont passé le sortir de là, le temps d'une journée. Le papa du Titou, qui m'appelait Kiki eût la bonté de m'accepter avec lui ce qui me valut mon premier bain de mer avec eux. Titou nageait très bien, et très loin du bord, car il était habitué à la Riviera depuis tout petit, moi je fus surpris de constater que mon brevet de nageur ne pesait pas lourd et je failli me noyer tout seul dans un petit trou d'eau. Je m'en suis tiré avec une bonne tasse car finalement le réflexe du nageur m'est revenu à l'esprit et je fus tout content de constater que je pouvais aussi nager dans cette mer là.

Bonne journée sympathique, mais il fallait retourner à la colo. Les moniteurs, encore eux, sans doute des étudiants en médecine avaient décidé de disséquer un crapaud vivant, (pauvre bête) pour nous montrer tous ses organes un à un. Le minuscule coeur de l'animal continuait à battre, une fois posé sur la table de dissection. La cruauté du genre humain est parfois cachée sous des prétextes fallacieux, frappée du sceau inconscient du devoir ou de l'intérêt supérieur de la science. L'énergumène, visiblement n'en était pas à sa première expérience et on sentait son impatience de montrer son savoir faire en la matière. La question pour moi n'est pas seulement de savoir si le crapaud a souffert, ce qui est évident car il n'était pas sous anesthésie. Je pensais surtout que la pauvre bête n'était pas sur terre pour subir ce genre de supplice.

Un autre évènement d'une autre nature s'est produit dans cette "colo" qui m'a laissé un très mauvais souvenir. On allait sur la colline de Cavalière faire gîte et camping et nous dormions sous la pluie dans des tentes de fortune. (Quel plaisir !) Il y avait un garçon un peu plus jeune et que la moyenne, très gentil, mais un peu timoré qui s'appelait Bonanza. Les moniteurs nous appelaient tous par nos noms de famille, c'était leur manière à eux de ne pas créer la moindre convivialité avec les ados.

Que s'est il passé ? Sous la tente, on nous faisait passer des pizzas. Bonanza comme les autres attendait sa pizza, qui avait disparu car il en manquait une et comme par hasard c'était la sienne. Et d'entendre les quolibets de ceux, plus bêtes les uns que les autres qui se moquaient et s'égosillaient en avalant leur pizza. Heureusement un des ados un peu plus intelligent que la moyenne a coupé sa pizza en deux pour en donner la moitié au petit Bonanza qui commençait à se faire du souci. Sinon ça aurait été à désespérer de tout. Puis vînt une autre pizza, un peu tard, mais qui fut partagée aussi et mangée par les deux convives. Les autres, je les entend encore, jusque tard dans la nuit : " Qui c'est qui a pris la pizza Bonanza ? "Ca rigolait bien mais sur le dos du petit Bonanza et moi je n'aimais pas ça. Encore une fois, je pouvais constater que le fait d'avoir un nom à consonance italienne pouvait induire quelques déboires.

De retour de cette "colo", je me suis juré de ne plus jamais mettre les pieds dans une "colo", c'est un peu après cela que Pierre Perret a sorti sa célèbre chanson, qui pour moi sonnait très juste, sauf que mes parents n'y étaient pour rien. Je n'avais jamais été en "colo" auparavant, je n'y suis jamais retourné. Mes parents avaient compris depuis longtemps, que quand quelque chose ne me plaisait pas, c'était pas la peine d'insister. J'ai un peu laissé mon copain de berceau à ses loisirs favoris et j'ai fait d'autres rencontres.

Au tennis, à seize ans, je m'étais fait un copain qui était fils de gendarme et qui eût la gentillesse de me proposer des vacances à Mimizan où ses parents avaient un appartement. L'Atlantique n'avait plus de secrets pour moi, mais cette région où régnait une odeur acre de papeterie portée par les vents ne ressemblait en rien à Oléron la belle. A part quelques nouveautés en matière de rencontres féminines, j'ai passé un mois plutôt décevant. Pour corser le tout, j'ai reçu une lettre de maman qui semblait très inquiète car notre père, à la suite d'un accident domestique, s'en était pris vivement à mon petit frère et ce dernier avait tenté de se suicider. Elle me demandait de lui écrire, car disait elle, moi il m'écouterait. J'ai donc rédigé une lettre du fin fond de mon lieu de vacances à l'attention de mon petit frère ou j'insistais sur un seul point qui me semblait important : lui devenu grand, lui que j'aimais.

Il n'a jamais recommencé, mais tout le temps que Dieu lui a prêté vie, je me suis fait du souci pour lui, craignant toujours qu'il récidive. Ce drame familial, qui advînt au cours d'une de mes absences répétées a marqué notre existence à tout jamais à moi, mon frère et ma soeur. La fugue de mon frère n'était rien à côté de ça et de bien d'autres choses qui allaient nous arriver ensuite. Ce qui avait forgé notre lien fraternel était devenu au fil du temps notre richesse, notre joie et rien ni personne ne pourra jamais changer cela, pas même l'absence. Je vous rejoindrai.(Peut-être en d'autres lieux ou d'autres galaxies, qui sait ?)

10
PLACE DES MINIMES

Et puis voilà Lyon, Lyon qui se profile à l'horizon : depuis le haut de la colline de Fourvière, je découvre Lugdunum dans ma chambre d'internat. Brumes du matin et tristesse du soir, rythment mes journées. Quand Lyon me prend dans ses bras, pour reprendre une expression bien connue, je suis loin d'imaginer que notre histoire d'amour durera pour toujours. A dix sept ans, je ne connais rien de la cité gallo romaine, car on ne m'en a rien dit et ce n'est pas mon choix que d'être là, dans cette vieille cité, qui ne donne rien d'elle même, du moins en apparence. J'ai seulement demandé une seconde technique, car j'étais bon en math et je ne souhaitais pas arrêter mes études, comme la plupart des copains du village, qui n'avaient qu'une idée en tête : travailler. Heureusement pour moi, la République à cette époque là, octroyait des bourses d'études pour les enfants dont les parents avaient des revenus modestes. Bourse d'études, soit mille cinq cents francs par trimestre pour la prise en charge de mes frais d'internat. Je côtoyais des jeunes de tous horizons : fils d'agriculteur, fils d'ingénieur ou de chef d'entreprise, tous plus fils, les uns que les autres et plus ou moins passionnés par les études (plutôt moins que plus). Enfermé dans mon internat avec pour toutes distractions une promenade le jeudi, au parc de la Tête d'Or en file indienne, accompagnés par des pions, je ne voyais de Lyon, que la bordure des trottoirs et la racine des arbres du Parc.

Sans doute le législateur ou le proviseur du Lycée étaient-ils conscients que des jeunes, de dix sept et dix huit ans, avaient besoin de prendre l'air de la nature et du Parc. Je trouvais cela d'une extrême banalité et me réfugiais dans l'écriture comme seule source de dérivatif. L'écriture était présente, car elle m'offrait la possibilité de ne pas être, l'être en devenir que le système scolaire était en train de fabriquer. Un être froid et distant, comme cet ingénieur en activité, qui venait le samedi, pour dispenser un cours de dessin industriel, dont je me serais bien passé, car cela réduisait mon week-end à la portion congrue. A ne pas confondre avec les professeurs de la Martinière, les vrais les authentiques, véritables personnages mus par une vocation de tous les instants, qui sont les êtres les plus fantastiques que j'aie jamais rencontrés.

J'avais un emploi du temps des plus tendus. Plus de quarante heures de cours répartis sur six jours, une sortie pédestre les jeudi après midi entouré de pions, pas de sport ou si peu, et le droit de rentrer « chez soi » un dimanche sur deux. Je finissais les cours à quinze heures le samedi et mon père venait me chercher, car il n'y avait pas de train. J'arrivais chez mes parents, vers dix neuf heures et repartait le lendemain par le car de seize heures. Pas vraiment le temps de s'amuser à d'autres choses qu'aux études. Les dimanches passés à l'internat étaient d'un ennui mortel, c'est sans doute là que je me suis enfoncé dans la mélancolie du poète et que mon écriture, s'est forgée un caractère. Lorsque, je relis mes écrits de l'époque, je mesure vraiment ce qu'étaient ma solitude et mon désarroi. Je m'étais trompé, j'avais fait fausse route c'était évident. Ce métier, ce job que j'avais imaginé n'était pas pour moi et pour cela j'avais tout quitté. Ma ville, ma famille encore une fois, mes copains et surtout ma liberté. "Ce soir je dessine un rotor" était la conclusion ambiguë d'un de mes poèmes du dimanche. Mon caractère était en train de changer, j'allais devenir un jeune homme "retors", car ce système ne me plaisait pas.

Comment être autre chose dans cet isolement, comment éviter cela si ce n'est par la voie de l'écriture, qui s'impose non comme un dérivatif, non comme une solution, non comme un succédané, mais parce qu'elle permet de poser les choses, là, devant soi, tout de suite pour ne pas les perdre. Ces choses précieuses que l'on porte en soi et que certaines circonstances de la vie ont tendance à détruire. Encore une fois ce sont les copains qui allaient me donner le ton. Comme moi ils vivaient assez mal cette vie et redoublaient d'imagination pour sortir de l'isolement. Nos conversations du soir dans l'immense dortoir portaient sur tout ce qui fait le monde, à commencer par les étoiles et les filles qui nous faisaient des signes, depuis le dortoir d'en face. Comprenez donc que, durant ces années de bachotage intensif, je n'ai rien vu de Lyon. Lyon, la belle, Lyon la brumeuse ? Lyon qui me tenait, sans que je m'en aperçoive, avec ses lycées et ses professeurs, seules véritables passerelles avec le monde réel. Il y avait bien les externes, ceux qui rentraient chez eux après les cours et que l'on regardait avec un air envieux, qui en disait long, mais ceux ci décidément étaient trop indifférents à notre sort et puis se plaindre ou revendiquer quoi que ce soit n'était pas encore à la mode. Alors on bossait, acceptant, les inégalités et l'injustice en se disant qu'un jour, nous aussi, on aurait le droit de rentrer le soir à la maison comme tout le monde ! Être façonné à l'école de l'internat, n'est pas une mauvaise chose en soi. (Par exemple les étudiants en médecine)

Sauf, ce sentiment diffus de vivre une sorte d'injustice par rapport à ceux qui n'y sont pas contraint et obtiennent in fine, les mêmes ouvertures dans la vie, voire mieux. Les résultats scolaires sont une chose, les aptitudes et capacités sont une autre chose. Je préfère quand à moi un ancien interne qui était sur le pont jour et nuit, qu'un médecin certes diplômé, mais qui sort juste des bancs de la faculté. De même pour les ingénieurs et les techniciens. Ceux qui consacrent le plus de temps à leurs études et apprennent leurs métiers sur le pont, avec des ateliers et des laboratoires et la vie en collectivité sont sans doute plus concernés par ce qu'ils font.

Lyon de ce point de vue, je l'ai découvert plus tard, était sans aucun doute, une des villes les plus laborieuses de France. Le monde du travail à Lyon fourmille de gens célèbres, qui ont inventé des choses, fait des découvertes et contribué au rayonnement culturel de la France. Lyon la romaine, Lyon la gauloise, la florentine, Lyon qui se fait discrète, l'éminence de tous les pouvoirs, Lyon ne m'a jamais quitté. Cette ville qui voue un culte séculaire à Marie pour l'avoir sauvée de la peste et qui honore à juste titre Jean Moulin pour son courage et son combat libérateur, je ne la connaissais pas, je l'ai rencontrée par hasard. Pas même entendu parler de la révolte des canuts ni même de leur existence sociale encore moins de la devise de la cité.

« En avant Lyon, le Melhor » Que tout le monde est censé connaître et ignore superbement. Je ne savais rien et surtout pas qu'on y mangeait bien, car la nourriture de l'internat était tout juste supportable. Il faut dire, à ceux qui croit qu'on mange bien à Lyon, que c'est surtout une question de principe. La gastronomie est plus une tradition qu'un fait avéré. A Lyon on mange lyonnais et encore de moins en moins. Qui ne mange pas n'est pas lyonnais est devenu qui ne saute pas n'est pas lyonnais et la prestigieuse équipe s'entraîne parfois sur le stade de mon enfance où l'on a pour l'occasion fait la chasse aux taupinières. Au bahut, je côtoyais d'autres "taupes" et j'ai appris à ne pas les déranger. J'en savais autant sur Lyon situé à deux pas de chez moi que sur Reims ou Nice avec ses maillots rouge et noirs, ou Milan ... Il faut dire que j'étais bien renseigné sur Paris et cela aurait du me suffire.

Lyon, on l'aura compris, était trop grande pour moi ou trop secrète. Je ne voyais que la face visible de l'iceberg représentée par le haut de la colline, la place Jean Moulin et l'internat de la Martinière. "La Martin", comme on disait a été crée par le Major Martin dont la devise ne m'était pas apparue tout de suite dans sa transcendance véritable et concrète : « Labore, Constancia». Du moins, me suis-je efforcé de l'entendre ainsi, durant le reste de ma scolarité, sans qu'il soit utile de me le rappeler. Pour la suite, les vicissitudes de la vie ne m'ont pas toujours entraîné sur le chemin d'un dur labeur, même si j'ai donné plus que d'autres. Il s'agit donc en fait de circonstancier le lieu qui me vit changer de cap un fois de plus et de bien préciser au fond qu'il s'agit du bahut et pas d'autre chose . Je résidais en ce temps là à la Martin. Que de questions en suspens, de réponses imprécises d'interrogations pour ce temps passé à la Martin. Je ne suis pas encore parti de chez les parents et pourtant déjà, je me demande ce que devient ma famille que je vois si peu, mes copains repartis ailleurs et voilà qu'il faut à nouveau redécouvrir le monde. Les Z'aches ont laissé des traces, question vie en collectivité c'était un expérience, comme l'était l'aérium des Ormeaux et les vacances en colonie à Cavalière. Mais il y a un mais : l'internat c'était autre chose, quelque chose de différent, c'est pourquoi à partir de ce moment là, conscient d'être passé du côté des laborieux, j'ai changé.

Tout d'abord, je fus confronté à une forme de violence que je ne connaissais pas. Tous les quinze jours je prenais le train du soir en gare de Tenay pour rejoindre l'Internat.. Ce train s'arrêtait un peu plus loin à Saint Rambert et chargeait parfois des jeunes style "crâne rasé" dont les moeurs étaient des plus agressives . C'est ainsi, que je fus pris à partie un dimanche par un groupe de cinq ou six jeunes qui n'appréciaient pas ma tenue vestimentaire un peu trop à la mode. Après des quolibets qui n'en finissaient pas sur le quai, je les vis monter dans le même wagon que moi et se précipiter sur moi en essayant de me boxer. Heureusement le

111

contrôleur n'était pas loin et il est intervenu juste à temps alors que je commençais à plier sous le poids du nombre. J'ai bien failli me faire détrousser entre deux stations. Dès l'arrêt du train la bande est descendu en échappant au contrôleur qui était intervenu et les avait extraits un à un du fond des wagons, agglomérés qu'ils étaient, sur ma petite personne. Cet épisode m'a valu une frousse terrible et comme la quinzaine d'après, je me refusais à prendre le train dans cette gare, mon père pris la décision de m'accompagner sur le quai pour s'assurer que ça ne se reproduirait pas. Nul doute que, s'ils avaient été là, il les aurait tannés. En fait j'ai compris ce jour là, que j'étais différent de ces garçons qui pour la plupart travaillaient en usine et n'avaient d'autres loisirs que la bagarre et l'alcool en fin de semaine.

C'est ainsi que le récit anodin d'une enfance particulière peut devenir au fil du texte une réflexion approfondie sur des sujets d'actualité, dont on ne cesse de nous rabattre les oreilles et qui manifestement, ne sont pas compris ni vécus par tous de la même façon. La vie de groupe, la cellule familiale, la tribu, la collectivité, tout cela c'était ma vie, sans qu'à aucun moment, je ne ressente le désir, ni le besoin d'en parler à qui que ce soit. Les Z'aches ont marqué mon destin, le bahut m'à donné le sens de l'inutile et a fait de moi un être un peu à part. Et puis il y a eu la Cité U, l'armée, bref on n'en sortait pas à cette époque.

Sur Fourvière j'étais enfermé. J'avais l'habitude plus rien ne pouvait me surprendre. Seconde technique, les dortoirs, les pions, les sorties du jeudi, ça sentait vraiment la privation de liberté, en mode crescendo. Heureusement que cette première année fut ce qu'elle fut au plan scolaire, car je me demande bien à quoi aurait servi ce cloître pour ados. Deuxième prix de français, maman était ravi de venir assister à la remise des prix et moi aussi. A peine fière de son fils ! J'étais malgré tout heureux qu'elle soit venue. Bien sûr à part le livre du prix, qui a disparu de ma vue, le français ça ne rapportait pas grand chose, mais mes résultats dans les autres matières étaient bons aussi. Ces années furent les plus dures pour moi, je travaillais comme "une taupe", j'avais dis oui au travail et donc je travaillais. Les questions avaient cessé une fois pour toutes, puisque je travaillais. Il m'arrivait quand je rentrais chez mes parents d'avoir quelques loisirs, j'allais au ski, et parfois je sortais avec le Titou qui avait une voiture et mes deux copains "marocains" que je retrouvais. Un soir nous étions allé à Culoz pour danser, car il y avait un bal qui avait une excellente réputation. Un groupe très en vogue à l'époque qui s'appelait " Maurice de Tout" s'y produisait ce soir là. J'étais assez content de moi car j'avais réussi à séduire une des plus jolies femmes que je n'ai jamais rencontrées. Que croyez vous qu'il advint ? La belle avec qui je dansais de la façon la plus langoureuse qui soit se voit attrapée par le bras par un jeune homme plutôt brutal. Mes potes qui étaient là réagissent en essayant d'éconduire le quidam qui avait l'air éméché : bagarre générale ... Après des échauffourées et des coups de poings qui partent dans tous les sens plus personne ne sait pourquoi cette bagarre a commencé. Ca finit par se calmer, "Maurice de Tout" qui avait cessé de jouer reprend le slow, depuis de début et la belle un peu désemparée, accepte cependant de danser à nouveau avec moi. Elle m'explique qu'elle connaissait les individus responsables de la bagarre, que c'était surtout parce qu'ils étaient jaloux, et qu'elle est désolée ...Cette histoire est comme une oasis dans un désert d'incompréhension. Obligé de rentrer, car j'étais en voiture avec les copains, je ne revis point cette belle personne, à mon grand regret. Ah ! Avoir des regrets ! Qui peut s'en vanter ?

Seconde, première ... mai 68, puis terminale et puis la cité U, deux années d'études supérieures. Ca fait bien cinq ans avant que je parvienne à loger quelque part. Lyon m'a ouvert ses bras d'or et de feu. Cette ville m'a gardé auprès d'elle pour des années et des années d'études qui n'en finissaient pas de finir. C'était comme ça, il fallait que j'honore ma propre parole et que je les pousse au maximum, mes études, même si je n'y trouvais que peu de satisfactions personnelles. Pour beaucoup étudier n'est pas travailler, pour beaucoup la vie doit d'abord être un engagement. Mais qu'on me dise enfin une fois pour toute dans quoi j'aurais dû m'engager, moi qui aimais cueillir des framboises, des noisettes ou des fraises des bois pour les offrir aux jolies jeunes filles..

J'ai croisé les navires de guerre qui pointaient au large d'Oléron, les buildings de Chicago, la grandeur de l'Etoile et les gravats de la Défense. J'ai senti vibrer le Paradis Latin et la butte Montmartre mais jamais n'ai voulu briller et n'en ai pas la moindre parcelle de regret,. J'avais choisi de ne pas être et je n'ai pas été. Si ça change c'est un pur hasard. Si d'aucun trouve à dire que je suis un poète, c'est arrivé, ce n'est qu'une rencontre de circonstances, une émotion particulière, ce n'est pas mon choix. La "Constance" du Major Martin n'y a rien changé. Je n'étais pas dans la ligne, pas dans le viseur, je me contentais de faire. Je n'arrivais pas à me débarrasser d'une idée simple et saugrenue, à savoir que les élans du poète valaient mieux pour moi que les plaisirs associés aux possessions matérielles et à certaines formes de cupidité fort répandues. Et ce n'est pas parce que "68" allait arriver que les choses pourraient changer pour moi.

Certes on allait avoir plus de choix, moins de contraintes, plus de libertés, mais on allait devoir s'adapter à un autre monde, celui des élites, celui qui consiste à ne plus poser la question du non, puisqu'on finirait par dire non à De Gaulle. Hélas, pour beaucoup dire non à de Gaulle n'aurait pas le même sens que pour d'autres.

La lionne cachait son jeu. Lyon, la lionne, vécut "68" comme une blessure. Dans ce bus qui nous emmenait chaque jour, de l'internat de la place des Minimes au nouveau Lycée de Montplaisir flambant neuf, il y avait des jeunes de mon âge rapatriés d'Algérie. Des jeunes de 17 ans, qui hurlaient par la fenêtre des injures racistes à chaque fois que l'on croisait une personne originaire ou venant d'Afrique du Nord. J'ai découvert ceci et cela comme la Palestine dont je ne soupçonnais même pas l'existence et dont je n'avais jamais entendu parler en cours d'histoire. Les murs des universités étaient couverts de l'inscription « Libérez la Palestine », un pays qui ne figurait sur aucune carte . Quarante deux ans plus tard, c'est toujours la même chose, personne ne sait vraiment ce qu'il convient de dire de faire et de penser. De Gaulle est rentré dans l'histoire et rien n'est clair, mais au moins lui il parlait au nom de la France, même si son idée plus que certaine, n'était pas partagée par tous. J'ai compris en entendant les injures racistes de soixante huit que soixante huit n'était pas soixante huit. C'est pourquoi, je n'étais pas intéressé par le mouvement des antagonismes qui caractérisait cette période. En mai, je me suis retrouvé, chez papa et maman, pendant un mois, avec cette question lancinante en tête. Que se passe-t-il ? Mon père était pour de Gaulle et nous fûmes bienheureux de la conclusion qui se fît jour par les urnes. UDR union pour la Défense de la République. C'était donc la République qui était en danger ! On voit que mon sens politique n'allait pas très loin. Dieu merci, De Gaulle était un démocrate et tout ce qui s'est dit en Mai 68 ne lui est pas passé au dessus de la tête. Il s'en est allé fièrement et à juste titre, quand il fut désavoué par le peuple à propos de la décentralisation. C'était pourtant une idée novatrice, que ne l'a-t-on vraiment entendu ainsi ! On a reproché à De Gaulle d'exercer un pouvoir personnel. Qu'en est-il cinquante ans après ou malgré la multiplication des instances dont on se demande bien ce qu'elles font, le pouvoir est toujours et de plus en plus entre les mains d'un seul homme qui fait voter ce qu'il veut quand il le veut.

Malgré tout ça, je n'avais pas raté ma première et c'était bien l'essentiel. Plus de prix pour personne, soixante huit était passé par là et toutes ces distinctions ça ne plaisait pas à tout le monde. Les études devaient à présent n'être sanctionnées que par un diplôme pour tous. Ce fut le cas, car le bac fut donné à tous ceux qui le passèrent cette année là. Même si ça n'a pas continué, il est resté dans les esprits que la compétition c'était pas bien car ça décourageait les perdants. On voit le résultat quarante ans après. Des générations de jeunes gens accros de compétition cherchant la reconnaissance sociale par le sport, pour la place de premier, pour la notoriété qui fait la réussite. Et comme le sport est devenu une affaire de gros sous, la réussite scolaire fait pâle figure aux yeux de tous. C'est à peine si les diplômes donnent le droit de travailler. Certes une vie comme la mienne ne peut pas rendre compte d'une réalité aussi complexe que la politique de la France et ses dérives. C'est seulement l'idée qui finit par germer dans l'esprit d'un jeune homme qui me paraît intéressante et non pas l'idée qu'on veut lui faire partager, qu'on parvient sans doute à lui inculquer mais qui n'est pas sienne. De Gaulle n'avait pas besoin des idées des autres, il avait les siennes.

J'ai fini par me dire que le fait d'être de nationalité française, ça ne pouvait pas se mesurer au poids des mots ou des convictions. On l'était ou on ne l'était pas et c'est tout. Dans notre belle République, n'est peut-être pas français qui veut. C'était aussi ça, le problème des relations épidermiques entre la France et l'Algérie.

Il y avait des gens racistes un peu partout, mais on ne les entendait pas. Ce fut pour moi un choc que d'être confronté au racisme à l'égard des arabes. Une jeune fille en cure qui avait vingt ans fut amoureuse d'un jeune homme originaire d'Afrique du Nord, elle voulu l'épouser. Mais voila, ses parents ont dit non. Elle est repartie, laissant son amoureux désespéré, rejoindre sa famille dogmatique qui n'avait pas bougé d'un pouce dans son refus, malgré les demandes répétées de la jeune fille. Ce couple a fini par céder à la pression sociale , soixante huit n'était pas encore passé par là , mais que dire de plus si ce n'est que soixante huit c'était même pas suffisant pour libérer les esprits de tous ces à priori dont on ne finit pas de parler.

Il faudrait sans doute qu'il y ait encore des films et des livres sur le thème, des écrits, des témoignages et des débats, de véritables débats en n'oubliant pas que c'est la société toute entière qui exerce une pression sur les personnes à travers toute forme de pouvoir, toutes formes de préjugés y compris au sein même de la cellule familiale.

"Mai Soixante Huit" c'était aussi un professeur de dessin industriel plus que mièvre, et prétentieux, qui ne s'intéressait évidemment pas à ses élèves et qui, speed de chez speed, fonçait dans les manifs sans se soucier une seule seconde de savoir si ses élèves avaient compris un traître mot de son cours. J'en entrave que couic, semblaient dire les nullités de la classe dont hélas je faisais partie dans cette matière que j'exécrais. C'est ainsi que l'on vous apprend petit à petit à devenir médiocre, simplement parce qu'on se fout que vous n'ayez même pas compris les bases. Heureusement le quatre sur vingt obtenu au bachot grâce à ce professeur fut compensé par d'autres matières où j'étais plutôt excellent.

Je ne peux en vouloir à cet homme pour qui l'appel de la révolte était plus fort que le sens de la pédagogie, mais je pense que mon destin professionnel n'aurait pas dû dépendre de ses engagements politiques.Ce personnage était difficile à cerner, on ne savait pas vraiment s'il suivait la révolte par conviction où s'il était de ces lyonnais qui auraient souhaité un retour sur image à propos de l'Algérie. Lyon n'était pas trop soixante-huitarde, mais c'était aussi la ville de quelques activistes bien connus. Elle ne pouvait pas avoir toutes les qualités: être la ville de Jean Moulin, de Pierre Dac et du Major Martin ou de Jacques l'humoriste, qui vînt bien après, et être aussi la ville du gaullisme. Pourtant Lyon a su se calmer toute seule, et a repris son train train quotidien. Cette période fut pour moi une révélation. J'avais acquis la certitude qu'il fallait préserver, protéger nos libertés et que la révolution des moeurs qui semblait se faire jour n'était pour beaucoup qu'un prétexte fallacieux pour s'emparer du pouvoir. Bien d'autres pays ont connu les évolutions tendant à plus de libertés et n'ont pas connu de tels "évènements".

A la rentrée de septembre soixante huit, année du bac pour moi. Le changement était patent. Interne à Montplaisir (encore la vie en collectivité), je pus constater que l'école à présent était ouverte à tous les vents. Ainsi une troupe de théâtre, new look et new genre qui ne savait pas où dormir, se voyait ouvrir les portes de l'internat pour y dormir ici où là, où bon leur semblait.

Ce genre de fantaisies n'a pas pu durer longtemps on l'imagine bien. Que dire ? Il y avait des bons "profs" à Montplaisir, des profs qui savaient ce qu'ils faisaient et le faisaient avec humour et amour. Il m'est impossible d'évoquer cette année 1969, sans parler d'un professeur de physique surnommé "Nimbus" par les élèves et ses collègues en raison de sa petite taille. Nonobstant sa petite taille, il était un personnage haut en couleur, respecté et apprécié pour ses qualités pédagogiques, et une maîtrise parfaite de sa spécialité : la physique ! Lorsqu'il constatait quelques laxismes ici ou là, ou qu'on lui racontait ce qui se passait dans les études du soir, il s'emportait quelque peu, mais toujours avec tendresse pour ses élèves et avec son accent léger du sud, exprimait une sorte d'incantation :

" Mes pauvres enfants !"

" Ah, ce que l'on a appelé par euphémisme, les évènements de mai soixante huit ...!"

Puis, un regard circulaire, pour constater de visu que personne, visiblement, ne comprend les choses de la même façon, et continuant comme pour marteler un idée forte, une évidence que nul ne pourra contester :

" Ah, la grande Martinière ! Parlons-en de la grande Martinière, qu'est ce qu'elle est devenue, la grande Martinière ?"

C'était un peu comme si tout le monde avait nié ce qu'avait été "Mai Soixante Huit".

"Nimbus" avait un collègue, le prof de math tout aussi brillant que lui et surnommé "Grand Vizir"

Ils se faisaient des blagues. Un jour "Nimbus" un peu fâché entre en cours et nous ordonne d'un air théâtral de nous lever :

" Levez vous !"

Puis

" Rasseyez vous !"

Tout le monde s'exécute bien sûr, puis avant même d'avoir ouvert son cartable :

" Ecrivez ! "

" Chapitre un : mise en branle des cloches ! "

Fou rire général, c'était un cours sur les phénomènes vibratoires, mais qu'on ne s'y trompe pas, la suite fut des plus intéressantes. C'est alors que se produisit un autre évènement des plus drôles :

"Nimbus" ouvre son cartable et en sort un à un avec un visage défait, des papiers journaux froissés et qui avaient été bourré dans sa serviette par un quidam. Stupeur de l'assemblée, le maître garde son calme et demande à l'un des élèves de bien vouloir aller dans la salle d'à coté avec la serviette vide et dire de sa part au " Grand Vizir" qui s'y trouve tout le bien qu'il pense de lui et ce en termes choisi :

" Va dire au "Grand Vizir" que c'est un "céoaine".

L'élève s'exécute et revient cinq minutes après avec le cartable plein.

"Nimbus" qui s'est calmé entre temps demande un peu gêné : " Tu lui a dis ce que je t'ai dis ? "

Réponse de l'élève : " Non, M'Sieu ! Vous n'y pensez pas ! "

Ce jeune garçon qui était le plus petit de la classe était le préféré du professeur "Nimbus" car ils étaient de taille comparable, eut égard à leurs âges respectifs, mais il ne risquait pas de s'immiscer dans cette fausse querelle. Pas fou le gamin ! Se faire mal voir par le prof de math pas question ! On riait bien c'est sûr ! Ces "profs" là étaient des figures de "La Martin", on rigolait cinq minutes et on travaillait ensuite détendus et efficaces. Pas de manipulation, pas de tricheries, eux savaient ce que pouvaient signifier les études dans une vie et réhabilitaient à mes yeux et pour toujours l'école de la République. Le travail, je le découvrais enfin, pouvait être vécu autrement et même s'il m'a été difficile d'obtenir le bac, j'ai gardé d'excellents souvenirs de cette année soixante neuf qui en valait bien deux.

A Montplaisir, il y avait une secrétaire aux yeux bleus, des plus charmantes qui s'occupait des tickets au réfectoire. Dans un lycée où il y avait plus de mille élèves, presque que des garçons, j'ai trouvé le moyen de me faire remarquer par la belle. Les copains me le disaient : "tu as le ticket !" Je n'étais pas seul sur les rangs et si le hasard ne s'en était pas mêlé, je crois bien que mon rival aurait eu gain de cause. Elle même, s'étonnait d'avoir remarqué un seul garçon parmi les mille qui lui passaient chaque jour devant le nez. Le jeune homme qui cherchait vainement à sortir avec elle ne l'intéressait visiblement pas, et puis il n'était pas discret dans ses approches. Un jour, j'ai pris le bus pour aller en ville, un jeudi, seul et libre et je me suis retrouvé près d'elle, debout à portée de voix. Quelques mots par ci par là et nous voilà tout les deux à la terrasse d'un café. Ce fut le début d'une longue histoire sentimentale des plus romantiques qui dura trois ans, mais fut gâchée, hélas, par la médiocrité de la vie d'étudiant et les problèmes de santé.

Le mariage était en vue, mais comment dire, je n'ai pas su faire, j'ai eu peur de cette personne charmante à la santé fragile, je n'ai pas su surmonter sa maladie aussi soudaine qu'incompréhensible, je n'ai pas su la protéger et m'engager plus avant en dépit du mauvais sort. J'étais marqué par le destin, Dieu ne m'avait ouvert cette porte que parce que je devais faire acte de compassion. Ses ennuis de santé passés, je n'avais plus le goût, le désir de conquête qui m'avait poussé au début. Au revoir belle dulcinée, le mea culpa ne pouvait rien changer à l'affaire, j'étais devenu presque sociable, pas assez pour faire semblant. Cette personne que j'avais rêvé de séduire et aimé était devenu soudain à mes yeux l'incarnation de ce que fut ma vie auprès de mes parents malades : bon enfant qui aime et souffre en silence de la souffrance des autres. Plus de désir, plus d'envie, que faire si ce n'est se rendre à l'évidence et passer à autre chose au risque même de décevoir celle qui est restée sincère vis à vis de vous.

Pour revenir au bahut, tout n'a pas été négatif. Par exemple, j'ai fait un dé pour la fête des mères. A dix huit ans, offrir un dé métallique à sa maman, que l'on a fabriqué à l'atelier avec une machine outil sur les conseils du prof d'atelier, il y en a à qui ça peut plaire. Moi je l'ai fait sans rechigner, car je croyais que ça ferait plaisir à ma mère. Avec le temps j'ai compris que ce genre de gâterie, elle aurait pu s'en passer, d'autant que le bel objet en acier eût la mauvaise idée de se mettre à rouiller. On aurait pu s'en douter. Cependant, elle semblait contente que j'aie pensé à elle, comme à chaque fois. Sinon, je me serais bien vu tenter les Mines à Alès, Dieu sait pourquoi. Peut-être en raison des carrières, qui étaient pas loin de chez moi et permettaient d'extraire la très belle et très renommée pierre du site.

Pour ce qui est de l'informatique, pas de chance, c'était complet et il y avait encore très peu de classes dans cette matière. Je m'étais donc inscrit en fac, en "math physique" car on m'avaient donné le goût pour ces matières, quand un jeune homme croisé dans le train m'a conseillé d'aller voir le professeur des classes de technicien supérieur du froid et de la climatisation qui, à ce que l'on me disait, cherchait à compléter sa classe. La climatisation m'intéressait plus que le froid, car j'avais assisté à une exposition sur les métiers du bâtiment et cette discipline moderne et prometteuse avait retenu mon attention. Le contact avec le professeur principal de la discipline fut plutôt froid, mais il finit par m'intégrer dans sa classe. Après la place des Minimes et Montplaisir, je me retrouvais donc place du Major Martin, le lieu mythique de la grande Martinière. Cette nouvelle classe marquait pour moi la fin de l'internat et pour tout logement, je n'avais comme solution que la cité universitaire. Ce fut la cité Saint Irénée tout là haut sur la colline où l'on accède par la ficelle. Boursier j'étais, boursier je restais ! Etre un étudiant, accéder aux études supérieures fut pour moi un grand bonheur et, ma foi, j'en était plutôt fier. Je savais d'ou je venais, mais j'ignorais complètement ou j'allais. La climatisation, pourquoi pas ? Alors qu'on m'achetait quelques vêtements chez le meilleur spécialiste de mon village, j'apprenais qu'un célèbre homonyme de ce Monsieur, qui était de sa famille, dans l'Ain, avait été aux Etats Unis et avait crée une entreprise devenue leader mondial de la climatisation. J'étais donc en pays de connaissance et me sentais rassuré.

11
FORT SAINT-IRENNEE

J'ai donc eu mon bac en soixante neuf, après "68", c'était un peu le retour de bâton, on ne le donnait pas à tout le monde et ça a été très dur à cause d'un quatre sur vingt en techno. Même mon père qui n'avait jamais fait de dessin industriel avait vu que la roue de caravane que j'avais dessinée ne tenait pas sur son essieu. Avec une note inférieure de deux centième au minimum requis, j'aurais dû être recalé, mais ma relation privilégiée avec une certaine personne m'a permis de savoir que j'avais été autorisé à participer à l'oral en vertu du fait que je ne pouvais plus redoubler et que ma note de dessin industriel était un accident de parcours. Ca peut servir de fréquenter la chambre d'une jeune fille bien informée les jeudis après midi.

Lorsque j'ai quitté l'Internat pour intégrer la cité universitaire, je pensais faire ma vie avec elle. Elle venait me voir dans ma chambre d'étudiant en début d'année scolaire et c'était vraiment agréable, mais je dois le reconnaître, je n'ai pas su m'y prendre. Certes sa santé fragile n'était pas le côté le plus engageant de sa personne, mais ce n'était pas le problème. Le problème c'était cette chambre d'étudiant avec ce petit lit à une place et qui me rendait neurasthénique. Je ne supportais pas la présence quasi incontournable des blattes qui colonisaient ma chambre et l'immeuble tout entier. Comment recevoir une jeune fille bien sous tous rapports dans une telle ambiance. De plus la nourriture des restos U était infecte et on entendait les voisins de chambre comme si on y était.

Mes intentions et mes sentiments pour elle étaient sincères et si les circonstances de ma vie avaient été plus simples, notre idylle aurait pu se transformer en mariage.

Ses qualités de coeur, la finesse de son visage, la douceur de sa peau étaient un must. Cette personne était ce que je pouvais imaginer de mieux à l'époque en termes de séduction et de simplicité. Qu'est ce qui m'a pris de la quitter, de lui refuser soudain l'accès de cette chambre abhorrée ? En fait la vie d'étudiant, changeait beaucoup mon état d'esprit et les jeudis après midi n'avaient plus la même saveur d'une liberté bien acceptée.

Je sortais beaucoup, j'allais dans les "surboums" d'étudiants et découvrais soudain les charmes d'une certaine liberté plutôt débridée, avec une nouvelle autonomie dont je ne savais que faire. Ce n'était pourtant pas la cause de notre rupture, la cause véritable c'est que quasiment aucune de mes expériences amoureuses, pas plus celle-ci que je savais sérieuse que d'autres, n'avaient effacé le souvenir toujours présent de ma première expérience amoureuse.

Belles "amours, orgues et délices" du temps passé. La sexualité dans les campagnes se joue des convenances, avec un corollaire parfois invisible : la sensibilité à fleur de peau qui naît de la nature impétueuse. "Je porte, je porte la clé de saint Georges..." Cette ronde enfantine me ramenait toujours en pensée à l'éveil des sens, auquel avait fait place, le rêve brisé de l'internat. Et puis, je n'étais pas mûr pour le mariage et ce ne fut point, celle-ci, que j'épousais moins de six mois après notre séparation.

J'étais extrêmement déçu de mes échecs amoureux et avant même d'avoir rencontré la suivante, j'avais déjà décidé que la prochaine serait ma femme. Tout au moins que j'accepterais sans rechigner l'idée du mariage. Ce n'est pas gentil pour celle que j'ai épousée, mais je ne croyais déjà plus au grand amour à dix neuf ans et je décidais tout simplement de choisir une femme pour vivre avec et l'épouser. "Homo-sociabilis" converti, il fallait seulement qu'elle me plaise et soit un peu comme moi en termes de philosophie de la vie. Et vogue la galère...

Lorsque je l'ai rencontrée rien ne me laissait supposer que c'était possible, que je ne lui étais pas indifférent. Je dois à un copain de l'avoir su, car elle faisait l'Ecole Normale avec sa soeur. Outre ses charmes indéniables, elle possédait un petit meublé, rue des Fantasques où elle ne dormait que très rarement, car elle était interne à l'Ecole Normale. Tout pour plaire...Une fille du Nord, bien éloignée des ses bases, elle aussi. De sa personne se dégageait comme une sorte de vitalité première, une force insensée, quelque chose de grand de simple et de désirable. Ses origines polonaises n'effleuraient même pas mon esprit, je voulais la revoir, j'ai tout fait pour la revoir, je l'ai revue et nous nous sommes entendus.

Etudiant à Saint Irénée ayant de nouveau rencontré l'âme soeur, je fus encore confronté à la violence. Pour être franc, il m'est difficile de situer la violence dans mon récit, car aujourd'hui la plupart des acteurs de la politique et des médias situent la violence dans un contexte d'insécurité, ce qui n'est pas faux, mais me parait trop réducteur. La violence a des racines beaucoup plus profondes qu'il faut souvent rechercher ailleurs. Confondre l'origine et la cause me semble un peu réducteur, car je sais qu'existe des formes de violence gratuites qui prennent naissance aux confins de la bêtise humaine. Dans les campagnes par exemple, les germes de la violence sont à rechercher dans les loisirs. Le sport, les stades, les fêtes foraines, les bals sont souvent le théâtre de bagarres provoquées par des individus qui veulent en découdre comme ça, sans raison juste pour le plaisir, pour montrer leur force et se satisfaire de l'excitation qu'ils provoquent. C'est avant tout un problème d'éducation, car ces individus se moquent bien de la société à leur façon.

Mon père avait peu d'amis, mais il était très copain avec un monsieur bien sous tous rapports qui tenait avec son épouse un magasin spécialisé, un italien d'origine lui aussi. Cet homme avait un fils, ce garçon qui était doté d'une intelligence rare et voulait devenir architecte ce qui était une ambition raisonnable étant donnée ses qualités et ses goûts. Il était disons plutôt d'un naturel joyeux et en tout cas très pacifique et pas du tout bagarreur. Il sortait souvent, plus souvent que moi et un jour, à la sortie d'un bal, il fut pris à partie par une bande de voyous des villages voisins. Pire que tout, cette bande de lâches gorgée de "blancs limés" n'eût de cesse de le frapper avec une violence inouïe le laissant sur le carreau après l'avoir roué de coups ! Geste xénophobe ou déviance de la voyoucratie, nul n'a pu dire quelles étaient les raisons de cette furia destructrice. Le jeune homme fut hospitalisé et eût de séquelles nombreuses et graves tant physiques que psychologiques. Cela lui fit perdre beaucoup de temps dans sa scolarité et il ne fut plus jamais le même. Handicapé à vie, il a raté ses études et renoncé à son rêve de devenir architecte. A force de volonté et de courage, il a pu faire sa vie malgré tout, mais la blessure est profonde. Ses parents, très affectés par ce drame, se sont occupés de lui, comme ils ont pu, mais cette famille d'honnêtes commerçants fut marquée à jamais par la souffrance de son garçon. Que veulent donc ces individus, qui s'en prennent ainsi à plusieurs, contre un seul homme et s'acharnent sur lui, au point le laisser pour mort ! S'amuser, satisfaire leur plaisir. Le culte de la violence est leur seule philosophie. Ils ont grandit comme ça, habitués à commettre des méfaits de plus en plus graves pour le simple plaisir sadique que cela leur procure, incapables de comprendre le sens même de leur brutalité aveugle. Ceci a des racines beaucoup plus profondes qu'on le croit, ce sont les racines du mal. Lutter contre le sadisme ne semble pas passionner les foules alors que l'insécurité sous toutes ses formes fait la une de toutes les presses. C'est simple à comprendre : l'insécurité c'est toujours les autres alors que le sadisme c'est peu être un peu tout le monde à des degrés divers.

L'anecdote qui suit n'a pas vraiment de sens mais prouve que j'étais moi aussi menacé par ce genre d'individus. Un dimanche de juillet, alors que nous étions en visite chez mes parents, moi et celle qui allait devenir ma première épouse, il s'est passé des choses bizarres. C'était un jour de fête foraine et ma soeur âgée était consignée à domicile : pas le droit de sortir le soir. Comme ça arrive parfois dans ces cas là, l'arrivée du frère providentiel accompagné de sa fiancée qui disposait d'une auto a réussit à convaincre la gente parentale de laisser sortir la jeune fille. Nous voilà partis tous les trois pour aller à la vogue moi devant à droite de la conductrice et ma soeur derrière. Il faisait encore jour quand nous arrivâmes sur la place, à proximité immédiate de la fête foraine avec la 2CV.

Nous cherchons à nous garer, quand tout à coup, je sens que la voiture se met à bouger dans tous les sens secouée comme un prunier. Je m'aperçois que quatre individus s'amusent à nous faire peur, et je crois à une blague quand soudain la porte qui est à ma droite s'ouvre. Je suis soudain aspiré hors du véhicule par une espèce de brute râblée de petite taille, au crâne rasé, qui se rue sur moi comme un fauve.

Je réussis à m'extirper de son emprise et tente de fixer son regard. Il prend la posture du boxeur et je m'aperçois très vite que je n'ai aucune prise sur lui, qu'il est beaucoup trop fort pour moi. Après quelques échanges de coups qui ne lui font ni chaud ni froid, je dois reculer, si je ne veux pas être KO sur place. Il me poursuit alors, toujours en garde pour éviter mes coups. Je décide carrément de prendre la fuite cinquante mètre plus haut et je m'arrête pour essayer de voir ce qui se passe pour les filles. Je ne vois rien et vois arriver le quidam au milieu de ses acolytes, cette fois ci muni d'un lasso pour m'attraper. Là, je commence à me faire du souci, quand soudain, je vois apparaître un homme d'une quarantaine d'années qui s'interpose et les dissuade de continuer leur méfaits. Cet homme était un ancien malade et connaissait bien mon père, je lui dois de n'avoir pas subi le même sort que le petit du fleuriste. C'était peut-être la même bande que ceux qui m'avaient agressé dans le train, je ne saurais l'affirmer, mais ce dont je suis sûr c'est que c'était la même idée, les même moeurs brutales la même lâcheté qui consiste à s'en prendre à plusieurs à plus faible que soi.

Je retrouvais ma soeur et ma "fiancée" un peu choquées, mais indemnes, elles n'avaient pas eu le temps de voir ce qui c'était passé. Elles ne furent pas inquiétées car elles n'étaient pas la cible des voyous. Leur seul but était de tabasser le jeune homme que j'étais et qui représentait à leurs yeux tout, ce qu'ils exècrent, car ils ne peuvent pas l'avoir. Si ça, ce n'est pas un problème d'éducation, alors des problèmes d'éducation, il n'y en a pas. La mode, le style BCBG, un peu "minet", que je suivais pourtant très peu, les énervait sans doute, à moins que ce soit mes origines. Qui sait quels prétextes peuvent trouver des êtres sadiques pour satisfaire leurs désirs de violence entretenus par des siècles de préjugés.

Confronté plus tard à d'autres menaces en d'autres circonstances, j'ai su trouver les mots, avoir les gestes qu'il fallait pour dissuader les agresseurs ou bien réagir très vite. Avec mes filles par exemple, les éloignant rapidement, quand un groupe de jeunes se faisait menaçant. Est-ce à dire pour autant que le risque a disparu, certes non, le risque existe encore et toujours, mais il est rangé quelque part dans un coin de mon cerveau, comme un risque banal, comme tout autre risque ici bas.

Mon premier mariage a eu lieu dans ma commune, elle avait choisi comme témoin sa collègue de l'Ecole Normale. Mes copains étaient là et aussi toute la famille de Paris. Ma tante Lise, la plus jeune était enceinte de son deuxième enfant, tout semblait pour le mieux. J'avais choisi comme témoin un nouveau copain, un copain de Saint Irénée, qui faisait des études en "sciences économiques" à la fac et qui m'avait précédemment, invité à son mariage. Lui m'avait toujours donné des gages de son d'amitié, avec une sorte de respect et d'estime, qui nous était réciproque. Et puis nous partagions une même idée du mariage qui devait être un projet commun entre l'homme et la femme, une sorte d' association pour affronter les vicissitudes de la vie, pour partager le bon comme le mauvais et qui évidemment ne pouvait se concevoir en dehors d'une véritable liaison. A cette époque on parlait beaucoup de ces choses en utilisant des mots qui sonnaient bien et qui nous réchauffaient le coeur et l'esprit. Rien à voir avec ce que j'entend aujourd'hui et qui me semble trop terre à terre, trop éloigné des véritables préoccupations des gens. Même l'humour était différent et on ne se laissait pas aller à la phraséologie qui caractérise l'époque actuelle. Nous avions des mots pour le dire, un style, le style des années soixante qui ne s'embarrassait pas des poncifs bourgeois que l'on croyait "dépassés" pour toujours.

C'est à mon épouse, la première, que je dois d'avoir été embauché dans une belle entreprise. (Un vrai travail) Avant même le service militaire puisque j'ai bénéficié d'un sursis, je suis allé voir le professeur principal de ma classe de BTS avec elle. Elle était "instit" et solidarité de corps oblige, cet homme, qui ne m'aimait pas, fit quelque chose pour moi. Il me répétait sans cesse que je n'étais pas fait pour ce métier de technicien, mais j'étais têtu car je voulais gagner ma vie. Cet homme qui agissait comme si le diplôme était sa propriété avait trouvé le moyen d'être en même temps le professeur et le correcteur de l'examen. Facile dans ces cas là de reconnaître l'écriture de ses élèves et de noter en fonction de ce qu'il jugeait bon, sans être impartial.

Une note très sévère dans sa matière à lui , juste ce qu'il faut pour que je n'aie pas le diplôme, car encore une fois j'étais bon, dans les autres matières et j'étais à deux doigts d'avoir la moyenne. Je ne fus pas surpris du résultat, car il avait indiqué à l'avance à un camarade qu'il voulait faire un exemple avec moi. Ce diplôme n'a jamais été refusé à un seul élève, à part un fumiste notoire qui ne venait même pas en cours et à moi. C'était la remise en cause sur mon dos d'une notion "soixante huitarde" qui ne pouvait pas durer... J'étais le seul dans cette classe à m'appeler comme je m'appelle et à avoir des cheveux à peine plus longs que la moyenne, ceci explique peut-être cela...

Peut-être avec quelques remords, il m'indiqua donc une très belle entreprise dirigée par un personnage d'origine italienne, qui n'hésita pas une seconde à m'embaucher. Le grand patron, que je n'ai pas connu tout de suite était un homme d'une excellente moralité et que j'ai trouvé intelligent. C'est une des rares personnes que j'ai connue capable de réfléchir sur le sens du pouvoir et de la responsabilité. A ce niveau là, ce n'était pas de la philosophie, quand il affirmait sans rire qu'on ne délègue pas sa propre responsabilité. Qui est responsable et de quoi était en effet une vraie question à laquelle nos sociétés modernes feraient bien de répondre au lieu de demander à la justice de décider à posteriori des responsabilités et du pouvoir de chacun. Il y a une place de choix dans nos sociétés modernes pour ceux qui s'abritent derrière le paravent de leurs positions hiérarchiques. Les lampistes et les fusibles savent bien, eux, ce qui se passe. A partir de cette première embauche ma vie a un peu changé, mais je n'en avais pas fini avec la vie en collectivité.

Il me restait à faire le service militaire, ce qui ne m'enchantait guère, mais travailler un an avant le service m'avait "façonné" le caractère. De Saint Irénée, la cité U aux multiples fantasmes à la rue des Fantasques où résidait mon épouse, j'avais déjà fait un bout de chemin dans la vie quand on m'envoya à Montluçon pour y faire mes classes. Comme j'étais déjà marié, je fus dispensé d'aller faire mon service en Allemagne, ce qui était le lot commun pour la plupart des jeunes de mon âge. A moins d'être masochiste personne ne rêvait d'aller faire son service en Allemagne car, comme disaient les copains, là bas, on en chiait des rondins de bois vert ! Désolé pour l'expression, mais je n'ai pas trouvé plus imagé pour décrire la situation telle qu'elle se présentait. De là à dire que je me suis marié pour ne pas y aller, il y a un pas que je ne franchirai pas. J'étais encore assez pur dans l'âme pour ne pas avoir ce genre de raisonnements et je le suis toujours. Notre histoire eut bien des péripéties, mais jamais ne fut dit que l'on ne s'aimait plus, bien qu'une séparation devînt inévitable.

Elle avait le sens du devoir, le sens des choses simples que l'on ne renie pas. Un chat est un chat, un piou piou est aussi un piou piou comme elle m'avait surnommé en voyant mon uniforme de l'armée. L'armée qui m'éloignait d'elle pour un temps fit de moi ce que je n'étais pas, un soldat certes, mais pas seulement. Le piou piou avait des permissions, tous les quinze jours mais c'était surtout pour aller voir les parents et les voyages en train prenaient beaucoup de temps. Après les classes, mon statut d'homme marié et ma formation me valurent d'être affecté à proximité de mon domicile. Ce fut dans mon corps d'affectation, le Matériel du côté de Vénissieux et Saint Fons tout près de Lyon et de mon épouse. Cette "société nouvelle", décidemment savait se montrer compréhensive vis à vis des jeunes mariés. Une nouvelle expérience de vie en communauté m'attendait cependant, sans qu'il me soit possible de m'y soustraire...

———————————

12
LA CASERNE

Ces lignes ne sont pas faites pour exprimer ce qu'est l'armée ni ce qu'elle représente pour moi ou pour d'autres, mais le simple fait de relater ce que j'ai vécu ne peut évidemment pas être neutre. D'aucun disent que c'est bien, beaucoup pensaient que la conscription obligatoire était une perte de temps et que l'armée n'avait de sens véritable que pour les engagés volontaires. Les mots crus que j'ai entendus, sur cette institution, tant décriée n'ont pas de place dans ces lignes. J'y ai côtoyé des gens de qualité, des gens déboussolés et des idiots comme partout ailleurs et pour moi ce fut sans aucun doute l'occasion d'apprendre encore quelque chose, d'apprendre quelque chose que les jeunes d'aujourd'hui ne peuvent pas savoir. Mon employeur était l'armée, car l'armée avait recours à mes services. Arrivé sur place, je pensais qu'on allait m'affecter à quelques tâches militaires en rapport avec le matériel et mes compétences dans les domaines techniques, mais ce ne fut point le cas.

Comme ça arrive tous les matin dans les casernes, nous étions tous rassemblés, au garde à vous sur la place d'armes, pour la levée des couleurs, quand un gradé apparu soudain et lança à la troupe d'un air martial :

- " Qui c'est qu'est bon en math parmi vous, il m'en faut un ?"

On entendit les mouches voler, chacun subodorant quelques corvées de patates ou de nettoyage des vespasiennes.

J'esquissai un regard interrogateur, derrière moi pour jauger les visages des anciens plutôt hilares et je m'entendis chuchoter par un bidasse qu'il faut répondre, car c'est la meilleure gâche de la caserne. C'était pour la Trésorerie sous les ordres d'un adjudant chef qui était super sympa à ce qu'on me disait. Ni une ni deux, je levais la main et obtenais le poste tant convoité d'employé aux écriture à la comptabilité de la caserne. C'est dire combien le côté sympathique des gens peut avoir de l'importance pour moi. J'avais pensé aussi m'occuper des chambres froides, car ça dépendait du cuistot et de la bonne bouffe, mais je ne pouvais pas tout avoir. J'ai donc appris à tenir un livre de comptes et à effectuer un travail administratif répétitif. Ce poste était des plus distrayant, car nous étions plusieurs sursitaires à y travailler et on voyait passer tous les gradés et les soldats qui venaient chercher, leurs soldes, leurs cigarettes, leurs titres de transports ou ordres de missions. Notre présence décontractée en chemise kaki, ne dévoilait pas notre grade. La plupart des soldats qui passaient ignorant qui nous étions, on s'amusait parfois à les faire "baliser ". Pas moi, je n'aurais pas osé, mais un copain qui avait le sens de la mise en scène, car il était acteur de théâtre dans le civil :

"Garde à vous ! C'est une tenue ça ?" Et le gradé d'obtempérer, de réajuster sa cravate et de présenter bien droit son képi à la main ! On savait se tenir dans l'armée française. Ces moments de distraction n'avaient pas de prix et me réconciliait un peu avec cette armée que je n'appréciais guère. Ce gars, qui était capable de faire mettre un officier au garde à vous, alors qu'il était deuxième classe avait un culot à vous couper le souffle. On riait bien mais pas de manière voyante, ce rire aurait pu nous valoir deux mois au gnouf.

Ca nous changeait un peu de toutes les formes de "dialogue" subies pendant les classes. A la Trésorerie nous étions cinq appelés, trois "Sup.de co.", un Docteur en informatique et moi le "matheux". Les autres avaient été affectés sur diplômes et moi parce que j'étais volontaire. Il est vrai que mes connaissance mathématiques me furent très utiles (Niveau CE1, CE2). Mais j'y ai appris des choses importantes qui ne m'ont pas été inutiles. (Voir plus loin)

Pourtant le côté combattant du devoir ne m'inspirait vraiment pas. Le close-combat n'était pas plus excitant que la boxe que j'ai pratiquée un peu au lycée, mais ça valait sans doute mieux que de se battre comme un chien et de mordre la poussière face à l'adversité. Nous avions des permanences à assurer à tour de rôle car la nuit, il fallait garder le coffre qui contenait les documents comptables, un peu d'argent et les rations de cigarettes, tout ceci dans le même local. Un lit était posé là, à coté des cartons de Troupes et on devait y passer la nuit. Ca sentait surtout le tabac, une odeur très désagréable, quand il faut dormir avec. Tous autant que nous étions, nous avions trouvé le moyen de nous entendre avec le poste de garde, pour aller passer la nuit ailleurs. Bref, on faisait le mur. Quelle inconscience, quand je pense à ce que nous risquions, s'il y avait eu un problème.

Cela ne voulait pas dire obligatoirement que je rentrais chez moi. Nuits torrides, nuits câlines, la ville soudain m'ouvrait ses portes du soir jusqu'au matin, des boîtes, encore des boîtes ou il faisait bon s'encanailler et se sentir vivre, enfin. Qu'aurais je fais chez moi avec mon épouse qui dormait à dix heures, quand je passais le poste de garde sous le sourire complice du planton de service ? Cette habitude d'oiseau de nuit prise à l'armée était quelque chose d'étrange, que je ne saurais m'expliquer. J'aimais cette ambiance des boîtes de nuit, restant des heures à regarder les jolies filles ou discuter avec le barman, écouter la musique, voire danser quelque fois. Une nuit, l'une d'entre elles semblait bien disposée. Elle était là pour quelque chose, était mariée, mais ignorait que je le fusse aussi. Elle travaillait dans une boutique de livres. Rien ne s'est passé entre nous de vraiment engageant, ça n'était tout simplement pas possible. Heureusement, car ces périodes de liberté sexuelle retrouvée n'avaient pas que des avantages et un double divorce un an après avoir été marié, ça aurait fait désordre. Sans compter les risques inhérents à ces liaisons secrètes. Pourtant, c'était un signe du destin, car c'est aussi dans une boîte comme ça, que j'ai rencontré ma seconde épouse, la mère de mes enfants, dix ans plus tard. Rien à voir avec l'ambiance des soirées étudiantes que j'ai rapidement évitées et qui finissaient la plupart du temps dans un méli-mélo d'ivresse et de laisser aller plutôt grotesques.

Enfermé dans ma caserne, il m'arrivait parfois de penser à celle avec qui je m'étais pour ainsi dire fiancé. J'ai même appelé un jour chez elle avec le téléphone d'urgence. Son père fut très clair avec moi : " Il ne faut plus l'appeler, elle fréquente, quelqu'un et elle va se marier..." Voila un homme fort respectable, qui ne m'avait jamais adressé la parole en trois ans et qui avait soudain quelque chose à me dire, quelque chose que sa fille aurait pu me dire elle même. Ainsi va la vie ... je pense encore à ce qu'elle disait de son père, qui, au volant de son auto possédait un vocabulaire très fourni en matière de noms d'oiseaux. Papa moi-même, aujourd'hui, j'ai compris qu'on pouvait avoir des préférences en matière de gendre, mais ce n'est peut- être pas une raison pour s'oublier au volant. Je n'ai pas eu de chance avec mes beaux pères virtuels ou réels. Ou bien ils m'ignoraient superbement, ou bien ils voulaient me montrer leur manière de vivre, aucun ne m'a appris un seul mot correct de la langue française à dire vrai. Se seraient ils gaussés ouvertement de mon comportement un peu gauche, que j'aurais pu me moquer librement de la pauvreté de leurs langages. Au fond ce statu quo, ça m'arrangeait bien . M'entendre à nouveau au téléphone lui a fichu une sacrée frousse, car il m'avait bien sûr oublié. Je voulais seulement avoir des nouvelles de la santé de sa fille, mais ça dans notre joli monde hypocrite, ça ne passe pas. Si on est là pour la chose, on ne peut pas servir à autre chose. Moi, j'étais déjà marié, mais il ne le savait pas.

Il m'est apparu à mon grand regret que je devais disparaître pour toujours de l'horizon de cette personne, même si j'éprouvais encore un sentiment d'amitié sincère. Enfin socialisé ! C'est ce que je ressentais à l'époque, si c'était aujourd'hui, je ne le vivrais pas de la même façon. Je pensais en mon fort intérieur :

- "Je suis marié, j'ai travaillé, je travaille, je suis militaire, et j'oublie déjà de passer mes nuits au domicile conjugal. J'accepte avec candeur l'idée que l'on m'empêche de parler avec une personne que je connais et pour qui j'ai la plus sincère affection. Ca va continuer, car je n'ai pas le choix, mais je finirai bien par dire non à l'hypocrisie, non au refus."

L'adjudant chef qui dirigeait les opérations de la trésorerie était un homme intelligent. Grand, comme l'était mon père, c'était un homme de couleur hyper sympa. Avant la "professionnalisation", en langage militaire, ça voulait dire pas trop dur avec les appelés.

Il savait bien gérer son personnel. Je pouvais parler avec lui de choses et autres. Il me montrait comment coller des étiquettes sur les factures et remplir les livres des comptes. La moindre rature ne lui convenait pas, j'ai donc appris à y faire attention. Moi qui ne parlais jamais de politique, je trouvais le moyen d'en parler avec lui. Un comble, quand on connait la réputation de la "Grande Muette". J'osais parfois émettre quelques idées concernant l'économie de notre pays et ce que représentait une armée à mes yeux. Lui, militaire pouvait affirmer sans rire, que dans les pays de l'Est les militaires étaient bien mieux lotis, car ces pays étaient militarisés à outrance, sans bien sûr oser affirmer que ces systèmes totalitaires puissent avoir un quelconque crédit au plan économique. Nous restions campés sur nos positions, je pensais que l'économie capitaliste et la liberté valaient mieux et il pensait qu'un régime où l'armée tient une place prépondérante, lui serait plus favorable à lui, militaire de carrière. On ne peut pas dire qu'on était en désaccord, du moins sur les faits, on ne pensait pas du tout à la même chose, c'est tout. Il était d'un physique agréable, comme l'actuel président américain, mais était peu enclin à épouser les yeux fermés la cause d'un pays où régnaient les discriminations raciales. On peut le comprendre.

C'était un homme encore jeune, il jouait au volley-ball en compétition et au tiercé tous les jeudis. Il prenait nos paris aussi. Durant les neuf mois passés dans ce service, je n'ai hélas gagné que ma solde qui s'élevait en tout et pour tout à cinquante six francs et je trouvais le moyen d'en dépenser la moitié au jeu. Allez donc vous plaindre que ce n'est pas suffisant. Nourri à la bravoure et au bromure, logé par la grande muette mes soucis étaient ailleurs c'était évident. Vivement la quille, encore une fois ! Mon côté sauvage ne m'avait pas quitté. Trois mois de classes avaient fait de moi un jeune homme capable de tenir un fusil, de se mettre au garde à vous, de saluer, de faire son lit au carré et d'accomplir les corvées de base mais je n'étais pas pour autant devenu ce que je ne suis pas. Mes petits démons et une petite voix intérieure me susurraient encore et toujours la même pensée à savoir que tout ceci était plutôt restrictif, au regard de la liberté que je vénérais plus que tout. Je pensais au fond de moi : A quoi bon tout cela ? Suis-je partie prenante dans cette organisation qui a pour but de garantir la puissance militaire de mon pays ? Ma vie doit elle être au service du système économique et politique ? Je n'ai toujours pas de réponse à ces questions si ce n'est que la question du choix est plus ouverte aujourd'hui, qu'elle ne l'était à cette époque. Les peuples et les pouvoirs s'opposent ou se confondent parfois, sans que l'on sache vraiment ce que l'individu représente pour eux. L'individu, c'est la plus petite parcelle d'un ensemble beaucoup plus large qui se veut indivisible et qui ne l'est pas.

" La République est une et indivisible "

J'avais fait mienne cette formule, pensant à la personne qui elle aussi est une et indivisible. Cela montre bien que la République, ce n'est pas le peuple, car le peuple est parfois divisé et souvent divisible. Les sujets qui font l'unanimité sont de plus en plus rares, sauf peut-être pour un républicain.

En côtoyant ainsi des jeunes gens qui avaient fait des études supérieures, j'ai compris qu'ils ne se posaient pas la question du règlement dans les mêmes termes que moi. Fils de chefs d'entreprise ou de hauts responsables, ils savaient sans doute pouvoir se permettre de transgresser certaines règles. S'ils ne m'y avaient pas incité, il est évident que je n'aurais jamais osé faire le mur. Cette permanence de nuit me semblait certes superflue, car il n'y avait qu'un risque infime, mais la transgression de la consigne n'avait pas le même sens pour eux que pour moi. Si j'avais refusé de le faire, je leur posais clairement un problème, car j'aurais été le seul à ne pas le faire. C'était grisant de penser que nous pouvions nous retrouver avec cinquante jours d'arrêt et un prolongement de la durée du service d'autant, juste pour le plaisir d'une nuit de liberté. Grisant mais ridicule. Pour eux la question ne se posait pas en ces termes. Habitués à fréquenter les cercles concentriques du pouvoir, ils savaient qu'ils ne prenaient aucun risque, Peut-être même en avaient-ils reçu l'assurance par quelqu'un ? Dieu merci, rien n'a jamais manqué dans les lignes de comptes de la Compagnie., mais pour ma part j'avais tout de même cette crainte que quelque chose puisse arriver durant mon absence. A cet âge, on n'est pas très malin, même si on a fait des études supérieures. Je m'apercevais petit à petit que la vérité n'était pas obligatoirement dans la conduite à tenir. Je me conduisais bien à l'école et ne fut point récompensé et voila que le contraire pouvait arriver à l'armée !

Lorsque j'ai fait mes classes à Montluçon, j'avais essayé de me faire réformer en raison de mon tibia et de ma vilaine fracture. Peine perdue, toutefois la médecine militaire reconnaissant que ma fracture pouvait être handicapante (léger raccourcissement de la jambe droite) m'avait dispensé de marche. Je ne faisais donc pas les marches. (Une obligation de tous les appelés quels qu'ils soient) Le mur du son fut franchi quand j'ai eu la mauvaise idée de participer à un tournoi de football organisé entre différentes casernes. Victoire de nos couleurs et congratulations des gradés, heureux du résultat. Mais voila, j'avais eu le malheur encore une fois de briller sur le terrain ! Le Commandant de la Compagnie vînt vers moi pour me féliciter d'abord et puis me demander des explications.

"Comment se fait-il, que je ne t'ai jamais vu aux marches du mercredi ? " Je lui rétorque que je suis dispensé :

-"Je suis exempt de marche mon Commandant, avec un certificat médical, du Médecin Chef !"

-"Exemption ? Mais tu cours comme un lapin !"

Un lapin ne courre pas pensais-je en moi même, il saute!

Je me gardais bien de faire un telle réflexion pourtant courante de nos jours. Craignant de passer pour un tire au flan, je lui dis que ça va mieux, que c'est dû à une fracture du tibia mal remise. Réponse : "Eh bien en guise de récompense pour cette belle prestation, je veux te voir mercredi avec les autres avec ton barda, pour la marche forcée."

Heureusement, j'étais à un mois de la quille et il ne restait plus qu'une grande marche de trois jours à faire.

Me voila parti, chargé comme une bourrique avec mes "rangers" toutes neuves, pour une marche forcée (terme officiel) de quatre vingt kilomètres en trois jours dans le Pilat. J'en suis revenu avec des ampoules aux pieds qui avaient explosé et qui m'on fait souffrir le martyr. En ce temps là, les bons joueurs de foot on savait les mater aurait pu dire ce Commandant en Chef, qui préférait les marches à tout autre sport et n'avait que faire de mes talents footballistiques. On ne me fit point trop hommage ni ombrage de ce que j'étais bon, balle au pied, mais je n'ai rien regretté, car je m'étais fait plaisir en jouant ce tournoi. J'ai donc appris à marcher à l'armée. A conduire aussi, mais comme je n'avais pas assez de kilomètres au compteur, j'ai du passer le permis dans le civil.

C'était quand même rageant qu'un Chef de Corps puisse ainsi s'affranchir de la signature du Médecin de la Compagnie qui stipulait clairement qu'une marche intensive était déconseillée pour moi. Je n'avais pas une jambe de bois mais une jambe plus courte que l'autre ce qui ne gêne en aucune façon pour jouer au foot et "galoper" mais peut occasionner une fatigue excessive à la marche. Ce fut bien le cas, plus les ampoules, car mes chaussures ayant très peu servi, se sont vengées, elles aussi.

Au moment des faits, j'avais cessé d'écrire et ce que j'avais ressenti comme une injustice me fit reprendre la plume que j'ai trempée cette fois-ci dans du vitriol. Mes écrits de l'époque ont disparu de mon horizon, dommage, car ils auraient bien eu leur place entre ces lignes. En fait j'essayais de tourner en dérision tout ce que je n'aimais pas. Tout ce folklore, ces haussements de mentons, ces cliquetis d'armes, ces claquements de la voix qui résonne comme des cymbales me semblaient bien superflus, pour ne pas dire prétentieux ou tragi-comiques.

Et puis, on oublie et on essaye de se rappeler les bons moments, le côté positif.

Sorti de la caserne, il me fut difficile de retrouver une vie conforme à mes habitudes d'avant. Mon employeur m'avait gardé une place bien au chaud et me reprit dans un service qui réalisait des installations de chauffage de grande puissance. Moi, le poète, comme disait un prof de math, le spécialiste du froid et de la climatisation, le comptable de circonstance, voila qu'on me demandait encore d'apprendre et de me mettre au chauffage. Décidemment ça ne finirait jamais ! Comble de malchance, on m'envoyait sur un très gros chantier pour ma Compagnie qui devenait ainsi mon client. A peine quittée l'armée, je me retrouvais au service de mon corps d'affectation ! Peut-être que mon grade de "Maître Ouvrier" y était pour quelque chose. Personne ne pouvait savoir in fine, que j'étais devenu un ouvrier de la comptabilité, car je me suis bien gardé de le dire à qui que ce soit ? Entre temps mon épouse avait trouvé un appartement rue du Mail à la Croix Rousse, qui est un quartier bien connu et sympathique. Il s'agissait d'un ancien logement de canuts comme il y en a beaucoup dans ce quartier. Les "Canuts", c'est connu, surtout en raison de la révolte qui fit parler d'eux et de leur activité qui fit de Lyon la ville des métiers à tisser et de la soie. Me voila logé à la même enseigne que ces ouvriers d'un autre temps qui s'étaient opposés au Roi François 1er.

Habiter une maison de Canuts, transformée en appartement, c'était un pas vers l'intégration absolue, mais je n'y avais pas pensé. Surtout, ce n'était pas cher et bien plus grand que le meublé de la rue des Fantasques...

13

RUE DU MAIL

Le mail désigne aussi bien le jeu, que le petit maillet en bois que l'on utilisait pour y jouer ainsi que la rue, la promenade publique où l'on y jouait. Nous y habitions un appartement conçu à la base pour recevoir un métier à tisser. Très haut de plafond et avec une mezzanine, qui au temps des Canuts se trouvait au dessus du métier à tisser et constituait le lieu de vie minuscule de l'ouvrier. Les Canuts étaient plus ou moins des travailleurs indépendants et travaillaient sur commande. Habiter sur le lieu de leur travail était la solution la plus simple pour résoudre la plupart des problèmes inhérents à leur métier.

Evidemment le logement du canut offrait surtout de la hauteur pour y loger le matériel qui occupait l'essentiel du volume disponible.

Au rez de chaussée, il y avait un simple évier en pierre et une kitchenette dans l'entrée. Nous avions l'eau courante, mais pas de salle de bain, ce qui au premier abord m'avait paru un peu bizarre. Quand on aime, on est près à accepter beaucoup, mais c'était quand même un problème et nous avions hâte de trouver mieux que les bassines d'eau chaude et le poêle à gaz de la rue du Mail. Cependant comme ça arrive souvent en de telles circonstances le provisoire allait finir par durer longtemps.

Il y avait deux appartements mitoyens et, nécessités faisant loi, ma soeur et mon frère vinrent s'installer dans l'appartement mitoyen. Eux, n'avaient pas été très loin dans les études et retrouver la présence fraternelle à semblait leur offrir un peu plus de possibilités dans la vie. Aucun de nous trois à cette époque ne désirait plus vivre sa vie au village qui nous vit grandir. Lyon avait commencé son oeuvre ensorcelante.

Ma soeur après l'obtention de son diplôme de secrétaire avait d'abord été logée dans un foyer de jeunes filles où elle s'était trouvée une amie sincère, qui avait eu de gros soucis, avec son père. Bien que majeure, mais sous couvert de moi même, elles obtinrent le droit de s'installer près de chez moi où mon frère ne tarda pas à les rejoindre. Donc on était cinq à occuper l'étage et la vie se chargeait du reste. Avec la "Dodoche", nous allions souvent en visite chez nos parents, les "week-end", à cinq dans l'auto. Mon frère qui avait arrêté ses études en deuxième "science économiques" a fini par trouver un job de taxi et ma soeur est rentrée comme secrétaire de la direction dans l'entreprise qui m'employait. Nous étions jeunes et rien ne semblait pouvoir nous arrêter, au sens où on l'entend habituellement. Notre seule ambition était de vivre notre vie et accessoirement d'y subvenir.

Le copain, témoin à mon mariage, qui était marié lui aussi venait nous rendre visite. Nous avions des amis et d'autres venaient aussi qui avaient continué leurs études un peu plus loin. Bacs plus quatre ou six. L'un d'eux me parlait cybernétique, c'était l'avenir à l'entendre. Il avait raison, car c'était passionnant, mais mon Dieu que les Cottages pourtant tout proches en distance étaient loin déjà ! Brassens, le poète chanteur à succès, adulé par les jeunes étudiants de l'époque et que l'on ne se lassait pas d'écouter murmurait à nos oreilles sa chanson de la vie :

" Auprès de mon arbre je vivais heureux ...

Je n'aurais jamais du le quitter des yeux... "

Que ne l'ai-je entendu ainsi !

Au Nord, il y avait la famille de mon épouse avec les Corons. C'était Douai, on y allait souvent. J'ai rencontré les gens du Nord, je les ai appréciés et je ne les ai pas oubliés. C'est étonnant qu'un peuple aussi chaleureux et avec un parler si drôle n'ait pas eu son Raimu et son Pagnol. C'est chose faite grâce à un humoriste de talent et c'est tant mieux. N'est ce pas ? Douai, son Beffroi et ses Corons et puis, mon beau père, communiste à ce qu'on m'a dit, ancien mineur silicosé, c'était ça pour moi le Nord. Cet homme fort dans sa tête, doté d'un charisme extraordinaire s'adressait à moi en patois du Nord :

"Tizautre...ti volo rien dévoare à personne ! "

Je ne comprenais pas toujours, mais ça n'avait pas d'importance, cet homme avait beaucoup de bon sens et ne se trompait guère sur les hommes. Il était venu de Pologne, lui aussi pour fonder une famille avec son épouse et travailler à la mine. Une famille "française", bien française, nul ne peut se douter à quel point cette famille était "française". Cet homme un peu bourru et son épouse discrète avaient mis des années à oeuvrer pour leurs enfants. Lui, avait des yeux bleus plus clairs que le lagon des îles. Une lumière intérieure brillait dans son regard, que la noirceur du paysage rendait plus vive encore. Il avait quatre filles, un fils et une chienne. La chienne, un petit fox terrier, un jour s'est élancé sur lui et l'a mordu. A partir de ce jour c'en était fini de l'animal, on peut le comprendre.

Ses enfants étaient bien intégrés et avaient fait des études surtout les filles. Le garçon suivait l'exemple du père mais pas dans les mines, elles étaient fermées et puis c'était la silicose garantie. Il travaillait en usine dans une fabrique de "Oùagons".Ses enfants c'était la fierté de sa vie, sa réussite, il avait donné sa vie pour eux. En arrêt maladie à cinquante ans, il savait que ses jours étaient comptés, on ne guérit pas de cette maladie qui ne cesse de s'aggraver. Pas une seule fausse ne note, les principes éducatifs de cette famille associés au système éducatif français ont fonctionné à merveille pour les enfants. Qu'on en juge : deux des filles sont devenues enseignantes une autre travaillait à la poste et l'aînée dans un grand quotidien parisien. Mes beaux frères avaient fondé une sorte de club virtuel des "bofs" pour faire front à une telle puissance de feu. L'ambiance était chaleureuse et enjouée, excellente même. Hélas, tout ceci n'a pas tenu, car nous étions loin d'eux et mon mode de vie, mes conceptions personnelles de l'existence ne correspondaient pas vraiment au canevas qui m'était proposé ! Un de mes beaux frères qui était dans l'enseignement me disait sans rire : "Moi, je construis mon bonheur" ... Allez donc comprendre ! Moi, quand il m'arrivait d'être heureux, je me pinçais pour savoir si c'était vrai ! Pourtant, si dame nature ne s'en était pas mêlée nul doute que la famille que je voulais fonder aurait agrandi la leur.

Ce ne fut point le cas, malgré de multiples tentatives. A chaque fois j'ai cru être papa, à chaque fois, me suis retrouvé au chevet de mon épouse la mort dans l'âme. Mon désarroi n'était rien à côté des malheurs de "ma femme" qui perdait ce à quoi elle tenait le plus, et souffrait de cette vie qui avait pris corps dans sa chair et s'en allait sans prévenir. Les mots qu'on emploie pour décrire cela font plus de mal que le silence qui aurait du s'imposer. Je tentais de la consoler en lui expliquant que je pouvais me passer d'avoir des enfants, que ça ne faisait rien. Comme si le problème, c'était moi ! Au fond de moi même, j'étais resté nature et ne souhaitais pas l'adoption, ce que mon épouse aurait peut-être envisagé. Cela lui aurait évité tous ces traitements et toutes ces tentatives calamiteuses, mais je préférais quant à moi renoncer à être père. Qu'était-ce donc que ce monde abscon où l'on vous poussait à avoir des enfants et où les enfants n'arrivaient pas ? Devais-je culpabiliser? Qu'allait on penser de moi ? J'aimais les enfants et je ne pouvais pas en avoir ! Nul ne pouvait dire que je n'avais pas essayé, essayé de donner ce bonheur partagé, cette joie d'être mère, à celle que j'avais épousée.

Un air triste du chanteur Serge Lama que j'écoutais rue des Fantasques résume assez bien mon état d'esprit ou plutôt l'état de mon esprit en ces temps douloureux.

"C'est là que ... je saurais enfin pourquoi ...je t'ai quittée moi qui n'aime que toi...."

Quitter ma compagne que j'aimais, quitter cette famille issue de l'immigration ! Etait-ce possible et pourquoi diable y penser ? Je n'y songeais pas vraiment, j'étais juste un peu mélancolique. Nous avions un projet qui nous tenait à coeur et occupait notre temps : déménager et aller habiter ailleurs, que dans ce lieu mal agencé.

S'il m'est arrivé de la quitter, bien plus tard, ce n'est que la conséquence d'un hasard extraordinaire et incroyable qui m'a fait rencontrer l'impossible amour. Est-ce pour autant que je n'ai pas culpabilisé ? Non. J'étais resté un peu sauvage, je venais de la campagne et tout ceci me paraissait un peu compliqué. Je devais en quelque sorte ma place à mon épouse et ne rêvais pas d'autre chose. Il n'était aucunement question de talents ou d'aptitudes quelconques, notre vie prenait la même direction que celle des gens du Nord. Pourtant, je ne cessais de m'interroger sur mon propre sort. Pourquoi avait-il fallu ainsi que le petit fils d'immigré italien épouse une fille d'immigré polonais pour que, in fine, on lui donne une petite chance, une première chance ? Ce n'est pas ainsi que je voyais les choses, mais c'est ainsi que le problème s'est posé. La deuxième chance vînt plus tard après qu'on m'eût retiré la première.

Cette réflexion n'est pas un raisonnement spécifique c'est l'angle de vue d'une personne qui sait, que sa nature un peu sauvage, ne lui a pas toujours été d'un grand secours dans la vie. Une personne qui croit savoir que les lumières de son temps n'ont pas une compréhension beaucoup plus claire de certains phénomènes sociologiques. Entendre parler chaque jour qui passe de discrimination et d'actes de malveillance finit par modifier quelque peu votre vision du monde. Je me garderais bien de trop y accorder d'importance, car ma nature à contrario me protège contre un excès d'intellectualisme, fût-il à la mode.

Cependant il fallait bien se rendre à l'évidence : les atrocités que l'humanité a connu ne sont qu'une variante cataclysmique des petits désagréments qui jalonnent la vie des petits moutons noirs que nous sommes. Mais oui, qui sommes nous si ce n'est les enfants des gueules noires, des déportés, des exilés que la société moderne intègre à sa façon ? Est ce à dire que j'ai été un mouton noir ? Réponse : non ! Si le combat des discriminés m'est apparu soudain, ce ne fut point pour moi personnellement. Comme beaucoup de discriminés, je croyais à l'amour, restais désinvolte et ne voyais donc pas ce qui m'arrivait.

Le simple mot d'exclusion inventé pour parler des exclus de tous poils était exclu de mon vocabulaire et l'a toujours été, car pour qu'il y ai des exclus il faut qu'il y ai une force d'exclusion, bref des "exclueurs". Alors qui sont-ils ? Est-ce vraiment la société, comme on le dit, qui crée de l'exclusion ? Il n'est de société que d'hommes...et comble de l'ironie, "les exclueurs" et "les assisteurs publics" parfois, ne font qu'un.

Mon beau père était gravement malade, mais pas exclu ce qui le rendait sympathique. Il s'en est allé à cinquante trois ans à cause de la silicose, ce n'est pas pareil que mourir au même âge à cause d'un cancer des poumons même si médicalement, il y a des similitudes . C'est ce qui est arrivé à mon jeune frère qui, sa vie durant a fumé et parfois trop bu, mais plus pour conjurer la souffrance de l'être que pour le plaisir. Je cite les plus grands artistes de mon temps, du moins ceux que je préfère, mais le plus grand de tous pour, celui qui n'a jamais rien publié, c'était mon jeune frère. A présent qu'il n'est plus là, je peux le dire, son écriture était lumineuse et fulgurante, il lui arrivait d'y recourir, en désespoir de cause quand la vie lui jouait des tours, quand elle se jouait de son intelligence, de sa sensibilité, de sa bonté naturelle.

Qu'on en juge par ces quelques lignes trouvées quelque part en un lieu qui lui appartenait en propre et qu'il ne destinait à personne, si ce n'est à l'éternité et au hasard d'une rencontre :

"Vous êtes en conversation. Captivante, animée ennuyeuse, peu importe ! Soudain la parole s'altère, se fendille... Elle change de nature et avec elle, la physionomie du sujet, comme si l'instant présent, recouvert d'un glacis d'images anciennes, pouvait limer un visage à l'extrême, jusqu'à la transparence du souvenir - Changement donc ! On ne vous voit plus, on ne voit plus, mais l'on parle. Sorte de transposition orale, d'impressions anamnésiques si ténues qu'un mouvement infime peu brouiller l'"émission" ! Et on revient à son interlocuteur, pris encore dans le gel du sommeil, à ce point de soudure confus, où les mots s'arriment au réel, perdent leur "fluences" et leur "exactitude"- Lassitude-Nostalgie ensuite. "

Ce sont d'autres mots que les miens, c'est un autre style, mais sans aucun doute avec la même gravité, la même profondeur. Sa vie comme celle du mineur de fond, fut une longue marche, une quête insensée mais aussi une vie d'érudition, de compassion, de service aux autres. Je pourrais écrire mille lignes sur lui, mais c'est au dessus de mes forces et surtout, il ne l'aurait pas voulu.

Je l'ai vu en proie à des détresses respiratoires, je l'ai entendu et vu demander le traitement qui pouvait atténuer ses douleurs trop intenses, tout en sachant qu'ils ne pourrait recouvrir ses esprits. Ce fut pour moi une épreuve terrible et une révélation, de le perdre ainsi quasiment dans mes bras après tant d'années, après que je l'ai retrouvé pareil à lui même pareil à nos premiers jours ensemble. J'ai compris ce jour là, quelle avait été sa souffrance et celle des autres, de ceux qui sont partis avant lui et j'ai pleuré, de mes larmes d'enfant.

Je le revois encore, tel qu'il était, tel qu'il fut intelligent et sensible et cependant si distant. Depuis son enfance jusqu'à la rue du Mail, il ne s'est jamais vraiment éloigné de moi, j'aurais dû le comprendre. Rue du Mail, la copine de ma soeur est devenu la copine de mon frère, elle était professeur d'histoire et ne recevait ses émoluments qu'avec un certain retard, parfois trois mois ou plus, c'était courant à l'époque pour des enseignants qui n'étaient pas titulaires. Lui était taximan et se faisait exploiter par la Compagnie des Taxis qui lui prenait plus d'argent qu'il n'en gagnait. Je conduisais la 2CV de mon épouse, puis j'ai acheté la Peugeot 404 de mon père. Les parents étaient restés aux Z'aches, nous étions content d'y aller souvent les week end. Tout semblait aller pour le mieux dans le meilleur des mondes quand survînt un évènement qui allait tout changer.

Ma soeur, et c'est bien normal, qui jusque là, n'avait pas été heureuse en amour avait rencontré quelqu'un qu'elle aimait et allait épouser. Un homme de plus dans notre petite famille, c'était déjà un évènement en soi important, mais un mariage à l'Eglise Arménienne, c'était quelque chose de vraiment spécial, qui allait changer notre vision du monde. Ce fut un mariage très animé où l'on dansait et mangeait arménien, nul n'a pu l'oublier et puis quelque chose s'est produit qui allait me déstabiliser, quelque chose d'étrange et bizarre : ce jour là, un jour comme ça, je me suis fait draguer presque effrontément au vu et au su de mon épouse présente...Cette mésaventure d'un soir, je dois l'avouer, je n'ai pas su la gérer. J'aurais du m'offusquer, prendre un air dédaigneux, mais la belle avait des arguments et je me suis retrouvé avec une adresse en poche en rentrant chez moi.

La suite n'a pas vraiment de sens, car cette personne ne s'intéressait pas à moi. Cependant, je constatais une fois de plus l'étrange et surprenante attirance que je pouvais déclencher auprès d'un certain type de femmes. De ces femmes plutôt enclines à prendre les devants dans certaines circonstances exceptionnelles. Est-ce à dire que j'étais faible ou facile ? Non bien sûr, juste surpris et désemparé, sans doute, car mon éducation, m'empêchait d'imaginer que de telles choses puissent se produire un jour pareil, du moins sans une bonne raison. L'Esprit Saint m'avait accompagné jusque là. La souffrance n'est pas diabolique, cependant voici que me taraudait l'esprit maléfique, le malin, l'incontournable désir qui caractérise notre siècle. En dehors de toute philosophie, de toute vérité, il y a le plaisir qui résiste à tout comme une vigie, comme un rêve qui vous observe. Cette histoire n'aura pas de suites, pas de mérites, mais aura le tort d'avoir existée un jour, un jour de trop.

Ma soeur et son mari ont pris un appartement en location à Sathonay, pas loin de la Croix Rousse. Mon épouse, qui avait été nommée à Caluire a pu bénéficier d'un logement de fonction dans son école. Nous avons donc déménagé pour nous installer un peu à l'écart de la grande ville, dans un appartement plus confortable et mieux agencé. Celui ci disposait d'une petite salle de bain bien pratique et d'une bonne isolation phonique, que j'avais posée pour atténuer les bruits de la rue et de la cour d'école.

La Croix Rousse, Caluire et Sathonay sont aujourd'hui reliées par la Voie Verte, une ancienne voie de chemin de fer aménagée pour la promenade. Un programme immobilier a même pris le nom de "Via Verde". Ce lien avec ma soeur ne pouvait pas se rompre, il est resté immuable et intangible. Nous étions proches et nos vies à tous les trois allaient suivre des chemins parallèles, reliés par une voie invisible et champêtre, dont nous seuls avions les clés. Un chose si profonde et si forte que j'en ai conçu une notion très personnelle relative à l'altérité, aux relations humaines et que j'ai baptisé "l'homo sociabilité". J'étais, je suis, je reste homo-sociable. En qui que ce soit, qui se trouve devant moi, en face de moi, il y a une part de cette personne, de cette chose qui est semblable à moi, le savoir ne sert à rien, le comprendre est utile car cela donne un sens à cette présence qu'elle n'aurait pas autrement. Sur cette base et si je suis capable de découvrir ce qui nous rapproche je suis un être sociable. Ce qui nous rapprochait mon frère ma soeur et moi, c'était bien plus qu'un amour filial. Bien que nous ayons étés si différents aux dires de notre entourage, nous étions si semblables qu'un part de chacun d'entre nous était commune au deux autres , une part invisible, qui me manque aujourd'hui, qui n'a cessé de me manquer .

Je n'habitais pas un royaume et l'appartement de la rue du Mail se devait d'être quitté comme toutes mes adresses de circonstances. Avec mon épouse nous saisîmes, pour ainsi dire l'opportunité de nous installer dans un logement de fonction, donc très proche de son travail et qui disposait de tout le confort moderne. Ouf

---

14
RUE PASTEUR

De toutes mes escales de villégiature, Caluire est sans aucun doute la plus neutre. Caluire telle que je l'ai connue à cette époque était (pour moi) une cité dortoir. La rue Pasteur était la seule rue que je connaissais et tout au plus, j'avais remarqué son église moderne, qui aurait fait frémir mon grand père, s'il l'avait vue. Il avait une conception de la religion basée essentiellement sur la tradition séculaire de l'église ce qui était tout le contraire de moi. Cela m'amusait de penser que l'on puisse ainsi décider ce qui est essentiel et ce qui ne l'est pas, comme par exemple de dire la messe en latin ou dans une autre langue.

Le papa de mon grand père avait appris le latin au séminaire, ce qui lui ouvrait toutes les portes des églises d'Europe, l'Eglise avait sa langue et imaginer qu'elle puisse en changer au gré des circonstances n'était pas acceptable pour mon grand père. Il n'avait cependant rien d'un intégriste, car les intégristes sont apparus très bizarrement bien après que les traditionalistes se soient laissés convaincre des bienfaits de la modernité. Mon grand père, qui fut pour moi un garde d'enfant un peu trop zélé, avait fait beaucoup de choses dans sa vie. Il fut musicien, plombier, confiseur et gardien d'immeuble, toujours prêt à rendre service, un saint aux dires même de son propre fils, mon père.

A cette époque pour moi, c'était lui le symbole vivant de mes origines italiennes, lui le joueur de trompette, de saxo, l'ouvrier, le brave, le bon, le monsieur en salopette bleue toujours à l'ouvrage. Il aimait beaucoup les distractions et loisirs de son époque et je me dois d'être juste avec sa mémoire car il m'emmenait avec lui. Il m'a fait découvrir à la Foire du Trône quand j'étais encore un jeune garçon. (Cette immense fête foraine qui enchantait petits et grands, et impressionnait beaucoup les visiteurs de la capitale) Il fabriquait des berlingots et des sucres d'orge pour ravir mon palais d'enfant. Son premier métier était le métier de confiseur, mais il avait aussi été vitrier et travaillé avec mon père pour une maison parisienne qui installait des comptoirs dans les bistrots, de ces jolis comptoirs en cuivre ou laiton qui ont disparus en grande partie remplacés par du plastique ou de l'inox. Sur ce genre de chantier, on apprenait pas le latin ni le français académique, c'est pourquoi mon père avait acquis un vocabulaire des plus imagés.

Donc, j'habitais rue Pasteur dans une école et j'étais dans une société où l'on savait travailler, comme le firent mes aînés. Ma soeur et son mari d'origine arménienne n'habitaient pas loin. La France terre d'accueil, je n'avais pas encore bien compris le concept car je si me savais français, on ne m'avais pas encore expliqué que j'étais un "invité". Ce fut chose faite grâce à la famille de mon beau frère qui se considérait comme "telle" sur le sol français. Cela confère sans doute une certaine forme de diplomatie, plus ou moins de bon aloi, mais on y perd un peu son latin, si on ne se sent que français. Et puis avec un grand père italien de naissance, des copains polonais et italiens ou venant du Maroc, tous d'origine, des camarades de jeu magrébins ou allemands, un beau père et une belle mère polonais de naissance, un employeur italien, une belle famille arménienne d'origine du coté de ma soeur, je commençais à trouver que ça manquait un peu de ces "français" qui comme ma mère me parlaient cette belle langue du sud, cette belle langue d' Occitanie.

Ce que j'ignorais à l'époque c'était que ces rencontres n'étaient peut-être pas fortuites et que ça allait continuer. J'en arrive à définir un concept qui n'a rien à voir avec l'identité nationale, un concept essentiel de la vie. Nous venons tous de quelque part et rechercher des explications à tout, dans les origines des gens me parait tendancieux et inutile. L'eau par exemple est essentielle à la vie. Elle suit le cours des rivières. Elle vient de quelque part bien sûr. Regardons un instant la ligne de partage des eaux. Une bonne partie de la même rivière, du même ruisseau se retrouve un jour à des milliers de kilomètres de sa soeur jumelle qui suit un autre cours. C'est ainsi que va la vie. Ne sommes nous pas nous aussi entraînés quelque part à un moment de notre existence ? Que survienne un séisme ou un cataclysme, une montagne disparaît, une autre se forme, et nous prenons un autre chemin, l'humanité toute entière prend un autre chemin, ainsi que l'eau qui coule des montagnes. Sommes nous différents pour autant?

Même après des années lumière la matière de la vie est restée la même et il suffit de remonter le cours pour s'apercevoir que nous sommes de la même veine, de la même pluie, fût-ce une pluie de comètes qui nous a fait exister. Heureusement, je ne suis pas le seul à penser comme ça, mais je suis un des rares à considérer que tout est culturel et que les cultures de chacun à commencer par les langues ont une signification première qui est l'adaptation à un environnement. Comme l'eau de la rivière qui s'écarte de son cours unique pour s'adapter à des paysages divers tout en apportant où elle passe la richesse de ses qualités, sa force et son énergie nous sommes quelque part une richesse pour les autres. Les petits ruisseaux font les grandes rivières : la sagesse populaire va plus loin encore.

La notion "d'homo sociabilis persona" que j'ai inventée peut donc avoir une signification assez large, car il y a toujours une part de nous qui est semblable à l'autre. S'y référer quand on ne comprend pas ce qui se passe, peut aider à créer des relations intelligentes et fraternelles, sans pour autant vouloir se changer soi-même.

Le fils d'immigré de l'Arménie c'est un peu mon histoire aussi, mais à la base c'était surtout l'histoire de ma soeur. Ciel bleu, amour et l'enfant parait. Ma soeur habitait encore Sathonay, lorsque eut son enfant. C'était à deux pas, on se voyait souvent. Ce fut un grand bonheur la venue de cette petite fille. J'étais un tonton très impressionné, lorsque je l'ai vue pour la première fois à la clinique de Montplaisir. Ma soeur était une maman extra. Adolescente, elle avait eu des déconvenues sentimentales, mais à présent ç'était oublié tout allait bien. Elle travaillait dans la même société que sa belle mère et s'y plaisait bien.

Elle me fit le bonheur d'être le parrain de sa fille. Un baptême eût lieu en l'Eglise Arménienne de Décines, et pour tous, je devenais le parrain de ma petite nièce. Ce choix voulu par ma soeur ne faisait pas l'unanimité. Fallait-il quelqu'un de la famille arménienne baptisé selon le rite de cette Eglise et qui croyait à moitié ou moi avec ma foi de déiste invétéré, qui ne savait qu'aimer cette enfant et ses parents ? Dieu seul le sait. Ma soeur voulait de toute évidence que ce fut moi, et ce fut moi. Je ne sais pas ce qu'ils ont dit au Pope pour qu'il consente à procéder au baptême, mais je sais que je fus intronisé dans cette religion en même temps que le bébé. Comment se fait-il que les ciels les plus bleus puissent un jour s'assombrir, annonçant l'orage menaçant ? En fait, notre petit groupe s'était agrandi et le beau frère était de nos virées en terre bugiste.

Je voyageais beaucoup pour le travail, ainsi je fus envoyé quinze jours à Cuba pour y négocier un contrat important. J'allais souvent à Paris, je rendais visite à tout le monde ainsi qu'à ma demi soeur qui, elle aussi, avait fondé une famille. J'avais été tonton, un oncle éloigné, bien avant que ma jeune soeur s'avise d'être mère, mais ça, c'est une autre histoire qui n'en finirait pas d'être racontée. Une histoire qui m'emmène loin, au pays des fantômes, où chantent les cornemuses et de belles écossaises. Pas si loin de mon sujet en fait , car le petit fils de maman qui avait un grand père breton, lui, s'est vu transporté par le flot de ses origines et de ses passions (Notamment la musique). Celles-ci, in fine, l'ont emmenées en terre celte pour y trouver l'amour de sa vie et fonder une famille.

Pour moi, la machine était lancée et tournait rond, mais c'était oublier mon côté sauvage que de penser que j'allais rester les bras croisés, moi, l'éternel insatisfait. Avant toute chose nous avions des projets. Ma soeur et son mari eurent l'idée qu'il était possible d'acheter une maison. C'était l'époque du mitage, un concept réactivé, qui consistait à éloigner les gens des grandes villes pour en faire des propriétaires. La nouvelle "ligne de partage des eaux" c'était donc la ville. Arrivé en ville pour les études, voila que l'économie nous propulsait à nouveau vers les campagnes pour y vivre. Ce fut pour ce qui me concerne une idée séduisante, je rêvais comme toujours de retourner à ma verte campagne et ne fut pas difficile à convaincre par mon épouse, qui, elle, rêvait d'avoir une maison bien à elle.

Un autre argument plaidait en faveur d'un déménagement. Nous avions achetés des meubles en noyer massif qui étaient trop grands pour l'appartement de Caluire. Ce n'est pas que j'avais vu trop grand, mais ces meubles avait appartenu à une collègue de travail de maman qui venait de perdre son mari et avait souhaité les voir partir au plus vite. Pour cela elle nous avait consentie des conditions très intéressantes. Cette brave femme qui travaillait à la pharmacie avec maman s'était retrouvée veuve suite au suicide de son mari et la pensée généreuse qu'elle pouvait aider un jeune couple à démarrer dans la vie l'avait décidée à nous faire un bon prix.

Alors, en avant les emprunts auprès des banques ... Je construisais à Massieux dans l'Ain, un petit village situé à peine à vingt kilomètres de Caluire et ma soeur construisait aussi dans l'Ain, mais plus loin encore. Quelques déconvenues sur le choix du terrain les ont même obligé à revoir leur projet en s'éloignant un peu plus de la grande ville.

Je me rappelle encore, ma soeur conduisant sa 2CV chevaux avec son bébé à l'arrière, elle semblait si heureuse, si bien dans sa peau ! Comment notre Dieu si puissant a-t-il pu nous faire ça ? Elle venait de déposer son bébé à la crèche. Elle est morte dans un fracas d'enfer, broyée par la route, par un camion immonde, qui lui a refusé la priorité. Silence. Ma soeur a été enterrée à Décines, je me demande pourquoi ? Ma soeur a laissé son chat et sa petite fille âgée de six mois, je me demande pourquoi ? Une messe fut dite en l'Eglise Arménienne, je me demande pourquoi ? Et puis tout ce monde, tous ces gens, jamais vus, jamais connus qui étaient à l'enterrement de ma soeur, je me demande pourquoi ?

Non ! C'est, ce que j'ai dit quand ma mère m'a appris la terrible nouvelle. Non, à ma mère lorsqu'elle m'a ouvert la porte de chez ma soeur et m'a annoncé ça, avant même que je passe le pas de la porte. Elle m'avait fait dire de venir à Sathonay, car venait d'arriver un grand malheur. Je m'attendais à tout sauf à ça. Que s'est il passé ? Pourquoi n'étais-je pas chez moi ?

Avant cette affreuse nouvelle, beaucoup de choses avaient mal tourné. Mon épouse aussi avait été enceinte et ses déconvenues de grossesse, étaient des deuils répétés, auxquels je ne m'habituais pas. Nous avions emménagé à Massieux, mais cette maison ne me ressemblait pas. J'avais fauté, je l'avoue, j'avais rencontré une autre femme qui voyait la vie simplement avec moi sans se poser de question. C'était pour la clôture d'un séminaire de vente, que je m'étais retrouvé à passer une soirée dans un Club que fréquentait aussi ma future compagne.

L'animateur du séminaire avait arboré une tenue blanche et connaissait bien ce Club. L'un des serveurs avec qui je discutais de passions communes, (de vieux journaux) avait attiré mon attention sur une jeune fille très bien qui venait souvent avec une copine. Je l'ai invitée à danser. J'ai aimé tout de suite le son de sa voix, la douceur subtile de ses vêtements, la chaleur de son pullover angora, son parfum discret, ses yeux bleu azur, sa chevelure lourde et pleine de reflets auburn, que sais-je encore ? Cela faisait pour tout dire vingt trois ans que je n'avais pas ressenti les mêmes sensations près d'une personne du sexe féminin et même si je n'étais pas sûr à cent que c'était de l'amour, tout ceci m'avait un peu chamboulé l'esprit. Un matin, j'ai décidé de quitter ma maison, laissant le domicile conjugal où je ne pouvais plus rester, pour aller chez elle, dans le cinquième arrondissement de Lyon.

C'est là, rue Albéric Pont, que ma mère avait pu me trouver pour me faire dire d'aller au plus vite chez à Sathonay, car un grand malheur venait d'arriver. Je n'étais donc plus avec mon épouse lorsque j'ai perdu ma soeur, si chère à mon coeur.

Cette maison qui avait capitalisé toutes nos envies, pour reprendre un slogan fameux, ne correspondait pas à l'idée que je m'étais faite, Je ne l'ai donc jamais vraiment habitée. Ma soeur lorsqu'elle a eu son accident n'était pas encore dans sa maison qui tardait à se terminer, elle ne l'a donc jamais habitée. Beaucoup de jeunes de ma génération se sont retrouvé dans ces maisons sans villes à proximité des grandes villes et y ont vu grandir leurs enfants, pas moi. La petite de ma soeur qui n'avait que six mois, heureusement n'était pas avec elle le jour du drame. Elle a grandi dans cette maison, qu'elle avait voulu pour elle, cette maison de l'Ain, tout près de la centrale nucléaire du Bugey. Un peu comme si elle était attirée par un aimant, c'est à cet endroit précis que la petite, finalement décidera de s'installer pour y fonder une famille et y construire une autre maison.

A cette époque évidemment, je ne voyais pas si loin que ça et me retrouver à nouveau lyonnais, allait changer ma vie, comme on change le cours d'une rivière...

15

"RUE ALBERIC PONT"

Que ma vie ait continué ainsi, alors que j'avais perdu un être des plus chers, ne veut pas dire que j'étais devenu grand et sociable tous azimuts, bien au contraire . Lorsque j'ai commencé à fréquenter celle qui allait devenir ma seconde épouse, elle habitait une chambre de bonne, plus petite encore que ma chambre d'étudiant. Se peut-il que cela me soit reproché ?

" Il n'y a pas de Dieu sans bonté " (Citation du Saint)

Mon attirance soudaine pour cette personne était presque insensée, elle comme moi n'étions pas préparés à cette éventualité. Son petit réduit donnait sur un grand parc arboré. Au loin se profilait une construction récente de logements de standings appelés les "Deux Amants". Sur le rebord de sa fenêtre, il y avait deux petites statuettes en ivoire, deux petits bonhommes habillés différemment et offrant un visage légèrement différent. Comme je m'interrogeais en les voyant, elle fit les présentations :"Lui c'est Optimiste et lui c'est Pessimiste". Enfin, quelqu'un qui me faisait rencontrer du monde, quelqu'un qui allait m'aider à poursuivre l'oeuvre ininterrompue de ma socialisation, quelqu'un d'assez bien élevé pour me présenter ses amis ! Le lendemain de cette première fois, lorsque je suis revenu sur les lieux pour la revoir, pour essayer de comprendre ce qui m'arrivait, elle n'était pas là. J'ai vu sa voisine de palier qui habitait la chambre d'à côté. Simple et amusée le jeune fille qui ne manquait pas de charme non plus me dit qu'elle n'était pas là : " Elle va être déçue, quand elle saura que vous êtes passé ! " Encore une fois c'est ce que m'a dit cette personne, une autre qu'elle, qui m'a convaincu de continuer, de poursuivre cette relation d'un soir.

Me serais-je trompé ? N'aurais-je pas mieux fait de me fier à mes sensations, à mon instinct ? Comme je l'ai dis souvent, j'étais ferré, mordu, je n'étais plus moi même et même si je doutais un peu d'elle, je n'avais qu'une envie : continuer cette relation. Elle travaillait dans un établissement bancaire. "Le bon sens près de chez vous" était un slogan pertinent qui passait souvent sur les ondes. Elle avait grandi dans ce beau pays viticole qui jouxte le mien, au coeur du Beaujolais et de la Bourgogne. Comme cette terre qui la vit naître, elle avait le sens du bien être, la transparence des vignes vierges et la brillance du Mâconnais. Mon second mariage fut célébré dans cette bonne ville de Macon, à la mairie seulement. Le curé de cette paroisse avait refusé de nous marier à l'église au prétexte que je n'avais pas mon passeport pour la chrétienté. J'en fus plutôt affecté, mais ne le montrait pas et puis ma nouvelle femme, à ce qu'elle disait n'avait que faire de ces cérémonies religieuses. J'ignorais à cette époque que de son point de vue nous vivions dans le pêché, et que cela impliquait donc pour elle de renoncer à un mariage qui fût en accord avec son éducation religieuse. Ce fut néanmoins un jour marquant que notre union célébrée dans l'intimité. Le père de mon épouse qui était un notable connu et respecté, faisait bien les choses et nous eûmes un excellent repas chez le célèbre cuisinier de Vonnas après que le Maire socialiste de Mâcon eut scellé notre union, non sans un discours des plus chaleureux et que mon jeune frère, témoin de ce second mariage, eût paraphé le registre. Ma filleule, ma petite nièce orpheline était là, près de moi, ainsi que son papa mon beau frère.

C'était en 1975, Jean Jacques Servan Schreiber annonçait dans les colonnes de l'Express que l'informatique allait révolutionner le monde, que même, les progrès liés à l'informatique pourraient aider les pays du tiers monde à se développer, que la faim dans le monde serait solutionnée par l'informatique. Et puis cet homme, intelligent s'il en est, s'est mis à faire de la politique...Pompidou qui avait succédé au Général n'était plus, et Giscard, l'homme du "changement dans la continuité" conduisait le pays à sa manière. On a dit que ces années là, tout allait bien, c'est plus que discutable, mais ce n'est pas mon propos. Les analystes utilisent souvent le passé pour justifier leurs opinions, leurs idées ancrées dans le présent comme des arapèdes sur un rocher, ce n'est pas non plus mon propos, mais c'est ma façon de situer cette phase nouvelle de mon évolution. Comme certain ne peuvent s'empêcher de parler, moi je ne peux m'empêcher de dire ce que j'ai découvert, ce que j'ai compris.

Ayant découvert la ligne de partage des eaux, je constatais en même temps que les tourbillons et le bouillonnement de notre existence, là ou nous sommes, pouvaient nous emmener ailleurs, parfois très loin de nos origines, vers d'autres horizons d'autres versants et d'autres courants, simplement parce que nous aimons. Mon beau père banquier de son état et son épouse venaient aussi d'ailleurs. Ils étaient lorrains de Metz, une région si chère à mon pays, qui nous avait valu trois guerres et représentait à mes yeux le ciment de tout un peuple. Eux aussi, étaient tombés amoureux de cette belle région viticole, comme je les comprends. Mon beau père avait un langage, un accent du terroir que j'avais du mal à saisir. Son épouse, cocardière à souhait, portait assez haut les valeurs de cette région si importante pour la France et semblait accorder plus d'importance à s'exprimer dans un bon français. J'ai compris plus tard que l'éducation que mon épouse avait reçue de ses parents était une force pour elle. C'est dur à admettre, mais j'avais d'abord épousé une femme que je voulais et que j'aimais et je l'ai quittée pour une femme que je n'avais pas voulu aimer. Une vision matrimoniale de la femme quelque part pour moi s'imposait.

Ce second mariage avait bien failli ne pas être, car un évènement est arrivé alors que je n'avais pas encore quitté ma première. Alors que je trimais pour creuser une tranchée autour de la maison qui prenait l'eau mon épouse légitime m'avait annoncé pour la septième fois qu'elle était enceinte et que cette fois-ci grâce à un nouveau traitement conseillé par le médecin, elle était presque sûre que ça allait marcher. J'avais bien du mal à comprendre, ce qui m'arrivait, moi pour qui la nature s'était montrée généreuse, voila quasiment que j'allai devenir le papa d'un bébé issu de traitements médicaux gynécologiques . Quasiment presque un bébé éprouvette confectionné en laboratoire. L'arrivée prévue d'un bébé l'emportait sur tout autre considération, j'oubliais notamment que mes relations avec mon épouse légitime étaient devenues quasiment inexistantes et je ne me demandais même pas pourquoi cette décision d'un nouveau traitement avait été prise sans m'en parler. L'idée d'être père me fit prendre la décision de rompre, je ne pouvais me décider à abandonner la future mère de mon enfant. Lorsque j'ai annoncé mon intention à l'autre, j'ai soudain compris combien, elle tenait à moi.

Elle éclata en sanglots. Elle eut tant d'arguments en faveur de notre couple, que je ne pus me résoudre à le rompre. Même père de l'enfant d'une autre, elle m'aurait gardé. Ma décision, manifestement n'était pas en accord avec se qui se passait, avec la passion amoureuse qui nous unissait et qui était plus forte que tout, j'ai donc résolu de n'en rien faire. Quel ne fut pas mon désarroi, cependant, de me retrouver un soir, encore une fois au chevet de mon épouse légitime, à l'hôpital alors qu'elle venait d'être opérée et avait perdu encore une fois notre bébé. A bout d'argument, je l'assurais pourtant de mon soutien le plus fort et faisait tout pour adoucir sa peine. Il lui restait notre maison, cette belle maison que nous avions voulu pour fonder une famille, cette belle maison à laquelle elle tenait tant, plus qu'à moi sans doute. C'était promis, elle pourrait la garder pour elle. Durant plus de dix ans, j'ai continué à payer pour une maison que je n'habitais pas, simplement parce que je l'avais promis. Et puis un jour, je l'ai cédée un bon prix, pour qu'elle puisse racheter ma part et poursuivre son rêve de maison. Mais je sais qu'au fond d'elle même, rien n'a jamais remplacé le rêve premier dans sa globalité. Rien n'a pu faire non plus, que je ne me sente pas un peu coupable, coupable de mes malheurs, de n'avoir pas su les accepter.

Rue Albéric Pont, j'y étais allé avec mes cliques et mes claques. Pas même une armoire pour poser mes affaires ! La dure réalité quotidienne a eu vite fait de me rattraper, il fallait investir encore dans du mobilier, pas question de faire autrement. La belle me croyait plus à l'aise que je n'étais, ce fut une petite désillusion pour elle, mais elle n'avait rien fait avec moi par intérêt c'était plus qu'évident. Dans le même temps ma situation au travail s'était un peu compliquée, j'avais donné ma démission sans trop savoir pourquoi et on me promettait monts et merveilles, notamment, d'aller en Afrique où il semblait qu'un Eldorado s'ouvrait à nous pour l'éternité. Suite à quelques informations contradictoires qui me firent changer d'avis, je décidais que ce n'était pas une mauvaise idée et acceptait cette proposition qui heureusement ne s'est jamais concrétisée. Au lieu de l'Afrique on m'envoyait à Saint Ouen pour réaliser des études pour l'exportation. Evidemment tout ça ne pouvait pas durer. Je passais mes semaines en région parisienne et voyait de moins en moins celle qui devînt ma nouvelle femme. Une nouvelle démission, deux ans plus tard, pas plus assurée, que la première donnera pourtant une tout autre orientation à ma carrière professionnelle.

Passé de l'école à la climatisation, du froid à la comptabilité, de la comptabilité au chauffage, j'étais revenu à la climatisation, et une nouvelle orientation vers les économies d'énergie allait me permettre de découvrir un monde nouveau au plan professionnel. La mode était au solaire et aux économies d'énergie : "En France on avait, pas de pétrole mais on avait des idées" C'était du moins le slogan inventé par le Gouvernement en pleine crise pétrolière. La crise a continué mais les idées consistaient surtout à faire passer le choix du nucléaire, je l'ai compris un peu tard. Cependant à travers ce slogan, je voyais une réponse à la crise pétrolière, une réponse qui avait le mérite d'inciter à plus d'intelligence, plus d'inventivité.

Comment ai-je pu à ce point décider de changer ma vie et pourquoi ?

Peut-être que je ne parvenais pas à me faire à cette idée que je passerai le restant de mes jours , certes propriétaire d'une belle maison mais éloigné du monde.

Peut-être qu'enfin, s'était réveillé le point sacré du plaisir oublié de mes treize ans, de ma première expérience amoureuse que j'avais dû renier et réprimer en mon fort intérieur.

Peut-être que le travail obscur de "castor" qui m'attendait dans cette maison de Massieux, ne correspondait pas à mon tempérament, à mon projet de vie, à ma compréhension du monde.

Peut-être que les problèmes récurrents de mon couple qui portait en lui un enfant à naître et qui ne venait jamais ont achevé de me briser le coeur et m'on fait fuir l'improbable plus que la personne.

Peut-être que cette dernière grossesse que mon épouse m'avait cachée pour conjurer le mauvais sort a entraîné ma décision de partir.

Peut-être que les tergiversations de mes employeurs sur mon avenir professionnel ne m'ont pas aidées à prendre les bonnes décisions.

Peut-être que le malheur qui m' avait frappé ma famille et moi n'était pas de nature à me renforcer mais, plutôt à me fragiliser.

Peut-être que j'ai eu peur d'affronter mon destin. Mais je ne crois pas que tout soit écrit. Contrairement à certains, je pense que nous devons écrire une part de notre histoire, quelles que soient nos origines et qu'il nous appartient de savoir laquelle.

Peut-être tout ça en même temps et aussi peut-être que mon côté sauvage m'a évité de trop réfléchir quand il fallait se déterminer, se décider.

Je n'écris pas ces lignes sans arrières pensées, car il est vrai que j'ai culpabilisé longtemps après ce triste soir où je me suis retrouvé au chevet de mon épouse bouleversée par cet ultime échec, anéantie par ce qu'elle venait de subir et par la perspective de ne pas être mère.

Celle qui était auprès de moi durant ces épreuves ne pouvait pas ne pas ressentir ce que je ressentais. Elle eût, elle aussi des hésitations et si l'instant de la rupture n'est pas venu c'est bien parce que je tenais à elle comme jamais je n'avais tenu à quelqu'un. Peu importe les détails, ils ne changent rien à rien, et le diable s'il se cachait quelque part ce n'était sûrement pas dans les détails. Où alors le diable est une diablesse ! Il y avait chez cette femme quelque chose qui me disait de me battre, quelque chose qui me donnait des forces. "Résiste, prouve que tu existes" comme chantait France Galle...Nous avions tous deux à notre façon fait ce que nous pouvions pour tenter de briser ce lien amoureux, mais ce qui était possible à l'un devenait rapidement impossible à l'autre.

Une fois divorcé et remarié je ne songeais plus au repentir et elle non plus, mais l'idée du pêché est une idée sournoise, une idée qui vous est inculquée dès l'enfance et s'y soustraire n'est pas chose simple. Au fond, j'en étais déjà convaincu, même si l'opinion de mon semblable était importante à mes yeux, pour celui qui croit vraiment : "Dieu seul jugera "

Quelle ne fut pas ma joie, le jour où je suis allé tout seul à pied à deux pas de notre logis chercher les résultats des analyses de grossesse et que l'on m'annonçait qu'ils étaient positifs. Pas une seconde, je n'ai pensé qu'une nouvelle mésaventure pouvait m'arriver, j'étais certain que cette fois ci l'enfant serait là, Dieu sait pourquoi ! Enfant de l'amour, et de la nature sublime. C'était peut-être cela aussi ! Ne plus être lié corps et âme à des gens mal portants qui se croyaient condamnés, n'allait pas de soi ! C'était dur de penser cela mais, c'était peut-être une réponse à un questionnement qui m'obsédait, sans que personne ne puisse me donner la réponse. Un jour, moi aussi je ferai, partie des "appelés". Dieu fasse que personne n'en souffre, que les liens indissolubles que j'ai tissés tout au long de ma vie, restent en dehors de l'âme qui s'en va, sereinement, peu ou prou !

"Pas vu, pas dit, pas entendu" : le langage des signes m'aurait suffi pour exprimer cette idée contre nature et répréhensible, qui ne justifie rien au demeurant. Quand un animal sauvage aussi puissant ou intelligent soit-il ne comprend pas ce qui se passe (exemple les incendies ou les tremblement de terre) que croyez vous qu'il fait ? Il prend la fuite, court le plus loin possible, le plus haut possible pour échapper à ces sensations inquiétantes qui le perturbent. Ce n'est pas manquer de courage que de fuir l'inconfort permanent d'une relation qui ne vous satisfait pas, que vous ne comprenez pas, c'est un choix naturel. Je pense parfois au petit loulou de Poméranie (une région devenue polonaise) qui partageait mes heures et à son air affolé, quand il recevait des ordres contradictoires. Ses antécédents de vie sauvage lui intimaient un autre ordre, un ordre souverain, qui lui commandait plutôt de fuir. On ne peut avoir plusieurs logiques, plusieurs maîtres et le temps n'est pas divisible.

J'ai écrit quelque chose sur le temps, quelque chose qui relie le temps au raisonnement. Changer le temps, changer l'hypothèse, c'est changer la vie, c'est tout changer. L'hypothèse du temps, si j'avais été ceci ou cela, ce qui est possible ou pas, ce qui n'aurait pas changé dans ma vie, si j'étais autre. Comment agir en dehors du temps, n'est-ce pas mieux ainsi ? Et puis vînt encore une fois le temps de changer, le temps de nous installer quelque part, elle et moi, elle la future maman de mon premier enfant. Il y avait un beau programme immobilier autour d'un parc magnifique dans le 9ème arrondissement de Lyon, quand on est dans la banque on est bien au courant de telles opportunités et puis nous avions quelqu' argent devant nous et les beaux parents proposaient de mettre un peu, un petit quelque chose, pour leur fille bien sûr, bref, je me suis laissé encore endetter un peu plus, car c'était un cadre agréable pour y voir grandir mes enfants.

Nous allions habiter et voir grandir nos enfants sur le plateau de Saint Rambert, "Rue de Saint Cyr". Je ne savais pas à cette époque que Saint Cyr d'Antioche fut le plus jeune martyr de la chrétienté. L'aurais-je su que ça n'aurait sans doute rien changé à ma vie. J'aurais quand même bien apprécié le Volnay et ses vignerons qui en firent leur saint patron. Qui sait si le phare d'Antioche qui signale au marin les rives Oléron, n'avait pas été là pour aussi pour illuminer le cours de mon existence ? Qui sait ? A celui qui ne voyait rien, Dieu a peut-être donné la direction et Dieu pour celui qui aime, Dieu, c'est les hommes, les autres, les gens de bonne volonté. Je n'étais rien moins que mon propre mentor, mais je n'allais pas tarder à déchanter ...

16
RUE DE SAINT CYR

La question que se posaient les Etrusques et plus tard les Romains n'était certainement pas de savoir si Dieu existe comme nous le fîmes au sein de notre foyer. Petit enfant, je ne répondais jamais à ce genre de question et j'ai accepté très jeune l'idée que je devrai un jour me déterminer par rapport à la croyance religieuse et en choisir une avant de la pratiquer.

Cependant la vie s'est chargée de m'apprendre que ce n'était pas aussi simple que cela, qu'il fallait avoir été pour être , au fond je ne regrette pas, de n'avoir pas été au yeux de tous, car ce qui compte pour moi, c'est ce que je suis réellement . Et puis les dieux ou Dieu c'est une question très ancienne , il faudrait avoir bien étudié l'histoire des religions pour toutes les connaître et en choisir une, ce n'est ni mon cas ni celui de l'immense majorité des gens . Croire en Dieu est une question plus simple, mais y répondre sans dire ce qu'est notre foi c'est comme dire, je suis convaincu, sans dire par qui et de quoi. Pour ce qui me concerne, il m'a d'abord fallu trouver qui pouvait me convaincre avant d'affirmer que je l'étais. En affirmant cela, je ne prouve pas l'existence de Dieu, mais je démontre qu'il peut exister.

Un peu de travail, quelques lectures, m'ont permis de découvrir, ou plutôt d'apprendre que les Etrusques avaient une religion et des moeurs plus proches des nôtres avant l'avènement de l'Empire Romain, notamment en ce qui concerne le rôle des femmes et qu'ils venaient sans doute eux même de l'Orient lointain. Lorsque, je me suis installé rue de Saint Cyr avec ma seconde épouse, je n'avais aucune idée de ce que les Etrusques avaient bien pu représenter ou subir dans l'Antiquité. Les programmes scolaires ne s'y intéressaient pas, pourquoi diable parler de cela. Tout simplement parce que si j'ai suivi, un tant soit peu, le ruisseau de mes origines, il m'importe aujourd'hui de savoir de quel ruisseau il s'agit. Ce que bien sûr, je ne saurai jamais, mais qui ne m'empêche pas de me sentir des affinités avec certains peuples de l'antiquité comme par exemple les Etrusques. Il ne s'agit point de rechercher des origines hormonales car le pays des Etrusques était tout près de celui des Celtes, des Liguriens et des

Gaulois et bien malin celui qui peut dire quel sorte d'acide désoxyribonucléique (ADn) a fait le chemin jusqu'à moi.

Je reviens à mes moutons pour désormais m'intéresser à ma descendance, ce qui est plus intéressant que l'ascendance, bien que le sujet soit beaucoup moins vaste. Sur le plateau de saint Rambert, nous vivions nos jours heureux, dans un appartement entouré d'arbres centenaires, parfois vermoulus qui agrémentaient un grand parc verdoyant. Vert galant, vert constant, vert bancaire, mais vert quand même, c'est ici que naîtront à la vie et grandiront nos deux filles. La première venue au monde fut pour moi une épreuve de plus. J'ai cru perdre la mère de mon enfant et le bébé. Dame nature, cette chère dame nature, qui m'avait toujours accompagné continuait de me faire des misères. Lors de l'accouchement auquel j'ai assisté, il s'est passé quelque chose d'anormal. On m'avait installé près d'elle pour suivre la progression du "travail" et je l'ai vu souffrir comme personne. Son visage exprimait une douleur des plus intenses et en même temps cette force inouïe qui caractérisent l'instinct de vie présent, en tout être vivant du sexe qui engendre la vie. Le médecin accoucheur ne cessait de lui dire de pousser, et elle ne cessait de répéter : "J'y arriverai pas ". Heureusement qu'elle n'y arrivait pas car si elle y était arrivé le bébé qui avait le cordon ombilical autour du cou ne serait peut-être pas né vivant.

D'un seul coup d'un seul, l'équipe médicale s'est aperçu du problème et a décidé de procéder à une anesthésie pour employer la force en guise de solution. On m'a demandé de me poster juste derrière elle, et de la tenir, d'une main ferme, pendant que le médecin poussait sur son ventre pour faire sortir le bébé. Nous n'étions pas trop de quatre avec l'anesthésiste qui surveillait le pouls, la sage femme et le gynécologue qui effectuait le geste adéquat pour faire sortir le nouveau né du ventre de sa mère. Sous la pression, j'ai vu le ventre de ma compagne s'affaisser brusquement de façon inquiétante. Le bébé est sorti entre les mains de la sage femme qui s'est empressée de le libérer immédiatement de son collier de chair et de lui donner les premiers soins.

"C'est une jolie petite fille de trois kilo cinq, félicitations !" me dit la sage femme, après que j'ai entendu ses premiers cris. J'étais à moitié rassuré, car mon épouse était toujours endormie. L'anesthésiste qui était venu en renfort s'est ensuite adressé à moi avec quelques mots rassurants du style : " Vous verrez quand vous en serez au quatrième, ça ne vous fera plus rien" J'expirais profondément mon regard toujours dirigé vers celle, qui venait de subir ce choc terrible. " Ne vous inquiétez pas, elle va bien ! " A ces mots, car c'était assurément les seules paroles que j'avais besoin d'entendre, j'ai ressenti soudain comme une immense joie, un immense bonheur. Mon enfant était là bien là, vivant, en bonne santé, sauvé pour ainsi dire, ainsi que la maman qui n'allait pas tarder à se réveiller ! C'était donc ça être père ! Quelle claque, cela me faisait l'impression d'un grand coup de poing dans l'estomac qui faisait même pas mal !

Après m'avoir rassuré sur la mère, on me colle le bébé dans les bras. A cet instant mon regard se porte sur le regard de mon enfant, qui vient de naître et m'observe, imperturbable de ses yeux bleus foncés, bleus nuit. Quelle chose extraordinaire que l'arrivée soudaine d'un "bébé qui vient de naître", vous regarde et déjà semble vous reconnaître. Après cet instant de grâce, on pose le bébé près de la maman qui commence à se réveiller, puis on repasse le lit par l'ascenseur pour emmener la maman et le bébé dans sa chambre. Le réveil de la maman qui a souffert dans sa chair se fait progressivement et la joie d'être là dans la chambre de la clinique à côté de son enfant finit par prendre le dessus.

" Mon bébé !" Deux mots ont suffi, l'enfant était là, ce bébé qu'elle savait en elle et qu'elle craignait de ne pas voir ce jour là, était là, quel bonheur, quelle délivrance dans cet instant tant désiré ! Une grande fatigue semblait l'envahir tandis qu'elle découvrait tout doucement les traits et la peau douce de son bébé. Il est clair que notre fille, venue à la vie dans de telles circonstances, avait également subi un choc, un peu plus que la normale et le calme extraordinaire qui était le sien après sa naissance mouvementée ressemblait aussi à une délivrance. Heureuse de vivre et d'être libérée de cette liane qui lui serrait le cou. . Ma souffrance à moi n'a été que morale, je suis sans doute le seul à avoir eu vraiment peur. Notre amour n'a pas souffert de cette épreuve, je dirais même au contraire qu'il fut renforcé, mais je pense qu'à partir de ce moment là, la mère de mon enfant est devenue ce qu'elle voulait être. C'est à dire "plus tout à fait une autre, plus tout à fait la même" comme dit le poète.

A cette époque encore, j'avais eu cette impression bizarre que rien n'était vrai. L'amour, l'enfant, la naissance, tout n'était peut-être qu'illusions éphémères. Peut-être que le bon Dieu qui m'avait fait rencontrer les Soeurs du Couvent et le Curé de la Paroisse, voulait me faire peur, pour finalement me montrer l'indicible bonté de son être suprême et l'extraordinaire miracle de la vie. J'en étais convaincu, tout n'était pas réel, pas toujours réel, mais cette magnifique apparition de la vie, cet instant inoubliable, que je venais de vivre, in fine allait dorénavant déterminer le sens profond de mon existence.

Je ne cessais de m'étonner et d'être émerveillé. Et puis je me disais aussi que moi, l'enfant des Cottages, j'étais venu à la vie comme ça. Comme tout le monde certes, mais malgré les différences, je découvrais que nous sommes tous une part prépondérante de la vie sur terre. Qu'on m'explique scientifiquement, le miracle de la vie n'y changera rien, ce sera toujours comme ça pour moi. Ce père de un mètre quatre vingt six qui me toisait de toute sa hauteur, surveillait mes faits et gestes était parti de moi, né lui aussi de la femme. Cette femme qui était avec moi avait conçu, avec mon amour et mes désirs une autre existence terrestre qui était autre qui était nous. Février quatre vingt deux a vu naître mon enfant, février quatre vingt quatre a vu naître le suivant, une belle petite fille encore qui cette fois-ci avait fait le trajet sans encombre, si je puis dire, aidée par la faculté. C'était merveilleux vivre ensemble la naissance de notre seconde fille. Toutes les précautions avaient été prises cette fois-ci, pour que la maman ne souffre pas de l'accouchement et tout, absolument tout s'est bien passé. Nos deux filles furent baptisées sur le plateau de Saint Rambert. Ce saint qui en réalité s'appelait Ragnabert fut aussi un martyr particulièrement fêté dans le Bugey au motif que des miracles survinrent sur les lieux de son trépas. Le miracle en l'occurrence fut qu'il y ait une église, car la vieille église du bas étant inutilisable, les baptêmes se faisaient dans une construction de fortune faite de bois et de bonnes volontés. La première fut baptisée près de chez nous, la seconde en terre mâconnaise. Si mon mariage n'avait pas attiré les foules, car je l'avais souhaité ainsi, ce ne fut pas le cas des baptêmes ou les deux familles se sont retrouvées au complet ou presque. Lorsque l'enfant parait ...Parrains et Marraines furent bien à la fête .Pour la première, j'avais demandé au père de ma filleule et pour la seconde à mon oncle de Paris, le très jeune frère de mon père. Pour ces choses là, mieux vaut s'adresser à des personnes qui affirment ouvertement leur foi et sont autorisés à être par qui de droit. La maman ayant deux soeurs, il lui fut facile de trouver successivement deux marraines. L'aînée d'abord et l'autre ensuite...Avait-elle eu deux filles parce qu'elle avait deux soeurs ? Je l'ignore mais ce qui est certain c'est qu'elle n'en voulait pas trois, et surtout ne pas risquer que le troisième ne fut point un garçon. J'avais coutume de dire à cette époque, comme mon père athée : " Ce que femme veut, Dieu le veut". Pourtant j'étais contre l'interventionnisme du divin. Quoi qu'il en soit même si je n'avais pas été d'accord, ça n'aurait rien changé. Dieu merci, j'étais depuis toujours pour l'égalité homme femme et surtout le droit des femmes mariées de ne pas enfanter, si elles ne le souhaitent pas. Le combat des femmes, je l'ai toujours trouvé légitime, on s'en doute. Une chose est le combat des femmes pour l'égalité, autre chose est le droits des peuples à disposer d'eux même tout aussi légitime pour un homme que pour une femme, voire même les enfants toutes choses égales par ailleurs bien sûr.

Là, il y a comme un arrêt sur image. Le domicile de mes beaux parents allait devenir notre lieu de villégiature préféré et leur résidence de vacance le lieu sublime d'un bonheur partagé. Propriétaire quelque part, je passais en fait beaucoup de temps ailleurs, mais ce serait faux de dire que je n'ai pas aimé ce temps là. Voir grandir mes deux filles bien aimées, suivre leur évolution et leur donner l'éducation que je souhaitais fut sans aucun doute la plus belle chose qu'il m'ait été donné de vivre. Cependant c'est sur ce thème de l'éducation que sont apparues des divergences de point de vue entre nous et c'est peut-être bien cela qui a fini par défaire notre couple.

Ceci peu paraître étrange à qui réfléchit un peu. Comment un être à peine socialisé, peut il prétendre vouloir décider lui même de l'éducation de ses enfants, ou tout au moins d'en décider avec leur mère et de n'avoir pas à en référer à d'autres ? Tous les papas ont le même problème, car ils ignorent au départ la pression que la société prétend exercer sur l'éducation de leurs enfants. Mon problème pouvait paraître bien anodin à qui observait mes deux filles qui vivaient pleinement leur enfance en grande partie, comme je semblais le souhaiter. Pour un père ou une mère le modèle d'éducation n'existe pas sauf à considérer sa propre éducation et son propre vécu. C'est ce que nous avons fait, nous tournant tous deux vers nos propres références en la matière, avec une nuance c'est que la mère de mes enfants avait tendance à laisser faire ses propres parents ce qui leur donnait une deuxième chance de rater leur mission éducative. Gardons un peu d'humour : je n'ai pas laissé faire et mes filles ont eu une éducation différente de celle qu'auraient préféré leurs grands parents que je savais cantonner dans le rôle exclusif qui était le leur. Ce que j'ai vécu avec mes filles n'ira sans doute pas dans les livres, je n'ai fait que mon devoir de père, je leur ai donné les bases comme dit une de mes amies. Le monde des adultes avec ses règles et ses lacunes est parfois difficile à comprendre pour un enfant et lui donner quelques clés pour y accéder est sans aucun doute le meilleur service qu'on puisse lui rendre à condition bien sûr de ne pas empiéter sur son propre territoire, à condition de lui laisser vivre son enfance et de respecter sa sphère privée. Le contraire revient à lui contester son statut d'enfant, d'adulte en devenir qui est la condition première d'une saine évolution pour un être humain civilisé. Comment expliquer à un enfant le devoir de responsabilité, si on ne lui accorde pas son domaine personnel, si on le prive pour ainsi dire d'une véritable autonomie, si l'on se comporte avec lui comme un directeur de conscience, un mentor ?

C'est sur ce terrain là que nous n'étions pas d'accord. Les enfants ont des droits et j'attendais que l'on respecte le leur ! Je me disais souvent en voyant faire cet entourage un peu pressant, qu'ils infantilisaient un peu trop mes enfants. Ce combat, je l'ai mené, pour m'apercevoir un jour que je me battais contre des moulins à vent, comme Don Quichotte, car les grands parents n'avaient que faire de mes recommandations et n'en faisaient qu'à leur tête. Pas plus que Don Quichotte n'a existé en tant que tel, je n'existais pour eux en tant que père. Au fond ils avaient leurs raisons, mais moi aussi j'avais les miennes et la position de leur mère sur ce plan, restera le pire échec de ma vie. Elle a préféré se soumettre aux principes éducatifs et aux idées de ses propres parents plutôt que de voir ces choses avec moi. Il est clair que son éducation valait bien la mienne, mais elle était fondée sur d'autres critères que les miens. L'importance et la valeur du patrimoine familial, le côté matérialiste étaient à ses yeux prioritaires par rapport à l'épanouissement personnel et à la liberté individuelle. J'ai voulu apprendre à mes filles, le sens de la liberté, j'ai voulu leur montrer que leurs études, leurs aptitudes personnelles leur seraient plus utile dans la vie que bien des choses qu'on prétendait leur léguer. Je ne sais pas si j'ai réussi à les convaincre et si ce que j'ai pu dire a été d'une grande utilité pour elles mais j'ai fait ce que je pensais devoir faire.

Et puis, qui d'autre que moi pouvais leur transmettre ce petit parfum un peu sauvage, ce goût prononcé pour les grands espaces et les beautés du monde? Qui pouvait les aimer assez pour rester auprès d'elles, avec le regard simple et affectueux d'un père qui les a vu naître et a décidé que c'était à lui d'être là pour elles, pas à un autre. Quand j'entend critiquer ma génération et ce qu'on en dit par rapport à des critères exclusivement économiques, je mesure l'indifférence de la société, d'une certaine société, par rapport à ce qui caractérise un être humain, ses sentiments, ses émotions et ses désirs. A ce stade, pour comprendre ce qui m'est arrivé, il est nécessaire de connaître un autre bout de l'histoire, un bout que je n'aime pas raconter. Ceci n'a rien de secret ni d'intime, mais révèle quelque chose qui se fait jour par l'enchaînement des faits et non par leur sens premier.

La première fois que j'ai vu les grands parents de mes filles, c'était sur la Côte d'Azur au bord de la mer, chez eux dans leur appartement. Comment cela s'est il produit ? Tout est parti d'un coup de fil, un coup de fil donné comme ça, juste pour voir. La rue Pasteur était vide, l'appartement de la rue Pasteur était vide, il ne restait plus qu'un téléphone posé là par terre comme la souche d'un arbre qu'on avait coupé, je n'avais plus qu'à fermer et rendre les clés, c'était les vacances. Cette année là, économies oblige nous ne partions pas moi, et ma première épouse, nous étions étranglés par la dette et le premier budget qui devait en pâtir était le budget des vacances. Evidemment ce n'était pas le cas pour tout le monde et celle que je fréquentais en catimini était partie pour un mois sur la Côte avec ses parents et m'avait laissé un numéro de téléphone où la joindre. Diable, qu'est ce qui m'a pris de saisir ce téléphone et d'appeler ce jour là, symbolique pour moi? Mon sens de la propriété n'était pas encore assez développé pour me rendre compte que je quittais un appartement prêté par l'Etat pour une maison hypothéquée qui était néanmoins ma propriété. "Quel effet ça fait d'être propriétaire ? " m'avait demandé le banquier qui avait réussi à nous prêter ce qu'il fallait pour faire notre acquisition. Nous étions contents et décidés, mais la vérité c'est que ça ne me faisait "ni chaud ni froid" comme on dit dans ma montagne reculée.

En revanche, ne pas avoir de vacances ça commençait à me faire froid dans le dos et puis me dire que la belle était en train de se faire plaisir au soleil prête à m'oublier, ça me turlupinait un peu la boîte à musique. J'en parle peu mais il y avait aussi souvent de la musique dans ma tête à cette époque là. Pas encore papa, mais "Disco & Daddy cool" et puis j'étais aussi amateur de musique classique depuis mon plus jeune âge. Ca avait commencé par Gustav Mahler que j'écoutais aux Z'aches. Mon père regardait ce disque comme un objet incongru et sans âme. La première symphonie de Mahler " Titan" était arrivée dans ma chambre de jeune garçon, par je ne sais quel miracle, et j'avais cru y trouver les clés même de la beauté du monde. Ceux ou celles qui m'ont aimé, ont aimé aussi le mélomane que je suis. Toutes mes poésies, mes écrits avaient d'abord le sens d'une musique et d'un rythme particulier. La musique de Vivaldi, " Les Quatre Saisons" a été par exemple présente à mon second mariage en mairie. Ce n'était pas un choix anodin pour moi. Il y eut donc un jour où la ligne de partage des eaux se situait au deuxième étage d'une école de la rue Pasteur à Caluire et il fallait bien que le "fluide glacial" qui coulait dans mon dos s'écoule dans un sens ou dans l'autre. (Pour ce qui est de la métaphore, comprendra qui voudra !)

"Allo !" - " Euh, bonjour Madame, je m'appelle Lino. Oui euh; puis-je parler à Mmmm ? "-" Je vous la passe !" " C'est super, il fait beau, tu devrais venir ! " Ah bon, ben OUI, je vais voir si je peux ! "

Un week end d'absence semblait impossible et pourtant, je l'ai fait, j'ai rappelé le lendemain pour dire que je venais.

"Allo ? Bonjour madame, c'est Lino, puis je parler à Mmmm ? "-" Elle n'est pas là ! "-" Pourriez vous lui dire que je me suis arrangé que je peux descendre demain ? "Je m'étais arrangé, mais avec un gros mensonge, mea culpa! -" Oui bien sûr, vous allez faire une heureuse !"

Le mot magique était prononcé, le petit Barlino des sources de l'Albarine allait faire une heureuse ! Et pour ça, pas besoin de banquiers, de bâtisseurs ni de maisons, il suffisait d'être là bien présent, au bon moment en fait ! Ai-je fait une heureuse et une malheureuse ou in fine deux heureuses, puisque les deux finiront par vivre leur bonheur sans moi ? Cette question n'a pas fini de me harceler l'esprit. Encore une fois "quelqu'un m'avait dit que" ... J'aurais sans doute mieux fait de me baser uniquement sur les dires de l'intéressée, mais il s'est avéré que c'était vrai, car ça l'a été pendant de nombreuses années, avec moi tout au moins.

Etait-ce bien, n'était ce pas bien ? Comme dans ma petite enfance, je me disais que ce n'était pas bien mais aussi que j'étais en accord avec moi même et qu'il serait toujours temps de régler mes affaires plus tard avec le Tout Puissant, pas du tout absent, de mes préoccupations. Roule et tu verras semblait me dire ma conscience associée momentanée de mon instinct grégaire. Arrivé à Antibes en moins de quatre heures au volant de mon Audi "sport", je passe rapidement chez un fleuriste avant d'aller sonner à la porte de qui l'on sait.

Arriver avec des fleurs chez des gens que l'on ne connait pas fait toujours bonne impression, même si votre venue pose quelques interrogations. Il y avait aussi des amis de cette famille unie qui étaient là et aussi un jeune homme qui voyait s'envoler ses illusions. Sans doute, il était très proche, lui aussi, de la personne qui m'avais fait venir car chaque année il attendait les vacances avec impatience pour la revoir. Cependant voila, j'étais là dorénavant et cela changeait bien des choses, du moins pour lui. Ce garçon était de Paris et il était même allé jusqu'à s'installer à Lyon, ne doutant pas un instant de son charme et persuadé d'y retrouver l'âme soeur. Pour lui aussi la ligne de partage des eaux était quelque peu indécise, car il voulait quitter le parcours sinueux d'un grand fleuve et se retrouver sur les rives tranquilles d'un grand affluent. Bien que briseur d'amourette, j'étais très bien reçu et celle qui m'avait attiré dans ce traquenard et qui était plus séduisante encore sous le soleil d'été semblait en effet plus heureuse que jamais. Ce que j'ignorais à l'époque c'est la tournure que peuvent prendre les évènements quand on se laisse inviter, ainsi, même de façon discrète, dans une famille et un cercle d'amis très proches.

La belle vie, oui certes, j'ai peut-être eu la belle vie comme disait mon père, mais la modestie de mes origines m'empêchait in fine d'être vraiment à l'aise. J'avais été presque définitivement socialisé et voila que je devais tout recommencer, tout reprendre à zéro avec des gens au demeurant sympathiques, mais qui posaient sur moi un regard plutôt condescendant. Bien sûr, celle qui était si heureuse de ma présence, ne voyait rien de tout cela et continuait de m'aimer pour ce que je n'étais peut être pas. Après cet intermède de deux jours où je fis connaissance de ces gens survint une longue période où je ne les vis point et puis un jour... C'était le printemps, ma très chère me fit part d'une proposition de ses parents de descendre passer quelque jours avez eux avec eux, chez eux sur la côte. Difficile de refuser d'autant que dans l'intervalle, je m'étais installé chez leur fille, sans leur demander la permission. Je me revois encore à l'arrière de la Prestige Citroën avec elle à mes cotés. Certes, la musique était douce, l'arrière était confortable, mais l'ambiance plutôt triste, car j'étais en deuil de ma soeur.

Les chansons de Yves Duteil résonnaient dans cet habitacle feutré, il semblait acquis que je deviendrais leur gendre, ils en avaient retenu le principe et tout ce que j'ai pu dire ou faire par la suite n' y a rien changé. Lorsque nous leur avons annoncé notre intention de nous marier, ce fut pourtant avec une sorte d'étonnement mal feint qu'ils ont accueilli la nouvelle : " On pensait bien, Lino, que ça allait finir comme ça !". Je n'ose imaginer ce que ce double "ça" pouvait signifier pour eux; mais surtout j'étais loin de considérer que cette étape de ma vie puisse justifier l'emploi du verbe finir. Rien n'était fini, assurément rien ! Bien au contraire c'était même le début d'une nouvelle vie !

Pour ceux qui ont suivi de loin l'évolution de la banque verte, je rappelle que :

" L'imagination dans le bon sens a succédé de façon très curieuse, au bon sens près de chez vous ..."

Il est facile de comprendre à ce stade que j'avais vécu durant ces années une double vie et que l'enchaînement des faits, qui était révélateur pour moi, ne le fut pour personne d'autre, chacun ayant sa vision parcellaire des choses. Pour ma part, j'étais resté logique avec moi même et quand j'ai annoncé à mes futur beaux parents que nous voulions nous marier, j'avais ajouté en étant très clair : " Car nous voulons avoir des enfants ". A cette époque là, leur fille n'imaginait pas une seconde qu'il était possible d'en avoir sans être mariée. Elle devînt donc Madame "Barlino" bis et eût un beau mariage, mais en comité restreint contrairement à sa plus jeune soeur, qui avait eut droit semble-t-il à un mariage "princier". On ne m'en voudra pas de n'avoir pas été le second prince charmant à rentrer dans la famille ! Du moins en apparence, car il me fallait être et rester le petit prince des domaines champêtres, que l'on devinait sûrement, sous mon étrange carapace.

Mon futur beau père avec son accent ou plutôt son patois lorrain ne semblait pas se préoccuper plus que ça de notre bonheur, en revanche, il lui importait de savoir, ce que je faisais dans la vie. A cette époque, je vivais une période professionnelle un peu chaotique, restant indécis entre plusieurs décisions possibles, toutes plus compliquées les une que les autres. Des problèmes d'hommes aux problèmes de travail, je ne savais pas vraiment quelle option prendre. Une chance m'était offerte : devenir un professionnel des économies d'énergie. Cela semblait convenir et était prometteur de l'avis de tous, j'ai donc accepté. J'ajoute cependant que mes études n'étaient pas adaptées à ce poste et qu'il me fallait encore une fois travailler dur pour en acquérir les notions indispensables.

Les choses étaient donc bien claires et bien lancées : un bon job, une femme heureuse et plus tard des enfants ! Est-ce l'importance du lieu, l'amour ou le travail ou bien autre chose ? Je ne suis pas à l'aise avec les questions que je pose, mais ce que je puis affirmer à cet instant, c'est qu'il y avait un point d'orgue. Ma vie était comme une symphonie de Mahler et soudain une note particulière, changeait la tonalité et ma vision du monde. La ligne de partage des eaux, c'est bien pour expliquer que nous venons tous de quelque part, mais le point d'orgue, c'est mieux pour expliquer ce qui se passe. Le roseau plie, mais ne rompt pas. La tonalité est différente, le calme après la tempête, l'harmonie peut être. Avec elle et la naissance de mes enfants bien sûr c'est le point d'orgue, une note particulière et riche d'effets qui ne sauraient s'estomper et qui vont changer ma vie ! A partir de cet instant se joue, une autre symphonie, un autre mouvement et quelque chose a changé. C'était les années quatre vingt. Je m'étais marié en décembre pour raison fiscale, j'avais démarré un nouveau job en janvier quatre vingt un. Giscard et son histoire de diamants avait défrayé la chronique, la gauche arrivait au pouvoir. Les atermoiements de mon existence me faisaient penser à la vie politique à laquelle je m'intéressais très peu, mais avec constance. Les circonstances de la vie professionnelle m'avaient emmenées sur une autre île, comme c'est curieux, une île qui avait conquis son indépendance, l'île de Cuba. Deux quinzaines sur place à un an d'intervalle, des négociations avec le donneur d'ordre, la découverte in situ de ce que pouvait être la vie dans les pays communistes, Pour le jeune homme qui, imprudemment, s'était dit prêt à en découdre, au moment du printemps de Prague, cette découverte fut une révélation, ou plutôt une confirmation de ce que le peuple n'avait rien à gagner avec le système communiste et encore moins les individus.

C'était l'époque de la France coupée en deux. Comme beaucoup, je voyais plutôt d'un mauvais oeil, l'arrivée de la gauche au pouvoir. D'un capitalisme débridé à la Giscard, je craignais qu'on passe à un capitalisme de courtoisie dominé par une caste ou un parti. C'est bien ce qui s'est produit in fine, la famille en plus. Ces quatorze années de Mitterrandie, sous le règne de celui qui se faisait ou laissait appeler "dieu", auront été pour beaucoup l'occasion de devenir ce qu'ils ne sont pas et si les plus démunis y ont trouvé leur compte, le système qui en est résulté ressemblait plus à une jungle qu'à autre chose .Je n'ai pas peur de le dire, le système a survécu, bien sûr, mais il a montré un côté sauvage, presque ubuesque sous François Mitterrand.

C'est étrange que la seule chose vraiment marquante qu'a réalisé cet homme fût le geste important accompli à l'égard de l'Allemagne avec l'allemand W. Brand. Moi le capitaliste, moi le capitaliste sans capital, je vivais à cette époque la plus dure épreuve que le capitalisme eût connu en France, si on excepte le régime de Vichy. In Frankreich comme disent les allemands qui soit dit en passant signifie " Royaume ou Empire Franc". Je pense que De Gaulle avait raison de ne pas reconnaître la France de Vichy, car reconnaître cette France revenait pour lui à reconnaître la légitimité d'une forme de trahison. Cependant, il aurait au moins dû reconnaître la responsabilité du Régime de Vichy émanant d'une France occupée, ce qui aurait permis d'indemniser les victimes de Vichy, si besoin était, comme victimes de guerre. Reconnaître que ce qu'on appelle la France ait pu être impliqué directement dans l'oeuvre de destruction humaine et la monstruosité élaborée par les Nazis, malgré l'évidence, était impossible à De Gaulle. Jacques Chirac l'a fait mais a-t-il eu raison ? Il n'en reste pas moins que des français ont participé à cette gigantesque entreprise de décervelage et d'oppression que fut le fascisme en Europe. Détruisant accessoirement le système capitaliste et la libre entreprise mise au service de sinistres causes.

Heureusement au fond qu'après De Gaulle, il y aît eu Mitterrand et Brand qui se sont donné la main pour fonder la nouvelle Europe. Mon côté sauvage, qui n'avait rien à voir avec le capitalisme du même genre, se demandait bien ce qu'il allait advenir des banques nationalisées et du reste.

On a vu quoi ! Les bourgeois, car ils se disaient tels pensaient qu'il fallait dépenser l'argent, plutôt que de l'accumuler , du moins, c'était le point de vue de ma chère belle mère en accord avec son cher époux de mari qui lui aussi voyait les choses ainsi. C'est peut-être à l'entendre que je me suis découvert aussi un côté socialiste ou prolétaire. Etrange, bizarre que l'on me parle de cela, alors même que mon travail consistait à faire faire des économies d'énergie et d'argent. Pour les communistes, encore et toujours, il fallait investir, investir sous Mitterrand, aussi bizarre que cela puisse paraître. Ouvrir son porte monnaie ou plutôt celui du voisin, c'était la seule chose sur laquelle tout le monde s'accordait, sauf que dépenser et investir ce n'est pas tout à fait la même chose in fine. Et puis est venu le temps des délocalisations, et de la mondialisation, mais là aussi personne n'avait rien vu venir, comme d'habitude, sauf quelques spécialistes de la macro économie souvent pris pour des conseillers ou des érudits sans intérêt. Ceci explique sans doute qu'aucunes mesures véritables, autres que financières n'aient été prises pour protéger nos emplois. C'était même parfois le contraire.

Une chose était certaine, j'étais "dans le coup" et on me parlait politique, ou plutôt "décisions". Comme si mon amour avait à voir quoi que ce soit avec la politique. La force des hommes de pouvoir, ce n'est pas de prendre les bonnes décisions, mais c'est que les décisions, ce sont eux qui les prennent. "Bienvenue au Club ! "

Nous allions souvent à la campagne. Ma compagne aimait aussi la campagne, mais je pense qu'elle s'en méfiait un peu, car elle venait d'une famille d'agriculteurs et sentait confusément ce que la ferme peut représenter en termes de dur labeur, d'obligations et de dépendance à l'ouvrage. Je ne disais pas "ma femme", un terme que j'avais banni de mon vocabulaire. Je n'avais jamais entendu mon père prononcer le prénom de son épouse et moi je ne faisais que cela, avec la première, comme avec la seconde. Je pense que je n'avais pas atteint le degré supérieur de la socialisation qui consistait sans doute à avoir une femme à soi ou peut-être que c'était une question de génération. Le jour où elle m'a dit, "je ne suis plus ta femme", j'ai compris pourquoi je m'étais abstenu, d'utiliser ce terme o combien "possessif", évocateur de rien du tout et plutôt nihiliste de l'identité sociale de la femme.

Nous allions donc très souvent dans un petit village situé au Nord de Mâcon où les beaux parents faisaient construire, pour leurs vieux jours. C'était comme un petit paradis dans la verdure et la douceur vallonnée de ce pays viticole. J'y retrouvais mes racines champêtres en même temps qu'une vision de l'avenir basée sur la richesse d'une certaine France, qui prônait les vertus de l'effort. La "Roche de Solutré" chère au Président, n'était vraiment pas loin de nous, mais nous ne songions même pas à nous en approcher pour découvrir ses mystères. Je découvrais les merveilles gastronomiques de cette région, appréciais de plus en plus la bonne chère considérée comme un art de vivre à la française. Qu'est ce donc qu'un art de vivre à la française ? Allons, allez, va, je m'y croyais un peu, je m'étais légèrement endurci. J'ai vu grimper mes émoluments à un moment que l'on a dit facile (les trente glorieuses). Ce qui était facile pour les uns ne l'était pas pour les autres et puis qualifier ainsi le passé, c'est oublier d'un seul coup qu'à cette époque aussi, il fallait travailler dur pour avoir quelque chose. Ce n'était jamais le luxe, de mon point de vue du moins. Mon épouse aussi était étonnante, sans doute la préférée de ses parents qui avaient trois filles. Je la trouvais brillante, en plus de ce qu'elle était pour moi. En bonne fille intelligente, elle avait réussi à me faire croire que j'étais devenu un membre de sa famille. Par moment, je me disais que je m'éloignais un peu trop de mes bases, de ceux que j'aimais, de mes parents, qui avaient tant souffert et souffraient encore, même si ce dont ils souffraient ce n'était pas de mon éloignement.

Eux, avaient pris fait et cause pour leur petite fille, la petite de ma soeur décédée, ma filleule et ils la voyaient bien plus souvent que mes filles à moi. Leur raisonnement était simple : cette petite avait plus besoin d'eux et d'affection que mes filles qui avaient père et mère à la maison. Pour ma part, je n'ai jamais très bien compris comment on pouvait mesurer, ainsi, le degré d'affection que l'on doit porter à une personne en fonction de critères certes valables et objectifs. Cependant, je comprenais l'essentiel de leur raisonnement et surtout je me réjouissais que cette petite fille puisse recevoir et donner autant d'amour et de raison de vivre autour d'elle. Et puis mes parents ont joué aussi un rôle important vis à vis de mes filles, un rôle de Pépé et Mémé parfaitement respectable, même s'ils les voyaient moins. Ce n'était pas une préférence marquée, ou particulière, c'était une immense tendresse qu'ils ont pu et eu raison de donner à l'enfant de leur fille disparue. J'étais très occupé pour ma part avec ma petite famille et mon travail et je considérais ma petite nièce comme il convient. C'est à dire comme la fille de son père et de sa mère et la petite fille de ses grands parents. Elle aussi a grandi et vécu sa vie, en partant de ce lieu sublime qui la vit naître. Elle fut et reste le premier enfant que nous aimions. Les enfants, quand ils sont là, on les aime. Petite, elle ne semblait pas souffrir ni se rendre compte de l'absence de sa mère, mais ce que d'aucun ont eu du mal à comprendre c'est que l'absence de sa mère qu'elle a du ressentir comme un manque n'était pas la seule chose qui allait lui manquer.

Il lui manquait aussi la joie et le bonheur partagé d'un environnement qui participe à son évolution enfantine. De ce point de vue les efforts de tous pour lui offrir cet environnement étaient plus que louables. Pour ma part, il m'était difficile d'admettre, qu'on fasse tout pour lui donner une autre, mère car de mon point de vue on ne remplace pas une mère disparue. Cependant, il me fallait me rendre à l'évidence, la petite était devenu un problème et c'est à peine si son père avait encore son mot à dire. In fine, tous ces gens ont su lui donner ce dont elle avait besoin en respectant l'image et le souvenir de sa maman, mais ce ne fut pas sans mal. Le jour de l'enterrement, maman qui ne contrôlait plus mon père m'a demandé de le raisonner. Il voulait rentrer chez lui avec la petite.

Je ne savais pas ce qu'il fallait faire, mais je savais ce qu'il ne fallait pas faire. Quoi ? Par exemple, passer outre le droit et les souhaits du père qui avait surtout besoin de sa fille. Dans sa douleur et son désespoir, il craignait d'en être séparé. Ce qui s'imposait ce n'était évidemment pas de la séparer de son père, fut-ce pour lui prodiguer toute la tendresse du monde. Finalement tout ça a finit par se calmer, mais l'enfant a été un enjeu malgré tout et pas n'importe quel enjeu. Accessoirement, j'ai failli me fâcher pour toujours avec mon père. Il dit qu'il ne m'en a pas voulu, mais je pense le contraire, c'est la seule fois de ma vie ou j'ai été obligé de le contrarier vraiment.

Toute pensée récurrente m'amène à remonter le temps c'est cela le point d'orgue, il y a un avant et un après et peut-être même que des points d'orgue, il y en a plusieurs. J'étais très occupé au plan professionnel. Des économies énergies, on évoluait vers la maîtrise de l'énergie, puis vers la domotique et les bâtiments intelligents. On m'avait confié une mission importante qui consistait à développer de nouvelles activités pour le groupe et faire savoir quelles étaient les réalisations marquantes. En ces temps de changements sociaux, il était devenu important de communiquer. J'étais amené à beaucoup voyager, je participais à de nombreuses conférences et groupes de travail, on me voyait partout où il était question d'énergie et de développement. Je suis allé plusieurs fois aux Etats Unis pour mon travail (Boston, Chicago). La tonalité était différente, c'est certain.

Personnellement, j'ai vécu la mutation technologique depuis le début... Et puis, être aux commandes d'un service de pointe composé d'ingénieurs de haut niveau, dans une société en pleine mutation fut sans doute l'expérience la plus passionnante que j'aie vécue. Les affaires douteuses, les combines du bâtiment, à mes yeux et avec le recul sont bien peu de choses au regard de ceci.

Cependant cette ambiance sulfureuse de marchés truqués qui jetaient le discrédit sur toute une profession ne pouvait pas me laisser indifférent. Proche de la direction, je me disais comme lorsque j'étais enfant qu'il valait mieux éviter les affaires douteuses. Mais au fond, je n'étais pas vraiment considéré comme un décideur du premier cercle. Le capitalisme vertueux était en train de naître sous mes yeux et je ne m'en apercevais pas. Combien se sont achetés une conduite avec l'argent ainsi gagné ? Qui peut le dire ?

" Toi, Lino, ce qui fait ta force, c'est ton honnêteté"

M'a dit un jour mon big boss, qui m'appelait aussi par mon prénom. A force de travail, travail de réalisation, travail d'organisation, travail de compréhension, j'étais devenu une personne respectée et écoutée. Hélas, trois fois hélas, un jour tout a changé, je me demande bien pourquoi. D'abord ce qui a changé ce sont les critères. Les critères d'appréciation n'étaient plus les mêmes. Nous vivions dans un monde impitoyable, les places devenaient de plus en plus chères et je ne voyais pas que la mienne suscitait des convoitises. Dallas avait fait son oeuvre en banalisant aux yeux du public une image dévoyée de la grande entreprise familiale. Les gens comme moi qui croyaient à une évolution vers un capitalisme vertueux étaient beaucoup trop rares, seul comptait à présent le résultat. L'Etat de grâce moribond n'y pouvait rien changer. (Cette période de l'histoire de France que certains croyaient magique ou reproductible et qui ne l'était pas) Ce fut la logique de guerre de Mitterrand qui prévalu sur toutes autres considérations. Quand on entre dans une logique de guerre, hélas on y reste. Moi j'avais été élevé dans une logique de paix et n'aspirais pas à autre chose ! Les années quatre vingt à quatre vingt dix furent nos belles années, nous avions mangé notre pain blanc et vînt le temps des déconvenues, du moins pour moi, car je n'ai jamais voulu qu'en pâtissent mon épouse travailleuse et mes filles si gentilles et si bien élevées. (Je n'exagère pas, c'est pourquoi elles avaient mon estime en plus de mon amour ...)

C'est très curieux, mais cette période de "va-t-en guerre" au sommet de l'Etat a coïncidé avec un changement soudain au sein de mon entreprise. Je ne savais plus de quel côté soufflait le vent et comme je n'étais pas une girouette, je n'ai rien changé à mon attitude vis à vis des dirigeants. Le résultat ne s'est pas fait attendre, je fus bel et bien prié de quitter l'entreprise avec des indemnités bien sûr, mais il faut bien appeler un chat un chat. On m'a viré, je fus exclu. Je n'étais pas le premier et ne fus pas le dernier. Cela a été pour moi une bien maigre consolation de savoir que des hommes parmi les plus brillants de cette entreprise devaient partir les uns après les autres, sans autre forme de procès. Leurs postes furent offerts à d'autres qui avaient accepté d'investir dans le capital de l'entreprise des sommes considérables. Il ne s'agissait plus de compétences, mais du poids relatif représenté par ces individus en termes capitalistiques. A ce jeu, j'aurais bien voulu jouer moi aussi mais mes moyens étaient bien loin du compte. Je pensais à mon épouse et à mes filles. Si j'avais quelque chose à protéger c'était bien cela, ce que j'avais construit avec elle dans le cocon familial à l'abri des turbulences de la société moderne.

Ce fut fait, mais hélas mal compris. Les problèmes de couple, ça n'a jamais été mon truc, non pas que je sois au dessus de ça, mais tout simplement parce que j'y crois à moitié. Je suis certain au fond de moi même, qu'il y a toujours une raison plus profonde à un changement, même si elle est peu visible. Un peu triste, un peu déprimé, j'ai cru déceler dans le regard de mon épouse une ombre de regret et ce qui fut pour moi une cassure, une brisure incommensurable. Ceci s'est produit un soir où comme nous en avions l'habitude, nous dînions en amoureux dans un restaurant qu'elle connaissait. J'ai senti soudain que celle qui était là devant moi, au lieu de me soutenir, au lieu de me rassurer sur notre avenir , doutait , doutait de moi, de nous, de notre amour et de notre capacité à surmonter les difficultés. J'en avais les larmes aux yeux, mais fit en sorte qu'elle ne le vit point. De ce jour j'avais compris que je serai seul en face de mes problèmes et qu'elle ne serait plus mon alliée. J'ai tout essayé, tout tenté pour raccrocher les wagons à la loco, mais cela me paraissait de plus en plus évident , j'étais redevenu cet enfant livré à lui même qui faisait tourner sa chienne dans un grand champ, comme dans un manège .

L'ennui, c'est que ce n'était plus ma chienne qui était là, mais la mère de mes enfants. C'était elle, à présent, qui me montrait les crocs comme le fit ma chienne craignant, je ne sais quoi de ma part pour sa progéniture. Elle, la femme que j'aimais. Les coups de canif dans le contrat, c'est vrai, il y en a eu. Comment dire, je m'en suis voulu mais, je n'étais pas parjure car jamais, je ne me suis engagé à être fidèle. C'est tout ! Et puis quand j'ai eu à le faire j'ai toujours choisi de rester fidèle à mes sentiments profonds, de lui rester fidèle à elle. Une petite histoire de quelques jours à laquelle j'ai mis fin de la manière la plus radicale ne me sera jamais pardonnée. Je croyais l'avoir été, car beaucoup de temps s'était écoulé, mais ne le fut point et vînt le temps des disputes, le rappel des griefs, des reproches, mais aussi le temps des efforts pour préserver l'essentiel. Il n'y avait rien d'autre à faire que de se séparer, elle le souhaitait et fit en sorte que cela se produise.

Je ne peux pas éluder le sujet de la violence, car j'ai été injustement accusé de l'être . Violent, moi, comme si cela pouvait seulement être ! Mon père me disait que l'on ne doit pas toucher une femme même avec une fleur, mais je n'avais pas besoin de cela. Sans être angélique, j'aurais vraiment eu honte de moi si j'avais une seule fois fait preuve de violence à l'égard d'une personne du sexe féminin. J'étais vraiment trop fier pour cela et n'imaginais même pas une seconde que cela puisse se produire. Pourtant il y a eu la gifle, c'est vrai une gifle est partie un jour, de ma main vers ce visage aimé.

Ma main gauche, celle qui fut socialisée a tenté de retenir ma main droite celle qui obéissait quand celle ci répondant à une provocation absurde avait pris la direction de la joue tendue. Hélas trop tard ! Que s'est-il passé ? Une provocation comme il en existe peu. Lors d'une discussion, qui portait sur moi et mon comportement, je me suis entendu dire, qu'on n'aimait pas ma façon de faire des reproches, et qu'à la limite on aurait préféré un homme qui tape plutôt que moi qui à l'entendre, avait des mots blessants. C'était une provocation, car on m'accusait d'en être incapable, d'être trop lâche pour cela. La gifle est partie, c'est la seule fois de ma vie que j'en ai donné une, même mes filles, n'en ont jamais reçu, pas plus que tout autre forme de punition corporelle d'ailleurs.

Les provocations ne cessaient pas et un jour qu'on s'approchait de moi, pour provoquer à nouveau une réaction violente de ma part, j'ai mordu sans serrer la lèvre qui s'approchait de manière trop menaçante. J'ai vu dans le regard ambigu qui me toisait un sentiment mêlé de surprise et d'inquiétude. La provocation cette fois ci avait fait chou blanc, je savais, j'avais compris qu'on voulait me pousser à la faute irréparable...J'ai relâché l'étreinte de la morsure, laissant cette lèvre tant désirée intacte, impérieuse et médusée. Les scènes étaient devenues insupportables. J'étais terrorisé à l'idée qu'on puisse en arriver à des extrémités graves et j'ai cessé toute discussion. On voulait une séparation : soit ! J'acceptais, tout ce qu'on voulait du moment qu'on se calmait, et qu'on me laissait voir mes filles. L'avocat me l'a dit, une loi vient de passer à l'assemblée, le père et la mère ont les mêmes droits et devoirs en cas de divorce, j'en acceptais l'augure. Mon éloignement du domicile conjugal a coïncidé avec une amélioration sensible des relations. Il fallait respecter les termes du divorce et jouer le jeu de la période de conciliation. Bêtement j'y croyais encore et me montrais plus que compréhensif. Un jour, alors que je n'imaginais même plus que cela puisse arriver, je me suis surpris à la tenir à nouveau dans mes bras, comme si retrouver nos réflexes amoureux pouvait effacer, défaire des années et des mois d'incompréhension. Les causes de notre séparation étaient profondes, mais nous nous aimions encore du moins je le croyais. Peine perdue, La situation nouvelle qui s'imposait à moi n'était pas le fait du hasard et le poids du passé qui pesait sur mes seules épaules était incompatible avec une ré-conciliation. Ceci qui était plus important que cela à ses yeux ne m'a pas permis de sauver notre amour. Peut-être s'est on moqué de moi, de mes rêves, de mes désirs mais je ne regrette rien, car je suis resté sincère jusqu'au bout et j'ai agi en accord avec mes principes, mes sentiments et mes convictions.

Pour tenter de résoudre mon problème de chômage, j'avais crée une petite société de conseil en ingénierie.

"Engagez vous" qu'ils disaient les professionnels de l'insertion, les services sociaux, les spécialistes reconnus de l'inclusion exclusion ! Peut-être pas en ces termes mais c'est bien ce qu'il fallait comprendre, alors je l'ai fait. J'ai très vite compris que si l'enfant des Cottages, pouvait compter sur sa bonne étoile, il ne pouvait aucunement se prévaloir d'un droit quelconque d'entreprendre quelque chose de son propre chef. On me prenait pour un fou. Pour ces choses là, dans certains milieux, on ne transige pas. Pas question de continuer à miser sur quelqu'un qui risquait de dilapider l'argent du ménage... Nul ne peut dire qu'on ne s'est pas mêlé de ma vie, ce serait faux évidemment.

Heureusement un homme a accepté de miser un peu sur moi : mon père. Sinon, c'était la rue ou la maison de repos pour personnes dépressives. Mes deux filles, bien que très jeunes (dix ans et huit ans), comprenaient tout ce qui se passait. Une véritable crise de confiance de toute une famille à l'égard de leur père obligé de partir, obligé de quitter le foyer familial, de renoncer à ce qui donnait un sens à son existence, d'abandonner le côté social, bien sous tous rapports, pour vivre une solitude de père comme il y en a très peu ! A cela s'ajoutait une situation qui allait devenir précaire, mais quand on a la foi, celle qui déplace les montagnes, rien de tout ça ne parait très grave. Il fallait partir, je suis parti. "Il suffit de passer le pont, c'est tout de suite l'aventure" comme dit le poète. J'ai donc passé le pont. (Le pont de l'Ile Barbe, pour ceux qui connaissent, le Nord de l'agglomération lyonnaise)

17

"LYON PLAGE"

Ou aller ? Rien ne va plus, ou aller ? Il avait fallu trouver un lieu ou les filles pourraient venir et qui m'évite la sempiternelle question des vacances, car on l'ignore souvent : divorce égal vacances .Vacances avec l'un et puis vacances avec l'autre pour les enfants, on pourrait presque inventer le verbe "vacancer" pour donner son sens véritable à cette phrase biscornue. Les fillettes ont donc assisté et participé au déménagement programmé de leur père avant même que le divorce fut prononcé. Période probatoire en somme. Humiliation presque ou résignation du père à s'extraire du foyer familial, tout m'est passé par la tête, mais rien ne m'a jamais empêché de poursuivre ma mission éducative. Que je ne sois pas assez parfait aux yeux des fillettes, dévalorisé presque, n'y changeait rien.

Séparé de l'entreprise que j'avais largement contribué à construire, privé du foyer familial qui était le mien, je me suis mis à douter. Le doute, cette horrible chose qui paralyse plus qu'il n'aide à résoudre. Cependant, cent fois j'ai remis le métier sur l'ouvrage, cent fois, je me suis entendu dire que j'étais fou. Entendre cela de la bouche d'une personne qui ne m'avait jamais fait confiance, cela me semblait d'une extrême platitude. Le terme de confiance s'impose en de telles circonstances, bien que ce soit un terme ambigu. Je ne l'emploi que très peu et pour des choses qui ont vraiment de la valeur. Intrinsèquement, ne pas faire confiance serait presque une qualité, s'il s'agit d'aider quelqu'un à ne pas faire une bêtise, qui le conduise à de graves désillusions. Mais dans ce sens là, quand c'était encore possible de ne pas faire, on s'était bien gardé de parler de la sorte. Cependant que, la confiance en une personne est une chose essentielle, si l'on veut avoir des relations et des réactions sereines vis à vis d'elle. Comment se confier à quelqu'un, si on a l'impression que tout ce que l'on va dire sera sujet à caution, répété à d'autres pour in fine en dénaturer le sens. Au fond, faut-il se confier à celle ou celui qu'on aime, faut-il lui faire confiance ? Je me garderai de répondre à cette question. Ce que je sais c'est que ma nature un peu sauvage m'avait rendu peu enclin à le faire et je m'en portais bien. Cette fois-ci et seulement cette fois-ci, j'avais changé ma façon de faire et voila que la personne à qui je m'étais confié, celle en qui je croyais plus que tout, voila que cette personne après m'avoir lâché et provoqué me prenait pour un fou, pour un illuminé ! J'avais été propriétaire de mon logement, et de l'outil de travail. Je me devais de faire confiance à la société, aux autres, et le résultat a été que ma confiance, s'est retournée comme une crêpe pour se transformer en aveuglement. Tout était à moi, tout y compris les risques et je me suis retrouvé tout seul, avec les risques et rien d'autre. Objet de méfiance en tant que propriétaire, j'étais devenu objet de confiance en tant que locataire, ce qui me rassurait, mais constituait en soi une régression.

Et puis la confiance, la confiance en soi, le manque de confiance en soi, ce n'est pas rien. Le plus mauvais service que l'on puisse rendre à quelqu'un est de lui donner une confiance excessive en lui même. Bien que cela semble difficile à expliquer, à comprendre, c'est bien ce qui m'a poussé à commettre des erreurs. Cette voix tremblante qui me caractérisait, cette hésitation générique, vitale qui me ressemblait m'aidait souvent à éviter le pire. Alors, avoir confiance, offrir au monde cette vision protéiforme et ventrue pour ne pas dire vantarde de celui qui ne doute de rien, non merci, non ! Mieux valait être seul que de devenir ça !

Là, j'ai ramé, c'est différent, j'ai ramé dans mon frêle esquif, car il y avait deux fillettes admirables, je dis bien admirables, qui croyaient, elles, en leur père. C'est ce qui me fit avancer, malgré la tempête que constituait une séparation : " Ma petite entreprise" comme dit la chanson " Ne connaît pas la crise ". Quai Gillet, c'est donc une autre histoire qui commence, une histoire de dix années, presque un combat pour que mes deux jolies fillettes aient le père qu'elles méritaient et grandissent bien, pour devenir deux belles jeunes filles bien élevées, et plus tard deux jeunes femmes charmantes , bien dans leur tête. Ceci n'est pas de la flatterie, on me l'a dit, on ne m'a dit que du bien de mes filles, que du bien, mais je suis toujours resté vigilant. Habiter quai Gillet, c'était aussi habiter le quatrième arrondissement de Lyon, dont la mairie se trouve à la Croix Rousse. Pas une grande importance, si ce n'est qu'il s'agit de Lyon, Lyon encore, Lyon toujours. Lyon avec mes deux lyonnaises, une semaine sur deux au début et puis les week end et la moitié des vacances, comme tout le monde en fait, comme toutes ces familles monoparentales, toutes ces famille décomposées que notre société moderne qui s'érige en modèle a réussi à engendrer. Encore une fois je le répète, je pense que le combat des femmes est légitime. Un seul bémol, il faudrait expliquer à certaines femmes que le combat des femmes, leurs droits légitimes ça ne consiste pas s'en prendre aux hommes qui se battent pour les mêmes causes, ça ne consiste pas à éliminer, " évacuer les pères" comme disait à l'époque "une certaine Garde des Sceaux". L'avènement de l'homme jetable à entraîné plus ou moins l'apparition des "papas kleenex" tout aussi jetables mais un peu plus nécessaires et indispensables. Mais ça, qui peut le dire aujourd'hui, qui peut s'y coller sans se retrouver illico sous les feux de la rampe et qualifié des termes ravageurs et destructeurs de misogyne ou macho rétrograde. Eh oui , mon côté sauvage et un peu individualiste en l'occurrence s'est retourné contre moi, quand il fallait être crédible aux yeux de ces dames qui devenaient plus importantes, plus présentes dans la vie sociale et le monde du travail , moi je restais plus qu'improbable , mais néanmoins utile!

J'aurais dormi un peu partout en trente ans de lyonnaiseries diverses. Revenu dans le quatrième, je ne peux m'empêcher de repenser au chemin parcouru, à la rue du mail, à mon frère, décidemment, je ne suis chez moi nulle part ! Mes deux petites lyonnaises grandissent dans leur ville et cette ville que j'aime me reprend tout ce que j'avais, menaçant même de me retirer mes enfants qui peuvent suivre leur mère ou bon lui semble. J'ajoute que si elles sont restées si longtemps près de moi, c'est à elles seules que je le dois, elles auraient refusé un éloignement trop prolongé, j'en suis certain. Les enfants ont des droits, merci à l'ONU qui les fit exister. Parfois, on peut se demander qui des deux, des parents ou des enfants a le plus besoin de l'autre. J'ai vu des familles, nombreuses et variées où c'était loin d'être évident. Je ne regrette pas une minute passée avec elles, je les ai vu grandir, changer, s'interroger refuser parfois la pensée unique qui caractérise notre époque et dont les parents le parfois se font l'échos, par sens du devoir plus qu'autre chose. Elles ont compris, elles savaient, elles, que leur père subissait l'exclusion et devait se battre comme le fit le père de Manon des sources à qui l'on cachait l'essentiel. Il aurait fallu que je sache bien sûr ou se trouvais la ligne de partages des eaux , mais qui donc le savait , qui aurait pu me le dire et à quoi cela m'aurait il servi ?

La cohabitation avec la mère de mes enfants était tout simplement devenue impossible. Celui qui a essayé de comprendre ce qui s'était passé, c'est bien moi, celui qui s'est confronté à un mea culpa inutile et stérile, c'est bien moi. Pourtant tout semblait simple lorsque j'ai accepté de partir de chez moi. La volonté de l'un semblait s'accorder avec la volonté de l'autre .Illusion, mirage de l'instant, la belle à ce moment s'était bel et bien jurée de me pousser dans le vide. Haine, jalousie, rancoeur, que sais je ? Amour, amitié, qui sait ? Les sentiments restaient forts, dénaturés par des gestes de défiance inconsidérés. Mes griefs répétés s'appuyaient sur des faits, sur un compte de faits de plus en plus significatif, mais au fond j'étais dans le noir, dans brouillard et n'observait que des parcelles d'une réalité qui ne cessait de se soustraire à mon regard. Les enfants laissés seuls sans surveillance avec personne pour vérifier que les devoirs se font, ça n'avait rien d'étonnant, de nombreux couples vivaient cela, mais moi je ne voulais pas ça pour mes filles. "Et moi, et moi, je suis tout nu dans mon bain avec une fille qui me nettoie " avait chanté Dutronc, le roi de la dérision. Il représentait bien ma génération, mais moi je trouvais toujours quelque chose à dire, je trouvais toujours une raison de ne pas être d'accord avec l'absence, avec le laxisme ou l'indifférence de quel côté que cela vienne. Je manquais d'humour, c'est ce qu'on me disait en dernier recours; ultime flèche, ultime attaque verbale quand on était à cours d'arguments. Que répondre à ça, quand on est un père et que l'on a pour seul souci avouable, l'avenir de ses enfants et leur sécurité ! Obligé de renoncer à mon couple, j'avais cru pouvoir retrouver rapidement une femme avec qui tout serait à nouveau possible. Ce ne fut pas le cas, car j'étais devenu une sorte de curiosité pour les autres femmes, une sorte de coeur d'artichaut, qui n'avait rien compris à la vie.

Cela a commencé par une vraie divorcée revancharde qui avait un petit garçon et cherchait son salut dans les cours de fac à quarante cinq ans. J'ai su par une autre, car j'avais mes antennes, et cela ne plaisait pas à toutes, qu'elle se moquait de moi ouvertement. Peut-être même, s'est elle vantée de m'avoir laissé tomber, elle aussi. Il faut dire que j'aurais pu aussi me retrouver avec une veuve fort sympathique, (mon informateur) banquière de son état, mais qui elle, avait la fâcheuse habitude de piquer dans mon assiette avec sa fourchette, ce dont j'avais horreur par dessus tout. Puis vint le tour d'une autre plutôt cool, rencontrée dans une boîte ouverte aux "quadras". Elle avait un chien et deux garçons rigolos. Une histoire presque insignifiante qui s'est terminée un dimanche au bord de l'eau en présence de nos quatre enfants, avec la prise de conscience des réalités.

Puis une autre, mariée à un militaire, qui fréquentait un club à la mode, quand son mari était ailleurs. La femme du bidasse eût le marché en main, encore une fois, je n'étais en accord qu'avec moi-même, mais cette fois-ci, j'étais résolu à ne pas accepter un situation ambiguë, j'ai rompu. Et que dire de cette rencontre d'un jour avec une jolie blonde aux yeux bleus, informaticienne de son état qui, après avoir fait le premier pas s'est ravisée arguant qu'avec moi ce ne serait pas possible de racheter une maison ! Et puis il y eut la coiffeuse inscrite dans une agence, qui aimait le sexe mais pas les hommes, qu'elle considérait comme des êtres inférieurs. Elle me fit un grand merci en guise d'au revoir, ceci dit, elle m"avait juste devancé, car ses positions extrêmes et intangibles avaient quelque chose de blessant et me dérangeaient quand même...

Je n'ose me rappeler de la veuve joyeuse qui avait réussi son coup par le biais d'une agence et prétendait m'emmener dans un club d'échangistes où l'on regarde faire les autres. Elle n'avait pour me séduire que le prénom de ma première femme, mais j'avoue m'être laissé prendre. Elle s'en est allée déçue que je n'ai pas les mêmes goûts que son défunt mari, prétendant de surcroît que j'aurais favorisé mes enfants par rapport à sa fille. On croit rêver parfois !

Heureusement, il y a eu une femme qui m'a laissé un bon souvenir, car elle avait un tempérament de feu et ce fut pour moi une découverte. Elle était d'origine espagnole, de la première génération, parlant bien français, à peine intégrée. Son prénom résonnait dans ma tête comme un air d'opéra. Fière comme une princesse, elle me fit entrevoir qu'un véritable amour était encore possible. Ses soucis cependant dépassaient largement le cadre étroit de mes préoccupations. Je n'ose affirmer qu'elle s'est servie de moi, ce serait prétentieux et là où je l'ai rencontrée personne n'avait le verbe haut, mais ça passait le temps. Une de ces associations bon marché de rencontres amicales et de loisirs où tout le monde fait semblant de ne pas être malheureux, et où l'on essaye d'exister pour soi-même. Je n'étais pas en mesure de régler ses problèmes. Elle s'est détournée de moi en proie à des questions essentielles pour elle, sa fille, son travail perdu, son niveau de vie, sa famille d'ici et d'Espagne, son avenir, que sais je ? Bernadette, par contre n'avait qu'un chat, mais il ne m'acceptait pas et me le fit comprendre ... Et encore une autre, professeur de son état, qui prétendait m'affranchir, je me demande bien de quoi. Sans oublier l'ingénieur(e) rencontrée lors d'un séminaire de recherche d'emploi, celle qui s'est littéralement jetée sur moi. Une femme étrange divorcée d'un chef d'entreprise, qui avait trois garçons dont l'un lourdement handicapé à la naissance, très lourdement, qu'elle voulait chérir envers et contre tout, à la défaveur du père qui l'avait quittée. Pas une seule ne me déplaisait mais, pas une seule ne pouvait dire je t'aime, alors aimer, ça commençait à devenir très difficile pour moi. Toutes ces femmes avec qui j'ai essayé de briser ma solitude et d'autres avec qui j'ai découvert une forme d'amitié nouvelle ont été là, mais absentes en même temps. J'étais devenu l'exemple type de ce qu'il ne faut pas faire en amour, pourtant je tenais mon destin entre mes mains.

Arrivé à ce point et malgré la présence réconfortante de mes deux filles, j'ai bien failli craquer pour de bon. Les finances étaient au plus bas, les missions qui m'étaient confiées par les clients ne permettaient pas une activité rentable. Les femmes semblaient se moquer de moi et de mes difficultés à vivre seul. A chaque aventure son lot de conseils en arts ménagers qui résonnaient comme autant de blessures non cicatrisées. Je n'étais pourtant pas du genre susceptible, mais cette propension qu'elles avaient presque toutes à vouloir m'expliquer le pourquoi du comment de la façon de faire ceci ou cela, finissait par m'agacer. Cela partait pourtant d'une bonne intention et pouvait m'être utile, mais j'attendais autre chose d'une femme.

L'appartement du quai Gillet qui avait de multiples fonctions devenait en plus une sorte de garçonnière, une sorte de gentilhommière, une prison dorée quand les filles n'étaient pas là. Quand elles étaient là, la vie reprenait son cours normal, je travaillais à mon bureau et le plus souvent elles faisaient leurs devoirs scolaires. Je leur avais appris à répondre au téléphone quand des clients appelaient et à considérer ce lieu avec le respect qui s'impose. L'espèce de frénésie qui saisissait toute femme pénétrant dans ce lieu m'est apparue comme suspecte et j'ai très vite changé mon point de vue sur les femmes en général. Visiblement la plupart nourrissaient un sentiment revanchard mêlé de désirs ardents et irraisonnés. Pour certaines, les "ex" n'avaient pas toujours étés très respectueux et elles avaient des comptes à régler, avec les hommes.

Les soirs de solitude, je repensais à maman qui était tombée en syncope, lorsque j'avais quatre ans. Je revivais les instants de ma petite enfance comme si j'y étais.

Avec les filles nous allions parfois, voir leurs grands parents, leur pépé et leur mémé. Nous nous arrêtions au bord de l'Albarine pour faire des ricochets. N'est-ce pas moi au fond qui leur ait fait découvrir des choses simples et tranquilles comme de s'asseoir au bord de la rivière, sur un rocher ? S'asseoir pour écouter et entendre le clapotis de l'eau, voir voler les libellules, sentir la truite, là sous une pierre dans l'eau froide et glissante. La truite vagabonde, elle qui va joyeuse, comme sur un air de Schubert ! N'est ce pas moi ? "A nous les grands espaces ! Carpe diem !" Je pense aux étés bien chauds, près de la rivière, quand l'eau s'écoule lentement, l'eau claire et limpide, caressant la mousse des pierres lisses, offrant sa musique à la quiétude des lieux, enveloppant le pied blanc qui se pose dans son lit. Je pense à ces jours d'exception ou la vue d'une truite qui s'enfuie toutes nageoires dehors me remplit de joie. Nul doute que ces après midi tranquilles ont forgé le socle de mon insouciance citadine. Quel aveu ! Je t'avais donc retrouvée, verte campagne, belle terre, et présentée à qui je chérissais le plus !

L'ensemble immobilier de "Lyon Plage" était doté d'une belle piscine de cinquante mètres que j'ai parcouru de long en large, tous les étés. Les filles qui aimaient aussi nager se faisaient plaisir à deux pas du logis et ça, ce n'était pas négligeable. Sinon comment imaginer qu'elles puissent avoir envie de passer des week end, parfois des quinzaines de vacances avec leur père, avec comme seul loisir la perspective de s'asseoir à la terrasse d'un café devant une glace vanille, chocolat ou un verre de soda. Je n'oublierai jamais ce que fut leur joie lorsque je les inscrivais pour la première fois à la piscine de "Lyon Plage". C'était la première fois qu'elle venaient chez moi et la perspective de devoir passer du temps avec leur père ne les enchantait qu'à moitié et puis leur regard s'est porté sur les cours de tennis et la piscine qui jouxtaient l'appartement que je venait de louer .

Une seule question : " On pourra y aller ? " J'ai répondu oui et à ces mots elles ont sauté de joie, n'entendant pas les conditions particulières que j'avais pourtant énoncées clairement au préalable. C'était un club sportif un peu cher et haut de gamme, mais c'était pratique, je n'avais qu'à descendre au rez de chaussée, ça changeait de la "Mer Méditerranée" où il fallait se coltiner la route pour quelques jours au soleil. Lyon est beaucoup plus ensoleillée l'été qu'on le croit, bien sûr ce n'était pas la Côte d'Azur, mais on y était bien, la vie est belle à Lyon pour qui sait en apprécier les bienfaits. Le fait est que le bonheur de mes filles, leur présence enjouée me faisait oublier du moins partiellement le désert sentimental de ma nouvelle vie.

Bien sûr c'était difficile financièrement, avec des contrats mal rémunérés, j'avais du mal à joindre les deux bouts. Heureusement à cette époque mes parents m'aidaient. Ils le pouvaient et comprenaient la nécessité de mon style de vie, l'importance qu'avaient mes filles pour moi. J'étais quasiment obligé de refuser toutes les possibilités de travail qui m'auraient éloigné trop longtemps de mon domicile. Mon père m'en aurait voulu, il savait me le faire comprendre, il avait raison. Tout le temps que nous étions quai Gillet, mes filles m'ont vu travailler. Elles ont compris la valeur que j'attachais au travail et rien de ce que je leur ai montré appris ou expliqué n'avait d'autre but que de leur donner le goût du travail, du travail bien fait. Je leur expliquais inlassablement que leur seule vraie richesse serait leur aptitude à accomplir et réaliser quelque chose et que pour cela, il fallait qu'elles travaillent à l'école, qu'elles pensent à leurs études avant tout. Bien entendu, le travail n'était pas tout, il y avait le sport et les loisirs, mais on savait se dire où commençaient les distractions et où s'arrêtait le travail, on ne confondait pas les deux.

Pour ce qui me concerne, j'en profité pour revenir à l'écriture, je me suis remis à écrire, ça aussi c'était un travail, "quelque part", comme aurait dit mon frère. Je n'ai rien publié. J'ai noté, les idées principales. J'ai tracé les grandes lignes de mes futurs ouvrages, en me disant qu'un jour, j'y reviendrai. Noter sur une feuille de papier, des émotions, des sentiments, une vision de l'instant, était l'essentiel pour initialiser ma démarche d'écrivain. Un peu comme une photographie, une vision de l'instant, mais qui va plus loin, car les mots en disent plus que les images parfois, ou tout au moins révèlent une autre facette d'une même réalité. Il ne s'agissait pas de coller un jargon superficiel sur des images ou des évènements sans intérêt fussent ils importants pour l'avenir du monde, mais bel et bien de traquer le bon mot, de trouver la bonne expression qui sied dans l'instant pour exprimer une certaine réalité. La réalité de se qui se passe vraiment, de ce qui se passe dans les esprits nonobstant toutes formes d'analyse ou d'expertise plus ou moins subjectives. Alors si ça c'est écrire, oui, j'écrivais, mais plus proche du poète ou du conteur que du philosophe ou du romancier. Une sorte de conte sociologique, socio-éducatif car tel était mon propos. La sagesse vient plus tard, le talent s'effrite parfois au contact des réalités.

Question relations féminines, après toutes ces tentatives, (il y en eut quand même un peu trop de mon point de vue), je décidais que je devais un tant soit peu me ranger, que cela n'avait pas tant d'importance et que les amitiés sincères valaient bien un amour passionné. Ma solitude affective ne me pesait pas trop et je suis rentré dans une longue période d'introspection. Je voyais du monde, mais je laissais ces dames tranquilles. Le "plus si affinités" si populaire en ce temps là, ne signifiait rien pour moi, j'étais, j'avais été pour "l'amour passion" et toutes ces "raisonneuses" finissaient par émousser mon sens de la poésie, par rendre discordantes les cordes de ma lyre. Alors, pas de muse, pas de lyre. Je retrouvais un tant soit peu le chemin de l'église et je m'efforçais d'être le bon père que j'avais voulu être.

Cette période sans femme aucune, aura duré trois ans, mes parents étaient de plus en plus mal et réclamaient de plus en plus notre présence soit à moi soit à mon frère. Mes filles grandissaient, leur mère était de plus en plus absente de ma vie, c'était son choix, comme si le fait social devait s'effacer définitivement devant le fait matrimonial. Je crois qu'elle avait peur d'elle même, qu'elle craignait surtout d'être encore attirée par celui qu'elle avait renié en son fort intérieur. Alors toutes les mauvaises occasions de se revoir ne faisaient qu'attiser le feu qui brûlait en elle.

J'ai fini par découvrir qu'il y avait un quidam. Un jour, je suis resté comme pétrifié devant le boulanger de L'Ile Barbe ! C'était un dimanche, les filles étaient avec moi et j'allais chercher un de ces excellents pains qui font la renommée de cette boulangerie. Elle était là, la mère de mes enfants, faisant la queue en compagnie d'un autre homme, devisant dans une posture engagée, avec un air que je ne lui connaissait pas, "un nouvel élan" en somme, ce qui permet de dater la scène ! J'étais à cent mètres d'eux, je ne sais si elle m'avait vu mais, je fis ni une ni deux, demi tour et j'allais acheter mon pain ailleurs. Jamais avec moi, elle n'était venu chez un boulanger acheter le pain. J'ai bien compris que quelque chose avait changé, car cette vision d'elle ne montrant aucune impatience profitant de ce qu'il avait du monde pour tenir une conversation tranquille, comme une sorte de routine avait quelque chose de surréaliste pour moi. Nul doute qu'ils étaient ensemble et ce depuis fort longtemps... De retour quai Gillet, j'ai posé un regard inquiet sur mes enfants, ce qui ne me ressemblait guère. Pour compenser, ce que je vivais comme une trahison, je redoublais d'attentions à leur égard, ce qui était bien naturel, anticipant comme je le pouvais ce qui allait arriver.

Cet homme, comme je le subodorais n'allait pas tarder à "mettre ses pieds dans mes pantoufles" à venir s'installer chez mes filles. Il était doté semble-t-il d'une excellente éducation, mais avait surtout le mérite de posséder un terrain à bâtir, pour y construire la maison de leurs rêves. La demeure familiale des mes filles n'était donc que provisoire contrairement à ce que l'on m'avait toujours affirmé. Pour ce qui me concernait, bien que je ne l'aie jamais vu, sauf de dos, il était important qu'il fût bien élevé, car cet homme s'installait "chez moi" avec mes enfants. A l'écoute de mes enfants, je n'ai jamais ouï dire quoi que ce soit qui ait pu me faire penser le contraire. Dieu merci ! Voila bien la clé de l'histoire. J'étais bien pour avoir des enfants, pas pour les éduquer, car je voulais le faire à mon idée et ça on me l'a refusé. Combien de pères ont vécu cela, combien de pères déracinés à la force des baïonnettes, à qui on dénie le droit de vivre avec leurs enfants ? C'est la pure vérité, mais c'est d'une grande banalité de constater que des couples qui s'entendent bien sur "l'essentiel" et qui ne sont pas issus du même milieu, risquent d'être en désaccord profond quand il s'agit de l'éducation de leurs propres enfants. Une vision différente des choses, de l'amour, de la famille et de la vie ne peut que conduire à de graves désillusions.

Quand on vit seul, on rencontre des gens qui vivent seuls, quand on est célibataire, on rencontre des gens célibataires. C'est fou le nombre impressionnant d'amis que j'ai pu me faire, quand je n'avais que moi même en face de ma glace. J'étais comme les animaux de la forêt qui vivent entourés de toute une palanquée de créatures et pour lesquelles le fait reproductif n'est qu'un moment de l'existence parmi tant d'autres. Au fond, je me retrouvais un peu à l'état sauvage dans la jungle sociétale et je parvenais plus ou moins à m'en accommoder, tout au moins mieux que certains. Le travail, l'emploi qui faisait constamment la une des médias du fait de sa raréfaction, finissait par me paraître dévalorisant, par la conception même, qu'en avaient les agents économiques. La gauche qui commençait à perdre des élections ne représentait même plus un espoir pour les couches populaires. L'exclusion battait son plein et on pensait à cette époque qu'avec deux ou trois millions de chômeurs la limite maximum était atteinte. Le président de gauche contrairement à De Gaulle acceptait une et puis deux cohabitations, ce qui en faisait à mes yeux un homme de peu de foi. C'était donc bien une politique de droite qui était mise en oeuvre avant même qu'un président de droite ne fût élu. Pour qu'il y ait de l'exclusion, il fallait bien qu'il y eût des "exclueurs" ! Le juridisme de M. Balladur succédait à la cohabitation manquée de M. Chirac. Ma plume à cette époque là n'en finissait pas de s'agiter dans tous les sens en ce lieu particulier ou l'on préfère Guignol, Gnafron et la bonne chère aux atermoiements du pré carré parisien. Lyon qui avait eu un grand maire (deux mètres) se voyait investie par la crème des crèmes, le meilleur économiste de France dont on disait qu'il avait une dimension internationale et donnerait à la cité un rayonnement du même type. Ce qui fut dit fut fait notamment grâce à M. Aulas et son équipe de football. Nul ne peut plus dire à présent que Lyon ne rayonne pas sur la place internationale, sauf à se demander ce que cela signifie. A vrai dire, je me demande bien pourquoi, je me suis soudain senti tellement concerné par la vie politique ?

Etait-ce parce que un membre de ma famille était entré en politique comme on entre en religion ? Etait ce parce que je devais faire valoir mes droits et ceux de mes enfants ? Etait-ce parce que secrètement, j'avais toujours rêvé de jouer un rôle dans la vie politique ? Me suis-je senti un plus ou moins concerné par les histoires de famille du Maire de Lyon, dont le gendre était originaire de mon pré carré. Je me disais finalement que ce qui m'arrivait n'était rien, par rapport aux malheurs de cet homme. Ou encore était-ce cette résurgence honteuse, de massacres en Afrique et de "nettoyage ethnique" en plein coeur de l'Europe auxquels "on" a tant tardé à réagir du côté du pouvoir français, plus préoccupé par les élections que par le massacre de milliers d'hommes, de femmes et d'enfants et la destruction d'un patrimoine culturel inestimable. Il a fallu que ce soit l'Amérique de Bill Clinton, qui réagisse à ces horreurs de concert avec Jacques Chirac fraîchement élu Président. Le Concert des Nations, l'ONU devenait enfin une référence pour faire valoir le droit des peuples...

J'avais un certain sens politique, le goût de l'écriture et le pamphlet me semblait un genre qui s'adapte bien à la politique. Les humoristes jouent un rôle important pour nous dérider de temps en temps, mais les écrivains, les intellectuels qui autrefois savaient épingler les détenteurs du pouvoir manquaient cruellement à l'appel, sans aucun doute faute de trouver place dans les colonnes des grands quotidien. Tout un monde de la culture et de l'écrit semblait devoir se taire pour ne pas fâcher la puissance publique pourvoyeuse de subventions et de contrat juteux. N'étant pas avare de papier je ne cessais de noircir des pages et voyais petit à petit surgir une notion, un thème récurrent que j'étais bien obligé de baptiser du vocable inquiétant de la "Démocratie confisquée". La suite à montré que j'étais bien en dessous de la vérité et que les successeurs de François Mitterrand ont même continué son oeuvre , même si tout n'est pas aussi simple qu'il y parait. Mes analyses portaient sur des petites phrases, des faits et actes publics et connus qui suffisent bien à se faire une idée sans avoir besoin de connaître en plus des secrets d'état. Dans le feu de l'actualité, il se passe des choses qui racontées plus tard n'ont plus du tout la même portée, mais il reste l'esprit de l'époque, l'esprit des "maux" et du texte. La phraséologie des politiques m'a toujours étonné ! Pas étonnant que les humoristes s'en régalent !

Empêtré dans mes analyses socio politiques, inquiet pour mes filles et pour mes parents, perdu au milieu de cette grande ville internationale, je ne savais plus très bien qui j'étais ni où j'allais. La ligne tracée pour mes filles et pour moi même par le destin semblait se fondre dans une sorte de magma politico financier interculturel dont je n'avais ni les clés ni le sens. Le citoyen européen que j'étais devenu se demandait bien pour quel destin et pour quelle Europe, on pouvait agir. Faute de grives on mange des merles, je suis resté tranquille à faire ma petite cuisine "sur mon petit réchaud" pour reprendre une petite phrase anodine qui montre bien un certain état d'esprit au plus haut niveau de l'Etat. Et puis, comme on dit, j'ai attendu que "la caravane soit passée". C'est dans cette ambiance d'inconstance politique et d'équilibre relatif que j'ai rencontré quelqu'un.

Je ne rêvais plus de revivre quelque chose de vraiment sensuel avec une femme. Elle m'a fait comprendre l'essentiel en peu de temps. "On t'a fait du mal". Ce "on" c'était les femmes, bien sûr, pas toutes, certaines, mais peut-être pas que les femmes ! J'étais comme un animal maltraité, comme une bête en cage, rejetée aux confins de l'oubli. Le petit animal de mon enfance qui me rassurait de sa présence n'était plus là et je ne voyais que des monstres crachant la haine et le feu sur la misère du monde. L'homme et la bête qui ne faisaient plus qu'un ont trouvé refuge auprès d'une seule et même personne. La bête qui souffrait s'est soudain assagit, s'est transformée en prince des lumières. Le côté sauvage, grognant, grognant, si on veut a laissé la place à une nouvelle façon de voir les choses. Est-ce à dire que j'ai changé, est-ce possible, sinon à devenir ce que nous voulons, des êtres libres et indépendants. Il y avait du monde autour de notre histoire, il y avait du monde, c'est sûr ! Tout ce monde pour finalement n'être que deux ! Etre deux pour la troisième fois, être deux pour dix ans, peut-être vingt ou trente ou peut-être pour toujours, qui sait ? Etre deux à cet instant précis n'avait plus le même sens, plus la même consistance, mais je sentais confusément que cette fois ci, il pouvais y avoir une certaine forme de réciprocité, que parler était possible et ceci remettait en cause un idée, un thème de réflexion un peu étrange que j'avais pourtant trouvé pertinent : Le concept issu du cinéma de Bergman de l'incommunicabilité entre l'homme et la femme. Mes heures passées dans les cinés club, lorsque j'étais étudiant me revenaient soudain en mémoire. Etait-il possible de communiquer ainsi, de se comprendre ?

Maman était au plus mal, je venais tout juste d'apprendre qu'elle était condamnée, on le savait depuis un an mais, on ne me l'avait pas dit. On, c'était mon frère mon père et puis elle aussi ! Celle qui me chérissait à cet instant de tout son coeur, c'était ma nouvelle amie, elle me jugeait digne d'être aimé, c'était énorme, immense. Elle m'a ouvert les yeux, car elle sentait que quelque chose se passait, quelque chose qui me concernait. Sans elle, je n'aurais jamais rien su. Dieu sait pourquoi on voulait m'éviter le choc supplémentaire de savoir maman atteinte d'un cancer et j'ai passé un an à lui rendre des visites sans savoir qu'elle était pour ainsi dire condamnée. Célibataire au yeux du monde, car je n'avais pas remplacé la mère de mes enfants, je n'étais pas jugé digne de l'accompagner dans cette ultime épreuve de la vie. On ne voulait pas t'inquiéter m'a dit mon frère, comme si une chose pareille pouvait avoir été sans que je le sente au plus profond de mon être. J'ai passé une année à m'inquiéter à propos de ma mère, à suivre des séminaires plutôt stériles alors que ma mère, cette fois-ci pour de vrai n'en avait plus pour longtemps et pour une fois avait vraiment besoin de moi. J'ai regretté ce temps perdu pour toujours, que j'aurais voulu passer auprès d'elle pour lui dire mon réconfort, lui montrer un peu plus mon affection dans cette épreuve ultime de sa vie. Je faisais pourtant, de nombreux allers et retours entre mon domicile et le leur, mais ma vie qui partait en quenouille m'avait empêché d'y voir clair. Combien de voyages, combien de promenades en solitaire là haut, près des rivières et des sources fraîches où j'avais grandi ? Combien, avant ce jour fatidique où j'ai reçu le coup de fil de mon père ? Il n'était pas comme d'habitude, il me parlait de maman, ça ne va pas : " Le médecin a dit qu'elle ne passera pas la nuit ! Alors tâche d'être là demain matin ! "

Bien sûr cela devait arriver un jour, mais cet enterrement prenait des allures de regroupement familial, ce à quoi je n'avais jamais songé. Il y avait du monde, beaucoup de monde, ce jour là pour aller au cimetière rendre un dernier hommage à ma mère. Le vingt cinq janvier était la date anniversaire de la naissance de ma soeur, c'est le jour qu'avait choisi maman pour mourir. La dernière fois que je l'ai vue vivante elle m'avait gratifié d'un sourire d'une immense tendresse. Elle n'était pas triste, elle ne souffrait pas trop en raison de ses traitements. Je savais et elle se savait condamnée. Elle a posé sa main sur la mienne comme elle le faisait parfois, puis me tapotant doucement, en guise d'au revoir, elle m'a regardé partir en me souriant, avec un sourire d'une immense tendresse. Elle se doutait, que c'était la dernière fois. La veille de sa mort, ses derniers mots à mon père avaient été : " Je te dis adieu." Il était dans la chambre d'à côté à l'hôpital, le matin c'était fini, je l'ai trouvé là en arrivant à sept heures .Je n'avais jamais vu mon père sans elle. Le chagrin qui l'envahit ce jour là ne le quitta pas. Mon frère, je l'ai vu à cet instant était très malheureux, je l'ai compris quand il m'a parlé tout en essayant en vain de retenir un sanglot. C'était très dur pour lui, il trouvait cela injuste, Je le pense aussi, n'en déplaise au Seigneur Dieu et à notre sainte mère Marie protectrice. Comment dire, moi j'étais perdu comme d'habitude, comme ce jour terrible ou j'ai cru perdre ma mère, être abandonné pour toujours.

La vie allait reprendre son cours, mon frère allait en vacances en Corse où notre plus jeune tante et son mari avaient construit une résidence de rêve en bordure de la mer. Mon père ne voulait pas rester seul, il fallait donc que j'aille passer quelques jours avec lui. Une semaine ensemble, qui s'est transformée en dix jours, ce fut pour moi l'occasion de le retrouver de parler avec lui et j'en étais heureux. Je travaillais à un nouveau programme de formation, ce qui lui fit dire que j'avais l'air d'un ministre au milieu de ses dossiers. Il avait l'air d'avoir surmonté sa peine, tout au moins faisait-il en sorte que ça ne se voit pas trop. La mort était devenu pour lui quelque chose de naturel, il n'avait plus cette désespérance qui était en lui, depuis la mort de sa fille. Il savait qu'il n'en avait plus pour longtemps, mais lui, ça faisait vingt an qu'il n'en avait plus pour longtemps : " Je suis au bout du rouleau !" était son expression favorite, je l'ai entendue cent fois et plus. Il ne me donnait jamais de conseils, mais je savais quand je lui faisais part de mes intentions pour ceci ou cela, ce qu'il en pensait. Etre là, avec lui, fermer la fenêtre et les volets comme autrefois, non sans un regard sur le beau ciel étoilé, un soir de septembre, avant de nous endormir tous les deux, lui dans sa chambre, moi dans l'autre, c'était comme exister de nouveau, exister, enfin, après toutes ces années. Lui, était passé du gaullisme à un soutien prudent de François Mitterrand, mais nous ne parlions pas de cela, nous parlions de la famille, de ce qui donnait un sens à notre existence. " La famille c'est sacré ", c'était sa devise, jamais je ne l'ai pris en défaut sur ce sujet. Jamais, il n'a prétendu voire les choses autrement. Si les circonstances de la vie ont fait qu'il ait pu confondre famille et famille politique sans être dupe cependant, ce n'était pas de sa faute. Mon père était mon meilleur soutien, mon meilleur ami. Lorsque, j'étais enfant et semblait contester son autorité, il me regardait d'en haut et me disait : " Je ne suis pas ton copain". Je ne supportais pas qu'on critique mon père, qu'on dise de lui des choses inexactes ou fausses. Mon père n'est plus, bien sûr, il me manque, mais ce qui me manque surtout c'est son soutien, car lui me soutenait. Il avait une conception de l'éducation basée sur l'autonomie des individus, la liberté. (Parfois un peu trop, parfois pas assez, mais c'est mieux que l'inverse du moins à mon avis !)

Un soir, je l'ai appelé : il se faisait du souci pour lui même, il me disait, qu'il voulait se faire faire un électrocardiogramme. Je n'ai pas su entendre cet appel, je n'ai pas été là quand il fallait, il fut hospitalisé et le lendemain, il n'était plus. Quand mon frère m'avait appelé de l'hôpital, pour me dire qu'il allait mieux et que ma visite pouvait attendre, j'étais sûr de le revoir vivant le lendemain. A-t-il simplement refusé que je vienne ? Je ne le saurai jamais. Lorsqu'il nous a quitté aussi, il y avait foule à l'enterrement. Il l'avait dit : " A mon enterrement vous viendrez tous !" Quinze mois après maman, nous étions tous revenus au cimetière avec toujours autant de monde et des manifestations de sympathie toujours aussi nombreuses. Nous étions en avril, il aurait eu quatre vingt un an, le huit, un miracle de la médecine, qu'il soit encore vivant la veille de sa mort. Fragilisé, je bénéficiais cependant d'un soutien effectif dans cette épreuve : Léa et mes filles qui avaient fait la route avec moi, et se tenaient là, à bonne distance, attentives à mon polygone de sustentation ...Nous sommes resté dignes, moi et mon frère, affichant d'instinct notre cause commune, qui était aussi la fraternité. Devant la tombe de nos parents, nous nous sommes donné la main, c'était la première fois, en public, un symbole fort. Ceux qui étaient là, avaient parcouru des kilomètres pour assister à l'enterrement et venaient des quatre coins du pays.

18
ELECTION DE DOMICILE

Avec ma nouvelle amie, j'ai appris à vivre autrement. Elle avait deux enfants, un petit garçon de dix ans, une fille de douze, ne s'était jamais mariée, était syndiquée comme mon frère et n'avait pas la langue dans sa poche. Si j'ajoute que son accent, le timbre de sa voix et ses origines inconnues, lui conféraient un charme bien à elle, on aura peut-être une idée de ce qui me plaisait en elle. Nous avons vu de belles choses ensemble. Paris bien sûr, revus Paris, la Bibliothèque, Beaubourg, Le Grand Palais du Louvre, les musées, des expositions à Martigny et ailleurs...Et la campagne, la vraie, celle qui me parle des grands espaces, mais surtout les reliefs, les sommets. Marcher fut notre passe temps favori, nous avons marché, nous marchons encore. La marche à pied dont je ne savais rien m'est apparue soudain comme un révélateur, comme un must, une sorte de rédemption. Comme le firent les Gaulois, les Etrusques, les Celtes et les Romains, je marchais. La marche est le propre de l'homme Je marchais avec mes yeux, je marchais avec mon intelligence, je revoyais la nature féconde de mon enfance, moins sauvage, plus réelle presque surréaliste. C'est à ce moment là que survînt l'imprévu, l'imprévisible.
Cette année là avait été fertile en rebondissements. J'étais toujours quai Gillet. Pour être dans l'air du temps et parce que je voulais travailler, j'avais créé une nouvelle société avec deux "associés dormants". Et voila que patatrac, je me retrouvais à l'hôpital en proie au doute et aux angoisses de la mort. J'ai vraiment cru y passer à mon tour, heureusement, le Samu est arrivé à temps, et puis, je suis tombé sur une excellente équipe médicale. Pas moins de six médecins sont intervenus successivement et en équipe pour que je survive à cette épreuve. Je n'oublie pas non plus les infirmières et infirmiers qui les assistaient. En sortant de l'hôpital cardiologique, pas question de retourner tout seul quai Gillet, me voilà transporté chez mon amie. J'y ai passé quinze jours. Sorti de l'hôpital après une "coronographie réparatrice", j'avais maigri de treize kilo des suites de mon infarctus et elle m'avait proposé de venir chez elle le temps que je me remette. Nous ne vivions pas ensemble et ce n'était pas dans nos prévisions. J'étais affaibli mais

vivant, sans trop de séquelles, à ce qui m'a été dit. Quand c'est arrivé, j'étais seul au parc de Miribel, je faisais du vélo. Je sais maintenant ce que c'est que souffrir dans son corps, souffrir au point d'attendre la mort comme une délivrance, je n'avais pas encore connu cela.

Je suis allé jusqu'à prononcer mes dernières paroles devant les pompiers : " Dites à mes filles que je les aime ! " Ca ne s'invente pas et je n'aurais pas dit cela, si je n'avais cru mourir. Heureusement, ce ne fut pas nécessaire, le sapeur pompier, qui m'avait accompagné jusqu'à l'hôpital en suivant le SAMU eut un geste poli comme pour me dire : " Vous voyez, c'est ça mon travail" et il s'éloigna ...Il avait été pour un instant le dépositaire de mes dernières volontés, pas toutes car le temps me manquait. Dites leurs que je les aime, comme si elles ne le savaient pas, comme si, je ne pouvais pas leur avoir dit avant. Ma fille venait d'avoir son diplôme d'infirmière et moi comme un idiot, je mourrais. Quelle chose banale et inconséquente que la mort ! Mourir comme ça, sans prévenir, sans avoir tout dit, non décidemment c'était trop bête ! Je me suis juré que ça ne recommencerait pas et pour l'éviter, j'ai dit que je les aimais à toutes les personnes que j'aime. Ce qui est fait est fait.

Quand je me tordais de douleur ce jour là, devant une foule de curieux au parc de Miribel où j'étais allé faire du vélo, je ne me doutais pas que c'était le coeur qui en était la cause. Le côté sauvage de mon coeur, ne se satisfaisait pas de ne plus pouvoir faire son travail et sa puissance intacte déclenchait une douleur atroce pareille sans doute à ce que ressentaient les preux chevaliers à qui on transperce le coeur avec une épée. Ce coeur, le mien, continue de battre quoi qu'il arrive, il se soucie peu de savoir si ses battements son utiles, il bat ! La souffrance du coeur est une chose atroce. Au milieu du personnel hospitalier, convalescent, je suis redevenu un peu timide, un peu sauvage, comme je l'étais enfant. Ce petit coeur d'enfant qui battait pour ma mère devait-il battre aussi pour me faire souffrir ? Encore une fois, je me suis mis à fuir, à retourner quai Gillet vers mon pré carré , comme l'enfant qui s'en allait dans le pré, loin des hommes loin de la société pour des plosses, pour y cueillir des plosses sur un petit arbuste .

" La vigie s'attache au mirador " Comme aurait dit la "mère grand" de mes filles, "the mamy grean". Son instinct de propriétaire, son sens de la propriété n'avait pas d'égal, le mot locataire lorsqu'elle le prononçait résonnait comme vacataire, sanitaire, ou bréviaire, avec un "r" sibyllin, plutôt méprisant, bref c'était dans l'air, mais ce n'est pas mon propos. Une vigie, non, ce n'est pas ainsi que je concevais mon rôle, mais il est vrai que je m'étais pris d'affection pour le quai Gillet, bien que plus rien ne m'y retienne. Les filles étaient adultes et rien ne m'obligeait à y retourner, ni même à y vivre. Rien si ce n'est que c'était accessoirement devenu "un chez moi", rien sinon que c'était chez moi, rien sinon que le cours du fleuve ne pouvait être changé. Pourtant le retour au quai Gillet en bord de Saône à me reposer les mêmes questions, dans un contexte certes différent, ce n'était peut-être pas l'idéal. Mon amie était-là, avec ses deux enfants qui m'ont toujours fait bonne figure. Ils étaient très jeunes lorsque j'ai connu leur mère, dix ans et douze ans, comme c'est curieux ! Le regard que ses enfants ont posé sur moi était un peu distant, que voulez vous ! Le regard que j'ai posé sur eux n'était pas celui d'un père, c'était celui d'un homme qui aimait leur mère. Je voulais être leur ami, je ne sais si j'y suis parvenu du moins les ai-je laissés grandir, eux aussi, sans les étouffer de ma présence. Ce qui me rapprochait d'eux outre leurs origines proches des miennes, était à la mesure de ce que des enfants de parents séparés peuvent supporter, un lien subtil, un lien discret, mais un lien bien réel. Comme moi ils avaient un père d'origine italienne, comme moi ils portaient un nom italien, comme moi, ils avaient une mère française et du sud qu'ils aimaient. Tout ceci n'est pas mon propos si ce n'est que "l'affecto societatis" peu parfois se transformer en "homo sociablilis", ce qui ouvre aussi d'autres horizons, d'autres "projets de vie"...

L'implacable laideur du macadam, le souffre et la pollution des grandes villes ne m'ont pas fait oublier ma verte campagne. De retour à la campagne, jamais au grand jamais, n'ai été ou ne suis devenu, un profiteur des richesses naturelles. Moi, j'ai grandi là, c'est tout, je n'y suis pas passé par hasard, un jour ou un autre en touriste pour éventuellement y acheter quelque chose, prendre possession des lieux, comme font certains . J'ai grandi là et j'en suis. Comme les bouddhistes, j'ai l'intime sensation d'être tout ou partie de la nature, de faire corps avec elle. Comme eux, je ne sais pas vraiment séparer le corps et l'esprit, l'âme et la personne. Tout un chacun peut ressentir cela, c'est peut-être même très banal, mais tout le monde ne sait pas que c'est la nature profonde de l'homme qui s'exprime ainsi. Je suis dans cette logique, avec un corollaire un peu gênant : les gens des villes ont une vision inversée du phénomène. Une certaine curiosité, un emballement initiatique leur donne parfois l'impression de renaître, quand ils redécouvrent dame nature.

La ville m'a phagocyté dans un premier temps pour me recracher. Puis, est venu le temps des découvertes, toutes plus étranges, plus envoûtantes les unes que les autres ... Enfant, à peine âgé de douze ans, j'arpentais les grands boulevards, pour y découvrir le septième art et les salles obscures. Paris m'a ensorcelé. Les plaisirs, la vie nocturne. Rien ne ressemble plus à Paris que Paris. Il n'y a que là qu'on puisse aller où on veut avec un simple ticket de métro, véritable passeport pour les découvertes. Quelle splendeur pour un novice, toutes ces stations aux noms évocateurs : Château Royal, Pigalle, Nation, Mairie de Montreuil, Vincennes, Neuilly, Porte Maillot, Etoile etc. Ma curiosité d'enfant ne savait plus où donner de la tête, mais personne ne m'ayant donné les clés de la ville, je me fourvoyais avec candeur dans d'innombrables malentendus. Ne sachant rien sur tout, je savais tout sur rien et ça ne faisait rien.

Mon premier job fut à Paris pendant les vacances d'été, dans un bureau d'études béton ou travaillait mon oncle, le mari de ma tante. Il m'avait fait rentrer comme tireur de plans pour un job d'été. La Tchécoslovaquie venait d'être envahie par les chars russes et moi j'étais au boulot dans ce Paris du mois d'Août que j'avais arpenté en long et en large quelques étés auparavant. Ne connaissant rien de la guerre ni de la vie, je me disais prêt à aller en découdre pour libérer, ce pays du joug soviétique ! Je pensais à mes amis tchèques qui avaient pu venir en vacances à la Ciotat et m'avaient dit tout le bien qu'ils pensait de notre liberté : " Vous français vous ne savez pas la chance que vous avez d'avoir De Gaulle ! " C'était en 1966 et pour ce Tchèque être né du coté du rideau de fer était une calamité ! Ce couple de gens très sympathiques pouvait venir en vacances sur notre territoire, car ils avaient des amis en France qui pouvaient se porter garants de leur retour au pays ! Une forme de libéralisation que le régime communiste de Moscou voulait stopper.

L'oncle avec qui je travaillais, revenait d'Algérie où il avait passé vingt six mois à la guerre. Il s'avisa de calmer mes ardeurs combattantes. J'étais bien jeune et ne me rendais absolument pas compte de ce que le port de l'uniforme peut signifier en temps de guerre. Je lui sais gré de m'avoir fait découvrir le sens caché, celui des mots qu'on ne dit pas. Il avait, il l'a encore ce petit plus de verdeur des parisiens qui savent plaisanter avec candeur et respect, aussi capables de se mettre en cuisine. Un peu comme les tenanciers de cafés, bistrots, et petits restaurants qui savent réjouir le client par leur empathie et leur verve naturelle. J'ai compris que le bel homme qui avait séduit ma tante était de cette trempe, de la trempe des patrons. Avec lui, avec ce travail sans relief, j'ai compris ce qu'était l'huile de coude, les calques qui sentent la sueur, les plaisanteries qui fusent de toute part. Premier boulot, première paye, de retour au pays, tout avait changé, j'étais un travailleur, j'avais été admis dans l'antre des bosseurs et sentait le calque et les rayons ultras violets de la machine à tirer des plans. Je voulais être ingénieur. Ces messieurs assis dans leur bureau et qui faisaient des calculs m'intriguaient.   Leurs calculs savants étaient réalisés avec l'aide de programmes inscrits sur des cartes perforées et semblaient bien plus intéressant à faire que les dessins du bureau d'étude.

Qu'il s'agisse d'automobile ou de béton, je voulais être celui qui conçoit, qui imagine, qui invente même plutôt que celui qui polit, qui répare ou qui dessine. Ce n'était pas de l'ambition, c'était simplement une idée que je m'étais faite tout seul. La providence ne m'a pas aidé dans ce projet, mais j'ai quand même obtenu un tant soit peu ce que je désirais et fait ce que je voulais faire. J'avais obtenu un poste assez important et avait même autorité sur un groupe composé d'ingénieurs et de techniciens. Tout aurait pu aller ainsi, si je ne m'étais retrouvé un jour au chômage et désireux de créer une société pour continuer d'exercer mon activité. Ce fut ma première déconvenue d'individu socialisé. J'avais quarante ans, un travail des plus valorisants et un directeur général, avec qui il me semblait que la relation était bonne et d'un seul coup, patatrac, je ne faisais plus l'affaire. En fait, j'y étais pour quelque chose, car j'avais demandé à changer de poste et je n'étais pas d'accord avec la stratégie, ce qui est un mauvais point, quand on a pour supérieur hiérarchique quelqu'un qui est en charge de la stratégie. Lorsque ce personnage hors du commun m'a appelé pour m'annoncer qu'il voulait mettre fin à notre collaboration j'étais soufflé, interloqué ne sachant que dire. Une question a fusé d'un seul coup : " Quels sont mes droits? "

Et je l'entend encore me répondre, comme pour couper court a dix neuf ans de bons et loyaux services : " tu vas toucher un bon paquet de fric !" Quand vingt de votre vie professionnelle se résument à ça, inutile de dire que vous voyez le monde différemment. Oubliés, les amis, les clients, les médailles du travail, les belles réalisations, les bonnes affaires, les exploits techniques...Il ne restait plus que le fric que j'allai toucher et qui pour cet homme justifiait au fond la petite lâcheté de se séparer de son plus fidèle allié, dans l'ascension qui fut la sienne. On le voit, ce fut une blessure, une flèche empoisonnée à effet retardé, car il n'y avait pas tant d'argent que ça et l'argent était loin de compenser mon préjudice. Les conseils, les compliments et les promesses faites pour arrondir les angles n'ont fait qu'aggraver la situation , je suis parti confiant, trop confiant!

Sous le président Mitterrand le chômage, arme absolue, du patronat, avait explosé et il était fortement recommandé à ceux qui perdaient leur emploi de créer leur entreprise. La société française allait bon train, sur fond de guerre du golfe et mes activités ayant évolué sur une sorte de terrain miné, je pensais bêtement que l'avenir était devant moi. Ce qui fut dit fut fait, je créais donc ma société. Je faisais donc "élection de domicile" au siège de la société que j'avais crée. Affectio societatis, "homo sociabilis", je nageais comme un poisson dans l'eau de la socialisation sous régime socialiste ... Mes contrats avaient plutôt l'air de batailles juridique que de missions d'études, mais ils étaient bien réels. On faisait appel à moi pour résoudre des problèmes, pour corriger les fautes et déterminer les responsabilités de chacun. (Une sorte de médiation technique, intéressant, mais pas rentable) Tenir ainsi pendant cinq ans, sans aucun appui, sans aucune aide particulière relevait un peu de l'exploit personnel et je m'en félicitais tout seul, bien que les résultats financiers fussent plus que décevants. Mon domicile qui n'avait pas vocation à être un siège social, le devînt pour raisons économiques. Ma petite entreprise habitait autant mes espoirs que mes craintes. Une personne morale était née. Il fallait avoir fait cela pour comprendre le côté fallacieux du capitalisme.

Le capitalisme n'a rien à voir avec le capital, le capitalisme, c'est le droit d'entreprendre, c'est tout. En France avec la menace communiste, le droit d'entreprendre, la liberté d'entreprendre était plus une tolérance qu'un droit. Cependant mieux valait pour moi être toléré plutôt qu'exclus. L'exclusion était un concept, dont je n'imaginais même pas qu'il puisse venir à l'esprit d'une personne sensée. La misère et le dénuement, qui frappent les plus démunis n'était pas assez explicite pour nos distingués politiciens, ils fallait nommer la chose par l'une de ses causes supposées. En un mot tous exclus tous contents et vogue la galère !

"Non merci pas moi, toléré, s'il vous plait ! "

Les jeunes, à qui l'on déniait ce droit fondamental qu'est le droit au travail n'étaient même pas inclus. Et puis on a inventé l'insertion, puis l'intégration, l'imagination de nos dirigeants politiques n'avait vraiment pas de limite. Le bon sens consistait à remonter, le cours du fleuve pour connaître les raisons du partage des eaux, et reverser l'eau sauvage dans le cours du fleuve, la noyant ainsi avec le reste. Quand on avait compris que exclusion signifiait pauvreté et que insertion signifiait fric, il était difficile de raisonner autrement.

Les créatifs, les créateurs, de tout temps ont eu à se battre pour faire accepter leur droit de créer, pour vivre de leur travail, pour survivre. Ce n'est pas différent aujourd'hui, contrairement à ce que l'on essaie de nous faire croire. Les aides de l'Etat ne sont qu'une incitation à sortir du système social pour aller vers des conditions ou le risque côtoie la précarité. Ceux qui réussissent ne sont que l'exception et le plus souvent auraient réussi de toute façon. Y a-t-il un homme au monde qui ne veuille s'accomplir dans son travail, dans ce qu'il fait ? Non aucun. Cependant, il y a des gens qui s'approprient le droit de faire travailler les autres et ce n'est pas une question simple, car c'est une question de liberté. D'aucuns s'imaginent être nés pour commander le bon peuple, d'autres pensent qu'existe une sorte de justice sociale, une sorte d'ascenseur qui conduirait les plus méritants au sommet. Le pouvoir pour le pouvoir en somme !

D'années en années, je n'ai jamais cessé de me dire que ce que je faisais, aussi infime qu'en soit la consistance procédait de ce que tout homme fait pour lui, pour les siens et pour la société. Le fameux concept de l'utilité sociale en fait ! J'étais parvenu au stade ultime de la socialisation, bien que ce fût au détriment de ma vie de couple. Celle que j'avais épousée me l'a bien fait comprendre. Elle n'était pas fille de patron pour rien. Toutes mes tentatives pour exister au sens de mon entreprise ne lui inspiraient que méfiance ou inquiétude. Elle ne croyait qu'aux fiches de paye et aux virements sur le compte commun. Faire peur et inquiéter n'étaient pas dans mes prévisions, j'ai donc accepté l'idée du divorce, alors même que j'en réfutais les causes .Ce fut un divorce à l'italienne avec des allers et venues nombreuses et variées, des changements de cap, des retours d'affection, mais in fine dans le monde petit bourgeois de mon épouse on ne plaisantait pas avec ça. Elle aussi venait de quelque part. Dans son monde à elle on n'allait pas cueillir des framboises pour les offrir gratuitement comme dit le chanteur ! Têtu comme un roc, j'ai tout fait pour que survive ma petite entreprise, tout ce que j'ai pu, mais l'affectio societatis n'était plus, quelque part "on" avait tourné casaque comme disent les turfistes.

Forcer le destin aurait pu signifier que ma vie se résumait à ce que je faisais et non pas à ce que j'étais, ce que j'aimais, ce que je ressentais. Il fallait donc bien que ça s'arrête, que ce qui avait été conçu dans l'engouement du milieu familial cesse d'être lorsque ma vie prenait un autre chemin. Comment ne pas songer à dame nature qui se pare de ses plus beaux atours et soudain s'embourbe dans ses propres contradictions ou détruit elle même ce qu'elle avait créé. Je pris conscience à ce moment là, du caractère éphémère des choses et admis une fois pour toute que rester sur le qui vive, un peu sauvagement, à l'affût d'une opportunité était la meilleure stratégie à adopter pour rester inclus. J'avais un sens civique suffisamment développé et je me faisais à l'idée de devenir un être végétal, une sorte de plante carnivore.

N'oublions pas que ceci est marqué du sceau de l'instant où je l'écris. Ce que fut ma vie n'a rien à voir avec moi, mais fut l'expression de ce que j'existais par delà moi même. Ecrire sur soi ne signifie pas qu'on accepte de se résumer soi-même à ce que l'on écrit, à ce que l'on fait. Ecrire c'est écrire. D'abord pour la beauté du geste puis le reste. Le sujet importe peu, ce qui importe c'est le lecteur en somme. Je faisais donc "élection de domicile" chez moi et occasionnellement sur la feuille de papier blanche ! Qu'importe l'enchaînement des faits. Quand on sait la puissance de ce qui nous entraîne et détermine notre vie, on cesse un instant de raisonner de manière temporelle et on réfléchi à ce qui se passe.

Orphelin de père et de mère, je ne savais plus très bien à quel saint me vouer et les loyers commençaient à peser lourd dans mon budget. Mon amie à qui je ne cachais rien m'avait conseillé de faire une demande de logement social, ce que j'avais fait sans succès quelques années durant. Cette fois-ci pourtant, un miracle se produisit, on me proposait un logement vacant rue Jean Moulin à Caluire, tout près de la Mairie et de la statue du grand résistant. J'habitais là lorsque j'ai perdu mon frère, j'habitais là et j'étais près de lui, avec lui ! Le présent ce n'est pas seulement ce qui se passe, ce n'est pas seulement ce qui est, ce n'est pas uniquement ce que je fais. Le présent c'est aussi le futur, ce que je ferais si quelque chose de spécial arrivait, ce qui se passerait, ce qui serait. Le présent c'est donc un "si". Un "si" comme il s'en est produit par le passé, un "si" comme celui qui conditionne ou comme celui qui infirme pour vous dire que vous n'êtes pas dans le vrai. Un si, comme si on pouvait à nouveau me contredire dans ma vision du monde. Un si qui sonne comme une réponse positive...

" Bien sûr que si !" Si mon frère était encore là, si cette tragédie et les autres n'étaient jamais arrivés. Si au fond ceci et cela, pouvait être ceci ou cela et pas autre chose ! In fine, pour un honnête homme, il y a plus de chemin à faire pour comprendre les autres que pour se comprendre soi-même ! Peut-être que la sagesse est à ce prix. Entre le bien et le mal, il y a toujours une frontière. Celle qui sépare le malin du divin, celle qui sépare l'agressivité du pacifisme, la guerre de la paix, l'amour de haine, la malignité de la bénignité, l'ignorance du savoir. Une ligne à partir de laquelle tout peut changer, tout peut se déclencher !

Celui qui peut agir voudra tracer une ligne pour diminuer la plage d'incertitude, mais une autre ligne va réapparaître un peut plus tard, un peu plus loin, lui rappelant soudain qu'il n'est pas Dieu, pas vraiment maître de son destin. Et puis, aussi puissant qu'il soit, il redeviendra humble et vigilant, si ce n'est pas trop tard en fait.

" Tu peux être" m'a dit un jour mon amie !

Il faut pouvoir mettre le mot fin à un ouvrage ou bien mieux vaut le détruire.

FIN

www.ingramcontent.com/pod-product-compliance
Lightning Source LLC
Chambersburg PA
CBHW072058170626
46813CB00004B/1406